할머니 죽이기

할머니 죽이기
2017년 4월 25일 처음 펴냄

지 은 이 | 송상훈
펴 낸 이 | 송상훈
펴 낸 곳 | 문미디어

출판등록 | 2015년 2월 3일(제2015-000029호)
주　　소 | 경기도 고양시 덕양구 고골길 117-55 B동 201호(10265)
대표전화 | 070-8954-2012
전자우편 | ssk7387@naver.com
편　　집 | 정글북(jgb01@hanmail.net)
인　　쇄 | 프린에이드

ⓒ 송상훈, 2017
ISBN 979-11-957973-1-8　　03810

- 책값은 표지에 있습니다.
- 파본이나 잘못된 책은 서점에서 교환하여 드립니다.

할머니 죽이기

송상훈 장편소설

문미디어

여전히, 할머니는 지옥의 업화 속에서
헤어나지 못할 것이다.

| 차례 |

1부 · 9
2부 · 151

1부

할머니 죽이기

 난 1980년대 초에 초등학교를 다녔다. 박정희 대통령의 서거로 정치, 경제, 사회, 안보가 혼란한 시기였다. 현대판 무신정변으로 그해 5월 광주민주화운동이 일어났다. 탱크로 밀어붙이고 총으로 갈겨버리는 잔인하고 가혹한 나날이었다. 같은 민족에 대한 따스한 온정과 절실한 사랑은 없었다. 아이도 죽고 어른도 죽었다.

 그런 혼란한 시기에 난 초등학교를 다녔다. 그래서 그런지 죽음이 참 쉽고 간결하다는 생각이 들었다. 탱크로 밀어붙이면 깔려 죽고 군인들이 쏜 총에 여지없이 사람들은 죽어나갔으니 말이다. 뭔가 지킬 것이 있어 가능한 일이지만 지킬 것이 없는 난 무의미했다.

 난 그 무의미 속에 살다가 지킬 것이 있는 의미를 찾은 것이다. 스스로 찾았다기보다도 스스럼없이 다가온 것이다. 어린아이에게는 스스로 찾을 것이 별로 없는 시기였다. 그래서 어른들이 던져주는 환경의 부스러기들을 무차별적으로 여과기에 걸러지지 않고 다가와서 어린 가슴에 꽂혀버리는 것이다.

 그것이 상처가 되고 그 상처가 응어리져서 분노가 되는

것이다. 분노는 증오를 품을 수 있는 에너지를 채워주는 것이고 그 증오는 예상치 못한 행위를 조장하고 만들었다. 그것은 나이 어린 나에게는 감당할 수 없는 현실이었다. 피할 수 없는, 가차없이 들이닥치는 불손한 이방인처럼.

그 지킬 대상이 엄마였다. 그녀는 늘 힘겨운 밭일과 잡다한 허드렛일로 눈코 뜰 새 없었다. 어릴 적에 흐릿하고 몽롱한 꿈은 고된 일상에 여실히 무너져버리고 자취를 감춘 지 이미 오래되었다. 그녀는 그래도 여전히 꿋꿋하게 삶에 대한 애착으로 하루하루를 버텨나갔다. 그 힘의 원천은 자식이었다.

자식들은 누나와 형과 나였다. 하지만 늘그막에 낳은 나를 더욱 사랑했다. 형과 나는 나이 차이가 일곱 살이 났다. 하지만 형과 누나는 한 살 차이밖에 나지 않아서 서로 앙숙처럼 부딪치면 싸우기 일쑤였다. 난 그들의 적수가 되지 않아 늘 얻어맞고 성추행 당하는 것으로 하루를 마감했다.

엄마는 그 못 돼먹은 자식들 때문에 그 자리를 지키며 살았다. 어미 없는 둥지에 대한 암담한 슬픔과 절절한 아픔을 물려주지 않기 위해 가족의 일원으로 가혹한 멸시와 냉대를 참으며 살고 있었던 것이다.

이젠 우리 가족 중에 가장 추악한 불행의 원흉을 소개해야겠다. 그가 할머니였다. 그녀는 쉰 살이 되기도 전에 과부라는 딱지를 달고 살았다. 하나밖에 없는 아들과 하나밖에 없는 딸이 가장 소중했다. 그래서 나중에 어쩔 수 없이 붙은 며느리는 자신의 아들을 빼앗아간 창녀의 더러운 손길 밖에는 보이지 않았던 것이다. 그래서 아들을 충동질해서 자신이 보는 앞에서 몽둥이로 찜질하는 것으로 위안을 삼았다. 나에겐 고모인 딸은 더 했다. 그녀는 생리대가 흔하지 않던 시절, 하얀 천 사이로 흘러나와 팬티에 흥건하게 묻은 것을 더럽고 불결하다며 말아서 세탁물 속에 쑤셔 넣곤 했다. 그것만 있는 것은 아니었다. 일주일에 한 번씩은 목욕을 해야 된다며 꼭 엄마에게 물을 끓여서 바치게 했다. 반항하거나 짜증을 부리면 자신의 엄마에게 달려가서 고자질을 해버리는 것이었다. 그러면 여지없이 아버지는 삶을 버린 들개처럼 입에 거품을 물고 달려드는 것이었다. 그러면 또 엄마는 쌍코피가 나고 얼굴에 멍이 들었다.

이것이 우리 가족의 불행의 사슬이었다. 그 우두머리는 할머니이고, 그녀의 오른팔은 아버지이며 왼팔은 고모였다.

그들은 자신의 영역에 엄마를 받아들이지 않았고 그래서 엄마는 늘 불행했다. 그 불행을 가슴 속에 쌓아두기 싫어서 힘들고 고된 밭일을 하는 지도 모르는 일이었다. 이랑을 만들고 북을 줘서 씨를 뿌리고, 지나치게 가혹한 나날을 협소한 어깨로 간신히 밀쳐내며 튼실한 알맹이를 만드는 일에 열중하는 지도. 그 속에서 엄마는 자신이 바라는 가족의 행복을 꿈꾸며 찰지고 옹골찬 알맹이를 키웠는지 모를 일이었다.

 난 어느 순간부터 엄마를 구하기 위해 할머니를 제거해야겠다고 생각했다. 엄마의 불행의 사슬을 끊는 방법은 그것밖에 없다고 열 살인 난 적어도 생각했다. 그것이 엄마를 지키는 일이고 가족으로부터 자유로워지는 것이라 생각했다. 그래서 잔인하고 가혹해지는 나를 발견해도 어쩔 수 없는 일일 것이리라.

 1980년대 탱크의 궤도에 사람들은 무기력하게 짓밟혔다. 그들은 모른다. 밟힌 자의 아픔과 고통을. 할머니도 그럴 것이다. 자신을 지키기 위해 자행되는 폭력과 무질서 그리고 혼란을. 난 그것을 바로잡기 위해 할머니를 소멸시킬 것이다. 그것도 가장 잔인한 방법으로. 엄마에게 한 비인간적인 행동으로 말이다.

나의 존재

 난 초등학교 3학년이었다. 가족의 울타리 안에서 사랑으로 자라야 할 시기였다. 때때로 아버지와 엄마의 손을 잡고 동네를 거닐며 실없이 꺼불거리고 웃으며 떠들면서 놀고, 때때로 이웃집에 가서 넉넉한 행복을 과시하며 유쾌한 시간을 보내고, 해가 저물어 어둠이 내릴 즈음에 선홍빛 황혼을 달콤하고 진솔하게 바라보며 집으로 와야 정상적인 것이다. 하지만 짧지 않은 나의 삶 속에서 그런 기억이 없었다. 할머니가 고성으로 집안 온기를 차갑고, 더럽고, 어색하게 하면 엄마는 부엌에서 거칠게 설거지를 하곤 했다. 그때 아버지는 전날 밤 늦게까지 술을 처마셔 역겨운 술 냄새를 풍기며 작은방에서 잠을 자곤 했다.

 난 그런 삶이 나의 또래에 있는 평범한 일상이라고 생각했다. 그래서 내가 겪는 것이 당연하다고 생각하며 살았다. 침울하고 낮게 가라앉은 자아는, 제대로 숨도 못 쉬며 하루하루를 간신히 주체할 수 없는 무기력한 상황과 환경 속에서 헤어나지 못한 채 짓눌린 어깨를 유지하며 어눌하게 살았다. 그렇게 세상으로 나아가기 전에, 가정의 참혹한 현실적 낭패 속에서, 밝음 대신에 어둠을, 거룩함 대신에 미천함을, 아늑한 삶의 나날 대신에 황량한 죽음의 나날을, 산뜻하고 맑은 마음씨 대신에 우중충하고 흐린 마음씨를 선택하며 살았고, 그럼으로 일상의 부참한 삶의 나날 속에 폭력적이고 공격적인 괴물을 내적인 깊은 곳에 은밀하게 숨겨둔 채 어렵사리 양육하면서 나아갔고, 집요하게 느리면서 천천히, 그럼에도 누가 보더라도 일상적인 나날을 평범하게 보내는 어린이였지만, 보통 그 또래의 어린이가 아니었던 것이다. 그래서 그런지 난 음침하고 칙칙한 분위기를 더 익숙하게 받아들였던 것이리라. 그래서 친구도 없었고 폐쇄적인 생각으로 사람들과 거리를 둔 것이리라.

그 시기에 난 사람들과 눈을 마주치지 않았다. 유일하게 눈을 마주치며 위로의 잔잔한 표정을 던진 사람은 엄마였다. 엄마만이 가족의 일원 속에서 나의 마음을 받아내고 어루만져주었다. 그럼에도 그녀는 겉으로 뚜렷하게 내색하지는 않았다. 안으로 깊이 간직한 채 드러내려고 하지 않았고 환하게 웃으며 나를 안아주는 것은 사치인 것 같았다. 그게 그녀가 나를 사랑하는 방식이라고 생각했다.

난 그런 엄마에게 사랑을 더 강요하지 않았다. 그것이 엄마가 나에게 할 수 있는 최고의 표현이라고 생각했다. 초라하고 억눌린 마음속에서 버리지 않은 모정의 씨앗 정도로 받아들였다. 하지만 그런 표정 속에서도 한번씩 머리를 쓰다듬어줄 때가 있었다. 난 그때가 너무 곤란하고, 어색하고 창피했다. 사람들이 보면 몸을 숨기기 일쑤였다.

그렇게 나의 존재는 성장을 멈춘 채 나아가야만 했다. 여물다 떨어진 호두 열매처럼 흉하게 말라버린 것이다. 사랑으로 충만해야 밝고 정갈한 존재의 공간을 충실하게 꾸밀 수 있었는데, 그것이 되지 않았다. 늘 증오와 분노로 존재의 내벽을 두껍고 단단하게 쌓았다. 시간이 있으면 서까래를 얹고 지붕도 물샐틈없이 견고하게 이고, 그런 후에 묵직하고 단단한 벽돌을 쌓아서 마감했다.

나의 존재는 가족의 무관심으로 방치되고 말았다. 고여 있는 탁한 물처럼 외부 세계에 발을 내딛지 못하고 썩어가고 있었다. 난 그런 것이 하나도 이상하지 않았다. 나에게 관심을 가지고 친절을 베푸는 것이 오히려 아픈 곳을 찌르는 것 같았다. 하얀 속살을 보이는 처녀처럼 창피하기도 했다.

술주정뱅이인 아버지는 자신의 삶도 정갈하게 다듬지 못하는 위인이었다. 하물며 내 삶의 온전한 형성에 적절한 주의와 따스한 관심을 가지고 올바른 품성을 담기를 바라고 있겠는가. 어쩌면 그는 자신처럼 아내를 착취하며 살기를 바라는지도 모른다. 내가 학교에서 돌아오면 술이 반쯤 깬 모습으로 책가방을 빼앗아 아궁이에 집어넣는 것이 아버지의 유일한 소일거리였다. 활활 타오르는 불 속에 넣지 않는 것이 다행한 일이었다.

난 그런 아버지를 피해 다녔다. 몸에 밴 담배 연기와 술 냄새도 불쾌했고, 바람이 훅 불어오면 깊은 시궁창 음험한 곳에서 썩어 퀴퀴한 냄새 같은 악취가 무엄하게 끼치는 것이었다. 그래서 그런지 가까이 가지 않았고, 싫었고 역겨웠다. 그것보다도 더한 것은 그가 곁에 다가오면 잔인하고 무서운 야생의 포식자에게서 풍기는 음산한 살기를 뿜어내는 것이었다. 그러면 갑자기 심장을 강하게 압박해서 혈관의 피를 느슨하게 해 급기야 멈추게 할 것 같았고, 그래서 심장박동이 불안하고 거칠게 뛰었다. 그런 상황에 눈동자는 초점 없이 갈팡질팡 어디에 둬야 할지 몰라서 늘 난처했다.

아버지는 나에게 그런 불안과 초조를 심어주는 최초의 사람이었다. 할머니와는 조금 다른 유형의 사람이었다. 아버지는 직접적이었고 반면에 할머니는 엄마를 통해서 간접적으로 밀어닥치는 것이었다.

더욱이 아버지는 자신을 추스르며 나아가지도 못하는 위인이었다. 언제나 현실을 한탄하며 자신보다 약한 엄마를 때리고 괴롭히며 삶의 지평을 설정하는 것이었다. 그것이 어쩌면 아버지에게 위안인지도 모른다.

아버지는 아버지 방식으로 삶을 살아왔고 엄마는 그 방식에 종속되어 살아왔다. 난 아버지와 엄마의 삶 속에서 존재하는 것이 괴롭고 힘겨웠다. 태어나면서부터 부모의 존재의 그늘에서 벗어날 수 없는 것이지만, 그것을 사람들은 운명이라고 말한다. 난 그 존재의 사슬이 싫어서 끊고 싶었다. 그 속에서 난 빠져나갈 수 없어 늘 고립되고 보채며 발버둥치지 않았는가.

난 그 존재의 사슬을 나 자신의 힘으로 끊고 싶었다. 그러기에는 나의 존재가 저항할 수도 없을 정도로 어리고 미약했다. 그래서 더더욱 짓누르는 내적인 매캐한 공동화가 일어났는지도 모른다.

나의 존재는 그렇게 설정되었다. 나의 의도와 무관하게 흘러갔고 경화되었다. 이마에 박힌 가난의 그림자처럼 자연스레 다가와서 머문 것이다. 내가 선택해서 가꾸고 꽃을 피워야 하는 의무까지도 앗아간 것이다. 무기력하게 피동적으로 당하며 나아가야 하는 존재의 일상성으로 던져진 것이다. 그것이 다가올 미래이기에 암담하고 비참한 것이다.

그래서 나의 불행한 존재를 설정한 근원부터 제거해야겠다고 생각했다. 그 맨 위층에 자리 잡은 사람이 할머니였고, 그 다음 층이 아버지였다. 우선 할머니부터 소멸시키는 것이 나의 최우선 과제였다.

하지만 그것은 쉽지 않았다. 사람들의 시선을 어떻게 피하며 죽음으로 이끌 것인지를 곰곰이 생각해야 하는 것이다. 그리고 너무 쉽게 할머니의 생명을 앗아가고 싶지도 않았다. 그러면 할머니에게 자비를 베푸는 일이기에, 그것은 가당치도 않았다. 나에게도 어울리지 않는 것이다. 악마를 죽이기 위해서는 내가 악마보다 더 잔인하고 독해야 가능한 일이다. 그 악마의 화신을 품게 한 것이 할머니이기에 그녀에게 보답하는 길도 아닌 것 같았다. 더욱 가혹하고 잔인하게 저 세상으로 보내줘야 칭찬을 받지 않겠는가.

악마의 탈을 쓴 할머니는 영원히 떠날 것이다. 난 그때 환희의 웃음을 던지며 아마도 덩실덩실 춤을 출 것이 자명하다. 그런 다음에 아버지를 보내는 일에 착수할 것이다. 신이 준 사명처럼 은근하고 끈기 있게 나아가 모가지에 비수를 꽂을 것이다. 그러고는 엄마를 괴롭히는 또 다른 목표를 설정해서 주도면밀하게 천천히 접근해서 깊게 숨겨 온 날카로운 칼을 꺼내어 살며시 급소를 찌를 것이다. 그런 다음에 난 칭찬을 받는 아이처럼 환하게 웃을 것이다. 억눌린 엄마를 생각하며 말이다.

학교에서 만난 미루

 광주의 학생들은 학교가 싫어서 도로로 뛰쳐나간 것이 아니었다. 그들은 군부의 독재를 반대하며 자유를 찾기 위해 행한 일이었다. 하지만 난 학교가 싫어서 길 없는 세상 속으로 뛰쳐나간 것이다. 집에서도 외톨이었고 학교에서도 외톨이었다.

 가끔씩 난 학교에 가지 않았다. 그럴 때면 정처 없이 산으로 들로 걷기도 하고 뛰기도 했다. 될 수 있으면 학교와 반대 방향으로 길을 잡았다. 보통은 하천을 따라 걸으며 수양버들 아래 쉬기도 하고 물가에 다가가서 큼직한 돌을 들어 다슬기도 잡고 피라미도 잡았다. 수양버들은 그늘이 깊어 강한 햇살을 피하기에는 안성맞춤이었다. 그렇게 노닐다가 해거름이 되면 집으로 방향을 잡았고, 집에 도착하면 나를 반기는 가족은 없었다. 엄마는 들에서 돌아오지 않았고 아버지는 술에 취해 작은방에 하염없이 거칠게 자고 있었다. 할머니만이 자신의 방에서 길게 담배 연기를 내뿜으며 차갑고 어눌하게 나를 쳐다보곤 했다. 그렇게 한참을 쳐다보다 방문을 닫는 것이 할머니의 모습이었다. 나에 대한 할머니의 애정이 그 정도였다.

아버지도 할머니도 내가 학교에 가지 않는 것에 대한 일언반구도 없었다. 그들은 자신의 삶의 무게만도 버겁고 힘겨워 보였다. 그래서 나에 대한 조그마한 애정도 보이지 않는 것이었다. 그게 어쩌면 나를 자유롭게 만드는 일인 지도 모른다. 다만 엄마만은 진중한 표정으로 나를 깨우치기 위해 힘쓰는 것이었다. 그래서 그 다음날은 엄마로 인하여 학교에 정시에 도착할 수 있었다.

그래도 학교생활은 매끄럽게 돌아가지 않았다. 우선 안경을 쓴 날카롭게 생긴 여선생이 싫었다. 옷맵시도 거추장스럽고 경박했으며 말투도 거칠고 차가웠다. 더욱 나에게 거슬리는 것은 3학년 교실과 붙어 있는 5학년 담임과 신뢰와 웃음만 섞는 사이가 아닌 것이었다. 그 남자 선생은 성질이 더러운 유부남이었다.

난 학교에서 친구가 없었다. 점심때가 되면 혼자 외로이 엄마가 싸준 점심밥을 먹었다. 반찬도 식사를 지루하게 만들었고 다른 아이에게 내놓고 싶지 않은 것이었다. 엄마가 정성을 들여 만들었지만, 먹는 나는 늘 불쾌하기 그지없었다. 검은 콩에 김치였다. 그것이 나를 위축시키는 요인이 되곤 했다.

그러다가, 짝꿍이 생긴 것이다. 대처에서 전학을 온 곱고 아름다운, 밝고 싱그러운 소녀였다. 치아는 늘 하얗게 윤기가 나고 가지런했고, 입술도 얇고 빈틈이 없었으며 인중 위에 앙증맞게 솟아 있는 코도 적당하게 얼굴 중앙에 뿌리를 내리고 있었다. 눈망울도 반딧불을 품고 있는 것처럼 형형한 빛을 깊이 품고 있었고, 그 위를 눈썹이 아치를 그리며 울타리를 만들어서 경계를 만드는 것이었다. 이마는 좁거나 옹색하지 않았고 넓고 밝아 훤하게 보였다. 더욱이 그녀의 성격은 구김 없이 활달하고 유쾌했으며, 그럼에도 그녀는 예의범절을 몸에 익힌 얌전하고 세련된 행위를 드러내었다. 그녀는 비어 있는 나의 옆자리를 스스럼없이 다가와서 앉았다. 그래도 난 그녀에게 마음을 두지 않았다.

점심때면, 그녀는 늘 정갈하고 맛깔스런 반찬을 내 앞에 내밀었다. 내가 보지도 먹어보지도 못한 것이었다. 그것이 오히려 나를 불쾌하고 초라하게 만들었다. 다소 부자로 알려진 그 아이의 반찬은 향긋하고 화려하기 그지없었다. 그것이 나의 눈을 사로잡기에 나를 더욱 초라하고 보잘것없는 존재로 떨어지게 하는 것 같아서 싫었다. 그래서 더 경계를 한 것인지도 모른다. 그녀는 나의 마음을 아는지 모르는지 아랑곳하지 않았다. 자신의 반찬을 포크로 깊게 찔러서 자신감 넘치는 모습을 드러내었다. 난 그녀가 건네는 먹음직한 햄을 지켜만 볼뿐 먹지는 않았다. 엄마에 대한 배신인 것 같았고, 그래서 자존심이 상했다. 그 나이에도 그 나름의 자존심이 있는 것이다. 도시락 반찬이 권력인 시절 말이다.

그녀의 이름은 미루였다. 별명은 이름에서 끄집어낸 미루나무였다. 화사하게 웃는 얼굴을 보면 마을 어귀에 자생하며 바람에 나풀거리는 미루나무잎 같았다. 햇살을 충분히 받아 주위를 더욱 유쾌하게 만드는 재주도 같아 보였다. 그럼에도 한 번씩 일시적으로 우울하게 내리는 차가운 빗줄기처럼 불쾌한 염세적인 슬픔을 고스란히 품고 있었다. 그러다가 언제 그랬냐는 듯이 이내 밝아지곤 했다.

난 그녀를 보면 억눌린 엄마가 자꾸 생각이 났다. 그리고 그녀의 엄마는 어떤 사람일까 하고 생각할 때가 문득문득 있었다. 자신의 엄마와는 다른 삶을 살며 향기로운 꽃밭만 거닐 것 같은 생각이 들자 그만 그녀에 대한 미움과 적의가 치밀어 올랐다.

그녀는 그렇게 나에게 다가온 짝꿍이었다. 하지만 난 그녀의 시시때때로 다가오는 감정의 형태들을 밀쳐내기에 급급했다. 처음에는 그녀를 무시하며 냉랭한 표정으로 대했지만, 차츰 마음의 빗장이 그 따스한 손길에 녹아내리는 것을 느낄 수 있었다. 그래서 더욱 그녀를 밀쳐내고 우리 가족의 차갑고 더러운, 풀리지 않는 사랑의 방정식을 끌어다 놓았다. 그러면 어느 순간 그녀의 웃음이 어린 악마의 유혹으로 여겨졌다.

그녀의 삶의 형태는 나에게 충격이었다. 스스럼없이 상대방에게 마음을 여는 것부터 나에게는 부담스러웠다. 늘 방

어적이고 수동적인 나 자신과는 어울리지 않았다. 가족의 울타리에서 미움과 불신의 입자를 아무렇게나 뿌리는 자신과는 체계가 달랐다. 난 그 알 수 없는 세상에 대한 향기에 젖어 보고 싶은 은근한 마음이 일었다. 그렇지만 과감하게 잘라버렸다. 난 지금까지 고수하고 있는 삶의 리듬과 색깔을 깨뜨리고 싶지 않은 것이 분명했다. 그래서 더욱 차갑고 냉정하게 그녀를 대했는지도 모를 일이었다.

그래도 그녀는 나의 공간을 계속 침범했다. 그녀는 내가 말 없이 어둡고 초조한 모습으로 자신을 대하자 그것을 재미있어 했다. 난 책상에 줄을 긋고 더 이상 넘어오지 말라고 강하게 말을 했음에도 그녀는 일부러 그 선을 넘어오며 지그시 웃곤 했다. 난 그녀의 그런 예의 없는 방자한 행동을 가만히 두었다가는 나 자신의 존재의 당위성을 잃을 것 같아서 더욱 몰인정하게 그녀를 대했다. 그래도 여전히 그녀는 나에게 미소를 머금은 채 다가오곤 했다.

난 순간 할머니와 같은 강적을 만난 기분이었다. 이상하게 그녀가 두렵기까지 했다. 밀쳐내어도 또다시 그 자리에 와서 웃고 있으니 말이다. 하지만 할머니에게서 느낄 수 없는 이상한 감정이 일었다. 할머니는 무참하게 소멸시키고 싶은 충동이 일었지만, 그녀는 다소 따스한 여지가 남는 것이었다. 난 그 처음 느끼는 감정의 알갱이들이 모여서 큰 하나의 덩어리가 되어 자신을 더욱 난처하게 옥죌 것 같았다. 그래서 난 그녀를 할머니의 자리와 동일한 곳에 놓기로 마음을 먹었다.

그 이상한 감정이 우리 가족에서는 찾아볼 수 없는 생소한 것이었다. 그래서 더욱 당황해서 그녀를 할머니와 동일한 자리에 둬서 관리하는 것인지도 모를 일이다. 그 감정이 초래할 당황스러운 일들을 미연에 방지하고자 함인지도 모를 일이었다.

어쨌든 그녀는 할머니와 동일한 자리에 앉게 되었다. 그녀가 원하던 원하지 않던 난 자신의 자리를 지키기 위해, 엄마의 자리를 지키기 위해 그렇게 했다.

그녀와 학교에서 옥신각신 부딪치다 집에 와서 잠자리에 들면 이상하게 그녀의 웃음 입자들이 이불 속으로 스미는 것을 느낄 수 있었다. 하늘에서 요정이 상아가루를 곱고 은은하게 뿌리며 다니는 것 같았다. 그것도 오래가지는 않았다. 술 취한 아버지의 고함소리에 처참하게 산산이 부서져 버리는 것이었다.

나는 3학년에서 덩치가 있어 외적으로 힘 꽤나 썼다. 하지만 내적으로는 병약하기 그지없었다. 그러나 내색하지 않고 조용히 지냈다. 그래서 그런지 아이들은 내가 화를 내지 못하는 것으로 판단하고 어깨를 툭툭 치며 장난질을 했다. 하루는 그런 것이 못마땅해서 책상에 엎드린 자세에서 벌떡 일어나 달아나는 아이를 붙잡아 대갈통을 사정없이 내리쳤다.

 그런 일이 몇 번 있은 뒤로 아이들은 내 주위에 얼씬거리지 않았다. 과격한 내 주먹의 위력을 인식했고 이상하게 살벌한 기운이 내 주위를 맴돈다고도 했다. 난 느끼지 못하는 것을 아이들의 더듬이는 느끼는 것 같았다. 하지만 나의 짝꿍 미루는 그렇지 않았다. 살갑게 웃으며 내 주위를 맴돌고 있었다.

 그녀가 가족처럼 나의 울타리에서 서성이고 있었다. 노란 원피스를 입고 분홍색 머리띠를 하고 있으면 나에게 위화감도 줬다. 언제나 형의 옷을 물려받은 난 새 옷을 입어본 적이 없었다. 새것에서 나는 냄새가 어떤 것인지 가늠할 수도 없었지만, 그녀는 새것만 입는 것 같았다. 그래서 더욱 그녀가 싫었고, 번거롭고 짜증이 났다. 엄마를 괴롭히는 할머니처럼 그녀도 나를 집요하게 괴롭혔다. 그래서 그녀를 소멸시키고 싶다는 생각이 뇌리에 순간 들었다가 사라졌다.

 어느 날 우리 반에서 불량하기로 소문난 한 아이가 그녀를 괴롭히는 것을 봤다. 그녀에게서 느끼는 상대적인 박탈감 때문인지 불량 아이는 원피스를 들추며 짓궂게 장난질을 치고 있었다. 난 그녀와 눈이 마주쳤음에도 애써 외면했다. 하지만 불량한 아이가 멈추지 않고 계속 자신이 원하는 방향으로 그녀를 끌고 가서 결국에는 울리고 말았다.

 이상한 일이었다. 그 울음소리를 듣는 순간 나의 머리에는 온통 엄마의 어눌한 이미지로 가득 찼다. 난 그 이후 어떤 잔인한 행동을 했는지 확실히 알 수는 없었다. 상황이 종료되고, 그 불량한 아이가 바닥에 드러누워서 고통을 호소하고 있다는 것밖에는. 눈물을 흘리던 그녀는 나의 손을 꼭 잡고 나를 대견스러운 표정으로 우러러보고 있다는 것밖에는 알 수 없었다.

그 사건 후에, 그녀는 나를 더욱 의지하는 것 같았다. 나 또한 그녀가 예전보다 훨씬 편하고 살가웠다. 그래도 무뚝뚝하게 그녀를 밀쳐냈다. 더 친하고 가까워지면 예상치 못한 일이 일어날 것 같아서 두렵기도 했다.

난 그 시기부터 할머니를 죽이는 연습을 했다. 우선 작은 미물부터 시작했다. 가까이에서 손쉽게 잡을 수 있는 모기나 파리부터 죽음으로 인도했다. 죄의식은 없었다. 그보다 덩치가 조금 더 큰 베짱이와 매미를 잡아서 죽음으로 인도했다. 머리에 있는 더듬이부터 뽑고 날개를 뽑았다. 마지막으로 몸통에 붙어 있는 다리를 억세게 뽑아버렸다. 그러면 이상한 소리를 내며 바닥을 일정한 방향으로 돌았다. 처절한 죽음의 소리를 지르며 말이다. 난 엷은 웃음이 나왔다. 거기에 멈추지 않았다. 어느 날, 난 덩치가 훨씬 더 큰 독사를 지겟작대기로 강하게 내리쳐서 허리를 꺾어놓았다. 독사는 소름이 끼치는 괴이한 소리를 내며 나에게 강하게 저항했다. 난 그런 독사를 내려다보고 길가에 굴러다니는 큼직한 돌덩어리를 들어 머리통을 내리찍었다. 이상하게 나 자신에 대한 흐뭇한 웃음이 나왔다. 난 이런 기분을 처음 느꼈다. 할머니도 엄마를 사지에 내몰 때 이런 기분이겠구나 싶었다. 그 속에서 삶의 소소한 즐거움과 쾌락을 맛보며 말이다.

난 그 미물들을 죽음으로 이르게 하면서 깨달았다. 그 미물들의 저항 속에는 죽음이 있고 삶이 있다는 것을 말이다. 괴롭게 보채고 부대끼며 삶을 선택할 것인지 죽음을 선택할 것인지는 본인이 선택할 수 없는 것이다. 할머니와 엄마의 관계처럼 말이다. 그럼에도 엄마는 아직도 삶을 선택하고 있는 것이다. 모진 상처와 모멸감에서도 자식의 안녕을 바라며 말이다. 말을 더듬거리면서도 치열하게 저항하면서 삶을 놓지 않는 것이다.

그래서 할머니를 죽음으로 인도하여 엄마의 삶을 다소 가볍게 해주고 싶었다. 그것이 할머니를 죽이는 이유였다. 미물들이 희생되는 이유이기도 했다.

하지만 미루라는 아이가 나타나기 전까지는 모든 것이 순조롭게 진행되었던 것이었다. 삶의 선이 단순하게 그렇게 이어지는 것으로 생각했다. 그것은 나의 착각이었다. 그녀는 나약했지만 이상한 힘으로 나를 조정하는 것 같았다. 그 이상한 감정으로 말이다. 단순했고, 명확하지 않은 그 야릇한 감정에 난 끌려다니는 것이었다. 이것은 내 삶에 방문하지 말았어야 되는 것이었다. 보통 사람들이 말하는 사랑 말이다.

 그럼에도 불구하고 큐피드는 그런 나를 내버려 두지 않았다. 예리하고 날렵한 화살을 나의 가슴 깊숙이 쏘아버리는 것이었다. 화살은 뽑히지 않았고, 시간이 지날수록 더욱 잔인한 고통으로 나아갈 뿐이었다.

 그 이후 이상하게도 할머니가 엄마에게 저지르는 잔인한 삶의 현상들이 멀리서 일어나는 것 같았다. 흐릿하고, 심지어 몽환적으로 보이기까지 했다. 엄마의 시련이 남의 집에서 일어나는 소소한 일상으로 여겨지는 것이었다. 미루는 그렇게 나를 병들게 했다. 할머니를 긴장감으로 늘 주시해야 하는 나의 시선을 느슨하게 만드는 것이었다. 그리고 그 잔인한 삶이 이상야릇하고 달콤하게 보이기까지 했다. 나에겐 있을 수 없는 일이 계속 일어나는 것이었다. 그 미루라는 아이 때문에.

 그래서 난 학교를 며칠 가지 않았다. 여름방학이 다가오고 있어서 야외는 춥지 않았다. 엄마는 엄한 표정을 지었지만 나를 닦달하지 않았다. 예전에도 종종 학교를 가지 않았고 가까이 있는 황매산 계곡에서 해가 질 때까지 기다렸다가 집에 오곤 했다. 흐르는 강물 속에서 물고기를 잡거나 그늘 아래에서 낮잠을 자는 것으로 시간을 보냈다. 종종 사람들은 강가에 소를 방목해서 풀을 먹이는 것을 보기도 했다. 염소들도 자유로웠다. 가족을 이루어 그 경계 안에서 느슨한 오후를 보내고 있었다.

난 방학할 즈음에 염소를 키우는 움막에 갔다. 동네에서 제법 떨어진 산골짜기에 자리를 잡고 있었다. 사람도 없고 염소도 없었다. 작년까지만 해도 목동이 기거하던 곳이었다. 자주 와서 장가를 못 간 총각의 말을 들어주곤 했다. 내성적인 난 그 목동과는 이것저것 묻고 대답도 잘 했다. 나이는 나보다 열다섯이 많았는데도 친구처럼 자유로웠다. 이름은 영철이었다.

영철이는 서울로 떠나고 휑하니 움막만 그 자리를 지키고 있었다. 염소도 어느 자본의 손아귀에 들어가고 무성하게 자란 풀만 자유로웠다. 난 며칠 전에도 와 본적이 있었다. 그때도 할머니가 고함을 치는 것으로 집안이 어수선했다. 엄마도 부엌에서 말을 더듬으며 자신에 대한 변호를 간신이 하고 있었다. 격한 마음에 내뱉는 엄마의 언어는 알아들을 수 없었다. 그럴 때면 난 엄마의 아픔을 외면하고 집을 나왔다. 어쩌면 그것이 어린 나에게는 호흡을 할 수 있는 숨구멍인지도 모른다. 나의 천진한 자아의 왜곡을 막기 위해서 행해지는 것인지도.

영철이의 움막이 나에게는 위안처였다. 그래서 때때로 와서 시간을 보내곤 했다. 살림살이는 그대로 있었다. 작은 찬장과 산속에 어울리지 않는 석유곤로, 한쪽으로 땅바닥보다 높은 엉성한 침대가 놓여 있었다. 제법 오랜 시간 동안 사람의 손이 가지 않아 더께가 켜켜이 쌓여 있었고, 그래도 눈에 익은 것들이라 정감이 갔다. 난 여기에서 묵기로 마음먹고 집에서 쌀과 김치와 라면을 챙겨 왔다.

산속의 밤은 일찍 다가온다. 근처에서 어슬렁거리다가 갑자기 쏟아진다. 그러면 연이어 깊은 어둠 속에서 별들이 기지개를 펴며 가는 호흡은 한다. 생존의 근성이다. 풀벌레는 그런 연약한 불빛에 힘을 북돋아주기 위해 조금 전부터 청아한 목소리로 어둠의 깊은 곳까지 나아갔다 돌아오곤 한다. 움막 앞에서 낮부터 근엄하게 자리를 잡고 있던 오동나무도 바람의 손길을 타지 않고 밤의 진솔한 소리를 담아내느라 여념이 없다. 그런 와중에 호랑지빠귀가 가지를 잠시 빌려 애끓는 슬픔을 풀어낸다.

난 그때쯤이면 잠자리에 들 시간이었다. 하지만 자리를 옮긴 탓인지 쉬이 잠이 오지 않았다. 호랑지빠귀의 소리가 더욱 가늘고 슬프게 들려왔다. 더욱이 알 수 없는 짐승의 우짖는 울음이 곁들여졌다. 난 이상하게 호랑지빠귀가 자신을 대신해서 울어주는 것 같았다. 더욱이 처량하게 울부짖는 짐승의 울음은 엄마의 생존의 그늘인 것 같아서 귀를 쫑긋 세워서 들었다. 아무래도 올무에 걸린 고라니인 것 같았다. 벗어나려고 발부둥치다가 고통에 무너지는 울음소리였다. 그래도 어린 새끼를 생각하며 재차 벗어나려고 온 힘을 끌어모으며 울고 있는 것 같았다. 올무는 여전히 가혹하게 옥죄는 것 같았다.

산속 깊은 곳에서 허리가 잘려 나가는 고통으로 내뱉는 거친 울음이 나올 즈음에 나는 졸음이 몰려왔다. 하지만 엄마의 잔상이 그 어둠을 뚫고 다가오는 것이 아니라 미루라는 아이가 화사하게 웃으며 다가오는 것이었다. 나는 미루의 잔잔한 영상을 떨쳐버리기 위해서 머리를 세게 흔들며 잠을 청했다. 여전히 엄마의 고통에 내몰린 측은한 모습은 다가오지 않았다. 대신에 미루가 다가와서 자신을 새롭게 일깨우는 것 같았다. 그러다가 난 잠이 들었다. 엄마를 외면한 채 말이다.

얄리의 죽음

여전히 장마철이었다. 새벽부터 이상하게 짙은 구름이 회오리를 치며 황매산 깊은 골짜기에서 음산하게 뿜어져 흘러내렸다. 남영동의 수사관처럼 망토를 걸친 사탄의 무리들이었다. 말갈기를 휘날리며 골짜기마다 음험한 손길로 생기를 앗아가며 아래로 거침없이 짓밟고 있었다. 수분을 충분히 품어 무거운 발걸음이었지만 가벼워 보였다. 시간이 지나자 움직임이 거침 없었고 위태위태 불안했고 좌우 아래위를 가리지 않고 어수선하게 달려들었다. 천둥과 번개는 거느리지 않았다.

그들은 새벽부터 아침까지 위에서 아래로 세밀하게 수색을 했다. 민주운동가의 은둔처를 찾듯이 골짜기마다 몇 번을 뒤지고 뒤졌다. 그럼에도 불구하고 그들은 흔적을 찾지 못하고 맴을 돌 뿐이었다. 그러다가 그들의 무리 중에 유독 잔혹한 우두머리가 황매산 언저리에 눌러 붙은 조그마한 마을로 나아갔다. 을씨년스러웠다.

'해월'이라는 마을이었다. 무리의 우두머리는 남루한 기와집 위에 앉아 부엌에서 들리는 그릇 부딪치는 시끄러운 소리를 들으며 인상을 찌푸렸다. 그는 자신의 존재를 업신

여기는 것 같아 그 자리를 떠나며 둔중한 불행의 암시를 심어놓고 쏜살같이 떠나버렸다. 영원히 다시 나타나지 않을 것처럼 말이다. 그와 동시에 비가 한 방울씩 기왓장 위에 떨어졌다.

비는 억수같이 내렸다. 기와집 안에서도 거칠고 우악스러운 언성이 오고갔다. 연이어 숟가락을 밥상 위에 던지고 밥상을 엎었다. 와장창하는 소리가 빗속을 뚫고 나와 이웃집 돌담 위를 가뿐히 넘어갔다.

그런 소동이 일어나고 한참이 지나서 난 집에 도착했다. 그때는 굵은 비는 내리지 않았고 이슬비가 침울한 표정으로 낮게 웅크린 채 가늘게 내리고 있었다. 집 울타리를 넘어서자 익숙한 사물들이 온통 어둑하고 무겁게 가라앉아 있어 모호하고 음산했다. 이미 난 그 알 수 없는 음산한 기운에 익숙해져 있었다.

난 외양간 쪽으로 시선을 돌렸다. 평소에 그곳에서 얄리가 먹이를 찾아 땅을 후비고 있었다. 내가 학교에서 돌아오면 길가에 나와 나를 맞이할 정도였다. 그 명랑하고 총명한 얄리가 보이지 않았다. 이웃집에서 노닐다가도 내가 집에 오면 뒤뚱거리면서 바쁘게 뛰어왔다. 이상하게 오늘은 얄리의 따스한 공간 속에서 공허한 메아리가 들려왔다. 서늘했다. 이상하고 불길한 느낌이 계속 다가왔다.

그때 부엌에서 그릇 부딪치는 소리가 났다. 엄마가 설거지를 하면서 발생하는 낯익은 소음이 아니었다. 뭔가 갑작스럽고 무모하며 손에 익지 않아 부자연스러운 서투름이었다. 그래서 난 그 진원지로 다가가서 부엌문 사이로 살며시 들여다보았다. 얄리였다. 그가 고무 대야 속에서 털이 뽑히고 있었다.

 난 달려들어 얄리를 오른손으로 꽉 잡아서 뛰어나왔다. 그때 언제 와서 기다리고 있었는지 아버지는 부엌문 앞을 바위처럼 지키고 있었다. 여전히 술 냄새를 풍기며 지겟작대기를 든 채 말이다. 그는 나의 목덜미를 잡아서 얄리를 빼앗아 안으로 던졌다 그리고는 화가 났는지 나를 지겟작대기로 강하게 후려쳤다. 나는 땅바닥에 주저앉을 수밖에 없었다. 그러자 아버지는 발로 지근지근 밟았다. 나는 강하게 쏘아보며 저항했다. 하지만 아버지는 그런 나를 내려보면서 버릇없다며 더욱 거칠게 몰아붙였다.

 그런 와중에 난 비스듬히 쓰러져서 부엌 안을 올려다보았다. 아버지가 던진 얄리를 주워서 할머니와 고모는 김이 모락모락 나는 털을 마저 뽑느라 여념이 없었다. 할머니와 고모는 나를 곁눈질하며 시시덕거리면서 하던 일을 계속했다.

 그때 언제 아버지의 등 뒤에 와서 있었는지 엄마가 비옷을 입고 우두커니 서 있었다. 안타까운 표정을 지으며 내려다보고 있었다. 아버지도 나의 시선을 의식했는지 등을 돌려 엄마를 야멸차게 쏘아보았다. 그러더니 재차 지겟작대기로 후려쳤다. 엄마도 억세게 얻어맞고 있을 뿐이었다. 나의 처지와 다르지 않았다. 하지만 엄마는 저항하지 않았다.

11시쯤에 일어난 일이었다. 난 어깨부터 허리까지 멍울이 지어 망신창이가 되었다. 온몸이 쑤시고 아파 왔으나 내색하지 않고 분노를 안으로 품었다. 난 사랑방에 가서 이불 속에서 한없이 울었다. 그 울음 사이사이 부엌에서 들리는 할머니와 고모의 웃음소리가 깊게 찔러들었다. 난 고통에 몹시 아파했고, 증오에 억세게 허덕이며 보채지 않을 수 없었다. 삶이 원래 이런 것이라면 참 가혹하다는 생각이 들었다. 하지만 난 감연히 받아들였다. 엄마는 나보다 더 잔인하게 폭력에 얼룩지고 있으니 말이다.

얄리는 나에게 소중한 친구였다. 정확하게 의사소통은 되지 않았어도 표정으로 넉넉히 알 수 있는 관계였다. 모이를 줄 때면 닭 특유의 소리를 내며 나에게 친근감을 표했다. 그러면 난 흐뭇한 미소를 지으며 목덜미를 쓰다듬어주었다. 얄리는 얌전하고 공손하게 그 자리에 주저앉아 나에게 존경의 미소를 드러내었다.

그러던 얄리가 죽었다. 목이 댕강 달아나고 털이 뽑힌 채 죽음을 맞이한 것이다.

아마도 얄리는 목이 꺾이고 잘려나가는 그 순간까지 나를 찾았는지도 모른다. 죽음에 대한 공포와 불안에 내몰리면서도 말이다. 내가 하나님이라도 되는 것처럼. 하지만 난 하나님도 아니었고, 그래서 구원도 할 수 없었다. 얄리의 영혼은 메마르고 황량한 우주에서 끊임없이 나아가고 또 나아갈 것이다. 혼자 외로이 쓸쓸하게.

마침 그때 고등학생인 형이 들어왔다. 그는 이불을 덮고 있는 나를 확인하고 발길질하며 자신의 방에서 나가라고 했다. 자신만의 시간을 갖고 싶다는 이유였다. 난 눈물을 흘리며 그 자리에 그대로 있었다. 그는 이불을 강하게 끌어당기며 나에게 욕지거리를 하며 가만히 두지 않았다.

"개자식, 빨리 일어나지 못해."

형은 힘상궂게 나의 몰골을 쏘아보더니 이상한 미소를 드러내며 말했다.

"미친개에게 물렸구나."

그 말과 함께 형은 내가 측은한지 이불을 던져주었다. 난 이불을 받아서 얼굴 위까지 덮어썼다. 이불 속의 어둠이 몰려오자 난 다소 안정을 찾을 수 있었다. 얄리에 대한 슬픔으로 울 만큼 울자 이상하게 배가 고팠다. 움막에서 음식을 먹은 것이 없기 때문에 한 끼는 굶은 것이다. 또다시 끼니가 찾아오자 배가 고픈 것이 아니라 아플 정도였다. 더욱이 일방적으로 미친개에게 얻어맞은 것 또한 에너지 소비가 많았다. 그러던 와중에 방문의 찢어진 한지 사이로 삼계탕 냄새가 났다. 코를 자극하는 냄새였다. 난 이불을 몸으로 강하게 끌어당겨 물샐틈없이 만들었으나 외부의 공기를 완벽하게 차단할 수는 없었다.

인삼 냄새가 섞인 잘 익은 얄리가 떠올랐다. 난 고개를 흔들며 밀쳐냈고 저항했다. 하지만 어느새 김이 모락모락 나는 얄리가 접시 위에 오롯이 뉘어져 있는 것이다. 반질거리는 윤기를 내며 찰진 육즙을 품은 채 말이다.

그때 형이 사랑방을 나가는 소리가 거칠게 났다. 그러자 방은 더욱 고요했다. 난 그 고요에 매몰되지 않기 위해 이불 밖으로 얼굴을 내밀었다. 형이 나가면서 외부에서 들어온 공기의 입자 속에는 삼계탕이 된 얄리의 구수한 냄새가 위를 자극했다. 나는 그 유혹에서 빠져나가는 길은 외면밖에 없다는 것을 알았기에 이불을 재차 덮어썼다.

그리고 한참이 지났을 것이다. 고모는 거친 말과 함께 얄리의 살점이 담긴 그릇을 방문 앞에 놓고 갔다. 그 순간부터 집안이 조용했다. 그때 엄마는 나에게 다가와서 이불 속으로 손을 내밀었다. 상처 부위를 어루만지며 연고를 발라주었다. 난 아리고 쑤셨음에도 태연한 척했다. 내가 엄마의 헤진 헐렁한 꽃무늬 티셔츠 사이로 멍울을 올려다보자, 그녀는 난처하고 상기된 표정을 지으며 손으로 늘어진 티셔츠를 끌어올렸다. 난 더 이상 엄마의 상처 부위를 쳐다보지 않았다. 미안하고 안쓰러웠다.

엄마는 쟁반 위에 호박엿과 쌀강정을 놓고 윗목에 있는

삼계탕을 가지고 나갔다. 엄마는 내가 얄리에 대한 깊은 애정을 알고 있었던 것이다. 난 흘러내린 눈물을 닦으며 쌀강정을 오물오물 씹었다. 호박엿은 먹을 수가 없었다. 아버지에 대한 격한 저항 때문에 이빨이 욱신거렸다.

 다시 난 이불 속으로 들어갔다. 이젠 얄리의 삼계탕에서 나는 감미로운 냄새를 탐하지 않아도 되었다. 얄리에 대한 미안함도 덜 했다. 하지만 그것으로 나 자신을 용서할 수는 없었다. 그래서 난 이불 속에서 주먹으로 머리를 여러 번 내려쳤다. 뒤늦은 뉘우침이었다. 그러다가 이상하게 얄리가 나 자신보다 더욱 낫다는 생각이 문득 들었다. 엄마의 처지도 마찬가지였다. 엄마도 얄리보다 못하다는 생각이 불현 듯이 들었다. 날카로운 칼이 모가지를 순간적으로 자르지 않았느냐 말이다. 순간의 고통은 있을지 몰라도 길고 가파른 고통이 계속 연이어 다가오지는 않을 것이기 때문이다. 엄마와 난 얄리보다 자유롭지 못한 삶을 살고 있었던 것이다. 아직도 그리고 나중에도. 가혹한 삶의 고통과 아픔이 여전히 남아서 기다리고 있었기에.

할머니

할머니는 여자였다. 성욕이 충일하게 넘치는 건강한 육체를 가지고 태어났다. 여자에게 어울리지 않는 신장을 가지고 있어 여장부 같았다. 그래서 그런지 유방도 큼직했다. 커서 아담한 사이즈와는 거리가 있었다. 더욱이 살성이 물러서 지나치게 처져 있었다. 그 늘어진 유방은 브라의 공간을 느낄 수 없는 곳에서 서식했다. 그래서 볼품이 없었고 할아버지만 탐했는지도 모른다. 그 할아버지는 이미 소멸해 버린 것이다.

그리고 그녀의 긴 팔도 어느 여자에게서 잘 볼 수 없는 독특한 모습이었다. 유인원에 가까웠다. 옷을 입어도 어딘가 어색했다. 더욱이 얼굴에 주근깨가 촘촘하게 내려앉아 남자들의 시선을 받기에는 어려움이 많았을 것이다. 그 유일한 시선이 할아버지였던 것이다. 하지만 그 할아버지는 죽었고 과부로서 외롭게 존재할 뿐이었다.

할아버지는 그 성욕의 부추김을 받아내고 어루만져주는 유일한 사람이었다. 하지만 그 할아버지는 멀리 떠나버렸고, 그 곁에는 공허한 무려와 잔인한 외로움만 남아있는 것이다. 손자가 해결해 줄 수 없고 닿을 수도 없는 거리에서 지루한 일상을 겨우 연명하고 있었던 것이다. 그래서 할머니는 늘 짜증을 부렸고, 늘 권태롭고 우울한 표정이었다.

그 삶의 단조로움을 어느 정도 상쇄시켜 준 것이 아버지였다. 그는 술주정뱅이에다 노름꾼이었지만 할머니는 그가 가장 자랑스러웠다. 그의 예의 없는 행동에 집안이 많이 기울었고, 그럼에도 늘 자식을 칭찬했다.

어느 날 그런 놈팡이에게 엄마가 시집을 온 것이다. 서른에 가까운 아버지는 열여덟의 처녀를 맞이한 것이다. 가까스로 소녀티를 벗어난 곱고 청순한 얼굴로 다가와서 아버지 곁에 선 것이다. 할머니는 똥 씹은 얼굴이었다. 자신의 청춘을 바쳐서 만든 완벽한 인간이라고 생각하며 키운 아들을 남에게 넘겨야 하는 것이 싫었던 것이다. 그것도 스물도 안 된 철부지 여자에게 말이다. 은행에 매달 저축한 것을 갈취당한 심정이 이런 것이리라.

첫날밤도 겨우 넘어갔다. 할머니는 발정 난 암케 마냥 마당에서 뜬눈으로 밤을 지새우며 아들 내외의 리얼한 행위를 듣고 느꼈다. 그것이 더욱 그녀를 안절부절 못하게 했다. 할아버지도 없는 현실 앞에 그녀는 온몸에서 진한 불기둥이 솟는 것을 느낄 수 있었다. 모멸감마저 들었다.

그녀는 마흔 살 중반에 혼자가 되어서 자신이 손수 끓어오르는 욕구를 위로하며 살았다. 간간이 들리는 아들 내외의 신음소리와 사랑의 언어에 진한 쓴맛을 느끼며 잔인하고 뼈저린 외로움과 배신감 속에서 벗어날 수 없었다.

그 성적인 출구를 찾지 못하자 모든 것이 짜증 나고 무기력하기만 했다. 그래서 자신의 삶에 대한 보상을 받고 싶어 안달이 났다. 예전에는 아들이 보상이었다. 하지만 그는 어린 여자의 정수 깊은 곳에 긴 빨대를 꽂아 달콤한 꿀만 탐하고 있었던 것이다. 이제 자신은 아들의 인생에서 예외적인 존재일 뿐이었다.

할머니는 그것이 싫었다. 자신의 삶의 가치가 일순간 애송이에게 짓밟히는 기분이었다. 그것도 아주 무참하게 말이다. 그래서 아들의 아내가 몸서리치게 싫었던 것이다. 그 바닥도 없이 가라앉는 상실감과 끓어오르는 욕구로 인하여, 겉으로 드러나는 강한 투기가 생겼던 것이다. 여전히 할머니는 여자였던 것이다.

이상하게도 아버지는 엄마를 아내로 맞이하고 한동안 들개의 본성이 나오지 않았다. 엄마의 인자하고 애씀과 부드러운 사랑으로 무뎌지고 소멸되어버린 것이라고, 그 순간은 그렇게 믿었다. 하지만 할머니는 그것마저도 싫었다. 온순한 양처럼 길들여진 아들이 누구를 위해서 그러는지 알 수 있었기 때문에.

할머니의 투기는 여자의 일반적인 투기보다 치열하고 강렬했다. 나이를 많이 먹고, 가진 위치가 특별해도 투기는 미친년의 광기처럼 갑작스럽게 다가오는 것이었다. 할머니는 보통의 여자보다 절실했다. 그들은 살갑고 은근하게 섹스를 하는데 정작 자신은 무작정 다가오는 욕구의 열기를 어렵사리 잡아 풀어내는 것으로 만족했기 때문에.

그 어느 날부터 할머니는 자신의 아들과 며느리 사이에 끼어 이간질을 시켰다. 그녀는 그 이간질 속에 갇힌 아들과 며느리를 내려다보는 것이 즐거웠다. 자신의 손아귀 밖에서 충만한 행복을 맛보던 그들이라 더욱 통쾌하다는 생각이 들었다. 자신은 잔인한 외로움으로 하루하루를 간신이 이어나가고 있었는데, 그들은 달콤한 나날만 보내는 것이었다.

불행하게도 그때부터 아버지의 들개의 본성이 드러났다. 소멸되어 없어진 것으로 착각했다면 그것은 잘못된 판단이었다. 그것은 수면 아래 깊이 가라앉아 있었을 뿐이었다. 엄마의 사랑과 헌신으로 말이다. 하지만 할머니의 간특하고 절묘한 투기로 인하여, 또다시 그 짐승이 으르렁거리는 것이었다.

그때부터 아버지는 엄마를 때리고 무시했다. 엄마의 사랑과 헌신도 이젠 무의미한 것으로 흘러가버렸다. 예전에는 그것을 심중에 잡아두어 자신의 삶의 가치로 삼고 나아가는 그였다. 그것이 옳고 그것이 행복하다고 생각하며 엄마를 존중하며 살았었다. 하지만 할머니의 치밀하고 음흉한 개입이 모든 것을 흩어버렸다.

할머니는 아들이 며느리를 무시하며 때리는 것을 고마워

했고, 그것으로 전율을 느끼며 자신을 위무했다. 자신이 애써 키운 가치를 어느 날부터 앗아가더니 자신의 허락도 없이 본질의 형태를 바꾸는 것이었다. 이젠 자신의 의도대로 예전의 모습으로 돌아와서 자신의 수족 노릇을 하는 것이 대견스러웠다. 그래서 마음이 한결 가벼워졌다.

엄마는 그렇게 돌아가는 상황을 보고 이미 포기했는지도 모른다. 할머니도 포기하고, 아버지도 포기하고, 그 와중에도 오직 자식의 존재만 생각했는지도.

더욱이 할머니는 아버지를 잠시나마 빼앗아 간 엄마를 가만두지 않았다. 처절하고 가혹하게 복수를 했다. 관음증으로 허덕이다가 혼자 외롭게 자위를 하며 쌓아온 분노인지도 모를 일이었다. 그것이 앙금이 되어 행위를 조장했는지도.

우선 할머니는 엄마에게 밭일부터 시켰다. 그녀의 나이는 갓 스물이었다. 막 피어오르는 빅토리아수련의 꽃봉오리처럼 아름다운 나이였다. 그런 그녀를 태양이 거세게 내리꽂는 거칠고 광활한 밭에 홀로 내던져놓은 것이었다. 그늘도 없는 그곳에서 잡초와 씨름하게 내버려두었다. 자신의 딸인 고모는 설거지 한번 시키지 않는 위인이었다.

밭일을 마치고 돌아오면 해거름이었다. 그때 할머니는 큰방 아랫목에 누워서 저녁밥이 늦다며 온갖 거친 말들을 끌어들였다. 엄마는 군소리 없이 허리 한번 펴보지 못하고 일상의 번거로운 일을 하지 않을 수 없었다. 다 큰 고모는 할머니와 아랫목에서 퍼질러 자고 있었다. 그것이 고모였다.

그래도 엄마는 군소리를 하지 않았다. 딸을 낳고 오래되지 않아서였다. 산후조리의 은근하고 따스한 대접을 바랐는지도 모른다. 할머니가 나름대로의 방식으로 극진히 행했다고 했다. 없는 살림에 소고기 미역국을 끓여놓고 한 그릇 가득 먹었다. 그것으로 끝이었다. 그 많은 미역국은 아들과 고모의 아가리에 들어가고 말았다. 때때로 자신이 며느리의 산후조리를 위해 미역국도 끓여주는 자상하고 인자한 사람이라고 동네에 소문까지 내고 다니곤 했다. 그 야비한 할머니는 그것으로 평생 엄마를 부려먹는 것인지도 모른다. 미역국 한 그릇으로.

할머니는 자신의 몸과 아들딸이 소중했다. 며느리인 엄마는 가혹할 정도로 무참하게 내리찍고 무시했다. 마치 머슴을 다루듯이 처절하게. 어쩌면 그것이 자신의 가치를 높이는 것이고 현실의 불안한 성적 갈구에 대한 보상 심리로 생각했는지도 모른다. 보통 가난한 유교적인 가풍으로 내려오는 집안의 사람들은 대개 남을 무시하는 것으로 가치의 향상을 성취하며 살아간다. 할머니도 그런 부류인 것 같았다.

엄마는 저녁밥을 먹고도 쉬지 않았다. 홀치기로 하루를 정리하는 수순이었다. 그것은 할머니의 강요는 아니었지만 딸아이의 앞날을 보고 손수 자발적으로 행한 일이었다. 술주정뱅이인 남편을 믿지 못해서, 딸아이는 자신보다 나은 삶을 살기를 바라며 고된 노동에서 오는 피로를 간신이 밀쳐내며 밤의 정점으로 내달리는 것이었다.

그렇게 하루가 가면 내일 또 고된 일상이 기다리고 있었던 것이다. 그것을 관여하고 통제하는 것은 할머니였고 엄마는 감연히 받아들였다. 그렇게 가족 속에서 권력의 서열이 정해지는 것이었다. 할머니는 그것을 누렸고 그것을 나누어주지 않았다. 아버지와 엄마가 가까워지는 것을 견제하고 막으면서 엄마를 가혹하게 부려먹었다. 어쩌면 몰래 독을 타서 죽이지 않은 것도 엄마를 위해서가 아니라 자신의 안위를 위해서 행해지는 것이리라. 신군부의 브레인보다 더 영악한 데가 있었다. 할머니는 주도면밀했다.

삶과 죽음 사이

　황매산 정상에서 왼쪽으로 급하게 쏟아지다가 완만하게 머문 자리가 도장골이었다. 그곳 깊은 골짜기에서 짙은 구름이 조금씩 일어서 무리를 이루면 음침하고 신묘한 분위기를 자아내었다. 맑은 날에도 갑작스럽게 그곳에서 분주하게 울상으로 변모하면 급하게 소나기가 내리곤 했다. 할머니는 자주 나에게 죽으면 그곳 너머에 가야한다고 했다.
　난 그곳이 죽음의 저쪽이 아닐까 생각했다. 일제강점기 때 자수정을 캐던 곳이었다. 땅속 깊은 곳으로 들어가는 동굴이 있었다. 주민들이 많이도 동원되어 죽거나 불구가 되었다. 때때로 살아오는 사람도 있었지만 멍청하게 남은 나날을 보냈다. 어쩌면 그곳이 하데스가 사는 곳이 아닐까 의심이 들기도 했다. 그래서 할머니가 죽으면 그곳에 가야한다고 하는지도 모른다고 생각했다.
　난 그곳에서 짙은 구름이 몰려오면 온몸에 이상한 반응이 일었다. 먼저 한기를 품은 바람이 몰려오는 것도 음산했고, 가라앉은 모호한 소리가 나의 주위를 휘감는 것도 오금을 저리게 했다. 살이 떨리고 말이 떨렸다. 알 수 없는 괴기스러운 무서운 것이 다가와서 아가리를 벌리고 시시때때로 나를 삼키려고 으르렁거리는 것 같았다. 하지만 할머니는 그것이 더 편하고 유익하게 다가오는 것 같았다. 흥이 나는지 콧노래를 부르기도 했다.

난 그곳이 삶과 죽음 사이에 놓인 장소라고 생각했다. 아무래도 할머니는 엄마를 괴롭혀 자살로 이끌어서 그곳에 가두기 위해 안간힘을 다 쓰는 것 같았다. 그래서 자신의 허한 삶을 보상 받기 위함도 있어보였다. 사람은 누구나 상대가 자신보다 못나기를 바라며 잘나면 부담스러워 까버리며 착취의 발판을 마련하기 위해 갖은 노력을 다한다. 할머니가 엄마에게 한 행위가 그러했다.

아마도 얄리의 죽음도 그곳에서 지령이 내려졌을 것이다. 할머니는 그 하달된 명령을 충실히 따르며 나에게 아픔과 울분을 선사하여 괴로움으로 밤을 설치기를 바라는 것 같았다. 그것으로 자신에게 대항하는 적에게 자신의 위상을 드러내고 경거망동하지 말라는 암시도 포함하고 있는 것 같았다.

할머니는 그런 사람이었다. 단순하고 무식했지만 본능적인 더듬이가 과도하게 발달하여 보이지 않는 부분까지 인지할 수 있었다. 그래서 그런지 의심도 많았다. 엄마가 밥을 해줘도 함부로 먹지 않았다. 언제나 누나에게나 형에게 한 숟가락을 먹이고 나서 안심이 되면 그때 먹었다. 그녀는 엄마를 믿지 않았다.

더욱이 그 나이에 어울리지 않게 대식가였다. 먹는 모습도 게걸스럽기 그지없었다. 밥 한 공기를 눈 깜박할 사이에 먹어치우고 숭늉에 가라앉은 누룽지를 바쁘게 먹어치웠다. 손자들의 눈은 의식하지 않았다. 그러고는 밥상을 치우라고 발로 밀어내었다. 그러면 우리들은 방 한쪽 구석에서 밥을 간신이 눈치를 보며 먹었다.

 그럴 때면 엄마는 머리를 숙이면서 밥만 먹었다. 젓가락은 거의 움직이지 않았다. 가지런하게 밥상 한쪽에 놓여있는 것이 다였다. 할머니는 그것을 보며 이쑤시개로 이빨을 쑤시며 못마땅하다는 투로 혀를 차며 거친 말을 내뱉었다.

 "저래 처먹고 애들을 낳았으니 애들이 저 꼴이지."

 그러면 방 안의 공기는 더욱 싸늘했다. 엄마는 잠자코 씹던 밥을 씹을 뿐 더 이상 밥그릇에 숟가락이 가지 않았다. 그래도 시집 못간 고모는 밥 한 알 남기지 않고 밥그릇을 다 비웠다. 그러고는 바람벽에 기대어 다리를 쭉 뻗고 부른 배를 어루만졌다. 아버지는 어제 마신 술에서 아직도 헤어나지 못하고 작은방에 길게 뻗어 있었다. 난 그 공기가 익숙했어도 엄마의 억눌린 어깨를 보며 가슴이 아팠다. 죽음 너머에 살아가는 망령들의 식사가 이럴 것이라고 생각하며 여기가 지옥일 것이라 생각했다.

 할머니는 하루를 밥상머리에서 그렇게 열었다. 그럴 때면 난 의식 깊은 곳에서 겨우 안정을 취하며 본색을 감추고 있던 살인의 충동이 깨어났다. 늘 주시하며 있다가도 일상의 무게와 가끔씩 일렁거리는 부드러운 온정에 무뎌져 있었던 것이다. 할머니의 충동질은 그것을 날카롭게 벼리었다. 마치 장검을 눕혀 놓고 구석구석을 말끔히 닦고 손질하듯이.

난 언젠가는 때가 올 것이라 믿었다. 그때가 오면 여지없이 숨통을 눌러 세상의 온전한 빛을 제대로 보지 못하게 할 것이다. 주저해야 하는 양심은 사치이고 인륜을 저버린 패륜아로 남아 손가락질을 받는다고 해도 할머니를 참혹하게 보낼 것이다. 그것이 나의 숙명이기에.

할머니는 아침을 먹고 나면 일정한 시간에 맞춰서 낮잠을 잤다. 그 깊은 잠 속에서 허우적거릴 때 목을 눌러버리는 것도 나쁘지 않은 방법이었다. 하지만 고모라는 보초가 늘 곁에 있어 그것도 쉽지 않았다. 어설프게 눌렀다가 발각이 되면 내 정체가 만천하에 드러나는 것이다. 그래도 때를 봐서 눌러보는 것도 나쁘지는 않을 것 같았다. 실패로 끝나면 모든 것이 끝난다고 할지라도 임기응변으로 모면할 수도 있을 것 같았다. 해보지도 않고 다음으로 미루기만 할 수는 없었다. 언제까지나 엄마를 사지에 방치할 수는 없는 일이었다.

난 마당에서 배회하다가 기회를 잡기로 했다. 그래서 먹잇감 주위를 어슬렁거렸다. 자칼처럼 사막의 저격수는 아닐지라도 기다리다 보면 틈이 날 것도 같았다.

할머니는 베개를 높이 베고 코를 골며 세상 모르고 하염없이 자고 있었다. 자신의 생명을 노리는 사자가 있다는 것도 모른 채 자고 있었던 것이다. 그런데도 자는 표정이나 모습이 자연스럽고 편하다는 생각이 들지는 않았다. 억눌린 듯 흉해 보였다. 틀니를 빼고 자고 있어 죽통이 더욱 일그러져 있었다.

고모는 할머니 곁에 붙어 있었다. 캥거루 새끼처럼 위험에 직면하면 할머니 품 깊이 들어갔다. 그러면서 그녀는 할머니가 누리는 권력의 일부를 향유하고 있었다. 얄리의 일도 그렇다. 어쩌면 그녀가 얄리를 삼계탕으로 만드는 데 일조했을 것이다. 할머니를 충동질하면서도 자신은 늘 한 걸음 뒤에 물러서 있었을 것이다. 그리고 그녀가 나에게 가져다준 삼계탕은 나를 위해서가 아니라 나를 괴롭히려는 의도적인 행위일 것이다. 영악하고 치졸한 그녀라면 가능한 일이었다.

그 고모가 내시처럼 할머니 곁에 붙어 있으면 일은 일그러진다. 내 능력으로 그녀를 떨어뜨려 놓을 수도 없었다. 그래서 무작정 기다리는 수밖에 별도리가 없었다. 난 마루에 앉아서 그녀의 움직임을 주시하고 있었다. 도둑고양이의 행동거지처럼 예민한 조심성을 갖추고 그녀를 관찰해야만 했다.

몇 분이 지났을 것이다. 고모가 할머니 품에서 떨어지는

가 싶더니 눈을 뜨고 바쁘게 화장실로 향했다.

 난 그때를 놓치지 않았다. 큰방으로 들어가 할머니 곁에 우두커니 섰다. 무작정 서 있을 뿐이었다. 고요한 침묵 속으로 할머니의 코고는 소리가 비집고 들었다. 그녀는 곤하게 자고 있다가 몸을 뒤치며 내 쪽으로 얼굴을 돌렸다. 그러고는 입맛을 다시는 것도 잊지 않았다.

 나는 방바닥에 있는 베개를 쥐었다. 참혹하게 당하는 엄마를 생각하며 비장한 마음을 먹었다. 더욱이 최근에 게걸스럽게 먹어치운 얄리도 잊지 않았다.

 그때 황매산 깊은 골짜기에서 불안하고 음산한 소리가 스멀스멀 기어 나와서 나의 귓가에 어슬렁거렸다. 아까부터 찌푸린 표정으로 주위를 몹시 불편하게 만들고 있었다. 이제야 자신의 본성을 조금씩 드러내는 것이었다. 당황스럽게 소나기가 내릴지 우박이 내릴지 알 수는 없었으나, 갑작스럽게 변모하지는 않을 것 같았다. 장시간 워밍업을 했기 때문에 무모하게 들이닥치지는 않을 것 같았다. 믿지는 않았다. 그것이 나의 생존 방법이었다.

 나는 대의명분이 확실했기에 주저하지는 않았다. 매미의 사지를 잘라 버리고 날개를 찢어버리는 것과 다르지 않았다. 단지 그것보다 덩치가 크고 사람이라는 것뿐이었다.

 난 결단을 내리고 일을 착수할 순간에 문밖에서 이상한 기운을 감지할 수 있었다. 어떤 거대한 존재가 나를 지켜보는 것 같았다. 처음에는 대기가 불안하고, 어둡고 침침해서 일어나는 것으로 여겼다. 하지만 그것이 아니었다. 고모에게서 느낄 수 없는 아주 묵직한 그 무엇이었다. 난 곁눈질로 어둑어둑한 밖을 내려다봤다. 비옷을 입은 엄마였다.

난 베개를 방바닥에 던지고 밖으로 나왔다. 다소 어색한 표정으로 엄마를 뒤로 하고 사랑방으로 갔다. 그러곤 장롱 속에 숨었다. 난 몸을 웅크린 채 어둠 속에서 나를 지켜봤다. 엄마의 표정이 이상했다는 것을 느끼며 난 그곳에서 스르르 잠이 들었다.

그렇게 한참을 잤고, 일어나자 쾌적한 기분이 들었다. 그래서 마당으로 나와서 기지개를 켜며 하늘을 올려다봤다. 태양이 밝고 또렷한 자태를 드러내고 있었다. 짙은 구름 사이에 의뭉스럽게 숨어서 날뛰던 천둥과 번개도 자취를 감추고 없었다.

내가 장롱 속에서 잘 때 비가 무척 많이 온 것 같았다. 돌담의 허리와 어깨에 붙어서 의연하게 기어서 싱싱하게 살아가는 담쟁이도 수분을 잔뜩 머금은 풋풋한 표정이었다. 싱그러웠다. 그리고 마당도 질퍽거렸다. 발을 온전한 곳에 둘 데가 별로 없었다.

점심때도 한참 지나 있었다. 태양이 많이 기울어가고 있었다. 그때쯤이면 할머니는 도장골에 방목해 둔 소들에게가 있었다. 원래 그것도 엄마가 하는 일이었다. 밭일이 바쁘면 할머니가 한번씩 가곤했다. 그것이 할머니가 하는 유일한 노동이었다.

 난 집에 나와서 도장골로 걸음을 옮겼다. 도장골로 가는 길은 경사가 심하고 비포장도로였다. 땅바닥을 헛디디면 미끄러지거나 넘어지곤 했다. 아까 온 비로 인하여 도로가 엉망진창이었다. 군데군데 파인 흔적이 많았다. 난 누군가가 앞서 그 길을 지나간 흔적과 내가 걸어온 길을 되돌아보며 그 흔적들이 나의 내면의 벽과 다르지 않다고 생각했다. 불규칙적이고 어수선한, 난도질당하고 유린당한, 그래서 초라하고 비참한 모습 말이다. 그리고 그것이 나 자신의 상처 같다는 생각도 들었다. 평상시에는 의식의 피막에 의해서 겉으로 잘 드러나지 않았고 비가 오거나 눈이 오면 얇아지고 물러져서 약한 충격에도 일그러지는 것이 길 위의 흔적과 닮은 것이었다.

 앞으로 나아가기가 무척 힘들었다. 목표를 향해 나아가는 길은 언제나 고달픈 일인 것 같았다. 하지만 그 역경을 딛고 나아가다 보면 언젠가는 성취가 있지 않겠는가. 난 한참 가다가 길 위에 서서 나의 신발을 내려다봤다. 하얀 고무신에 황토와 진흙이 엉겨 붙어 있었다. 난 길가에서 여린 소나무 가지를 꺾어 신발 주위를 말끔히 닦아내었다. 그리고 여전히 길 위에 서서 나아갔다. 그러던 중에, 난 낮잠을 자고 일어난 후에, 굳은 의지와 투지가 물러진 것을 길 위를 걸으며 인식할 수 있었다. 그래서 그런지 수치스럽고 모멸감까지 들었다. 더욱이 아까 일이 꿈에서 일어난 것처럼 흐릿하고 모호했다. 먼 과거에 일어나거나 현실과 동떨어진 다른 사람의 일 같았다. 난 의식적으로 그것을 내 시선 앞으로 당겨놓았다. 무뎌진 의지와 투지를 밀쳐내기 위함이었다.

장마철이 막바지에 이르러 대기는 수분을 많이 품고 있었다. 끈끈하고 묵직했다. 그래서 그런지 온몸을 억지로 짓누르는 느낌이었다. 하지만 비포장도로 가에 늘어선 벼들은 그것이 오히려 반가운지 줄기 깊숙한 곳까지 물과 열기를 품고 있었다. 가는 바람이 불면 무성한 줄기를 너풀거리며 무겁게 소리를 내었다. 서걱서걱. 그 사이를 참새들이 요란하게 휘젓고 다녔다. 마치 요트들이 바람을 타고 파도의 섬세한 결을 타고 나아가듯이.

이제 겨우 쌀을 품어서 예민한 그들이었다. 하지만 젊음의 열기는 어찌할 수 없는 것이었다. 아직 한참 자라는 젊은이의 손짓과 다르지 않았다.

천천히, 좀 더 올라가자 소나무 군락지에 이르렀다. 억센 빗물에 씻겨 솔잎 향기가 맑고 깊으며 향긋했다. 어느 정도 그늘이 있어 강렬한 햇살을 피하기에는 요긴했다. 바닷가에 늘어선 해송은 바닷바람을 막기 위한 책무가 있다면 길가에 늘어선 소나무들은 그런 책무가 없어 자유로워 보였다. 삶의 실타래를 자유분방하게 마음대로 풀어도 되는 자유가 있어 더욱 친근감이 갔다. 나 자신과는 대조적이었다. 부러웠다.

그곳부터 경사가 심했다. 오른쪽에는 밤나무가 능선을 따라 길게 늘어서서 나를 따라왔고 왼쪽으로는 다랑논이 호위를 했다. 그래서 그런지 내가 특수 임무를 수행하는 민주운동가인 것 같았다.

드디어 도장골 초입이었다. 여전히 태양은 힘차게 솟아 있었다. 구름도 그 햇살을 왜곡 없이 받아서 정갈하고 산뜻하게 보였다. 제각각 후광을 받은 구름들은 섬세하고 은근한 은빛을 뿜어내고 있었다. 대기도 청결하게 청소하여 유난히 맑고 투명했다. 그럼에도 도장골의 경계를 넘어서자 후텁지근한 대기가 일순간 사라지고 서늘한 기운이 급하게 몰려왔다. 한기였다. 난 다소 불안한 표정으로 그 경계에 서서 내가 걸어온 족적을 내려다봤다. 길게 나아가다가 휘어지고 또 나아가다가 휘어져 있었다. 아무것도 없었다. 나도 없고 애쓴 흔적도 없었다. 단지 가까이에 있는 신발의 흔적뿐이었다. 삶은 어쩌면 가까이에 있는 것밖에 보이지 않는 것인지도 모른다는 생각이 들었다. 다소 멀어지면 희미하고 먼 것이 되고, 그것이 과거라는 올무에 갇히고 마는, 하지만 사람들은 그것을 모른 채 나아가는 것인지도.

도장골로 들어서서 조금만 걸으면 계곡이 나왔다. 골짜기 깊은 곳에서 가는 물줄기들이 모인 것이 하나의 큰 줄기가 되어 우렁찬 소리를 내었다. 장마철이라 수량이 풍부해서 더욱 요란했다. 난 거친 계곡의 소리가 들릴 정도의 거리에서 멈춰 서 주위를 살폈다. 우선 계곡의 지칠 줄 모르는 무겁고 둔중한, 음산하고 살벌한 소리에 압도되었고, 그것보다도 미세하게 날리는 서늘한 물의 입자들이 나의 온몸을 차갑게 휘감았다. 땀이 송골송골 맺혀 있던 피부 위를 무엄하게 걸터앉는 것이다. 그러자 지금까지 의기충천했던 의지와 투지가 갑자기 사그라지는 것이었다.

그래도 난 정신을 차리려고 안간힘을 썼다. 하지만 아무리 마음을 다잡아 먹어도 아랫도리에 힘이 들어가지 않았다. 난 여기가 삶과 죽음의 사이인지도 모른다는 생각이 들었다. 조금만 산으로 들어가면 동굴이 나오고, 그곳은 하데스가 괴기스러운 표정을 하며 지킬 것이란 생각이 들었다. 아직까지 한 번도 가 보지는 못했다. 가 보면 잡혀서 못나올 것 같아서 애써 보고 싶지도 않았다.

난 몽롱한 의식에서 벗어나려고 발버둥치다가 할머니를 발견했다. 그녀는 알몸인 채 하류에서 몸을 씻고 있었다. 그리 멀지 않았다. 이목구비와 가슴과 음부가 또렷했다. 물기를 머금어서 그런지 아직도 늙은이의 육체가 아니었다. 얼굴과는 달리 피부는 투명하고 맑았다. 하얀 상아빛을 뿜어내는 것이 탐스럽고 고와 보였다. 정욕을 멸리하기에는 육체가 아직 시들지 않았다. 처녀에 비하면 허리가 굵었고, 유방이 과도하게 쳐져 있는 것이 흠이라면 흠이었다. 그렇지만 온몸에서 그녀의 나이에 어울리지 않게 교태의 윤기가 났다. 교태의 비늘이 반짝거리는 것인지도 모른다. 적당한 거리에서 아련하고 은은하게, 단호하면서 매혹적으로 다가오니 말이다. 먼저 떠난 할아버지를 위한 몸가짐은 아닌 것 같았다.

나는 그때 비로소 보았다. 할머니는 혼자가 아닌 것을 말이다. 허연 수염을 한 옆집 할아버지가 바위 뒤에서 몸을 씻고 있다는 것을. 그는 비누칠을 하며 할머니의 육체를 응시하고 있었다. 서로에게 몸이 많이 오간 사이처럼 정겹고 온화한 표정을 드러내었다. 그들의 행위도 거드름을 피울 정도로 여유를 담고 있었다.

때마침, 옆집 할아버지는 막무가내로 들이닥치더니 집요하게 할머니를 약탈했다. 아직도 시들지 않은 육체를 탐미하는 것이다. 젊은이의 열정적인 간절한 섹스의 모습을 엿볼 수 있었다. 손으로 억세게 만지고 입술로 거칠게 흡혈하고 있었다. 양다리도 할머니의 몸에 밀착해서 지향하는 갈망을 좇고 있었다. 할머니는 얌전하게 있었다. 평소에 괴팍하고 몰인정한 모습은 볼 수 없었다. 다소곳했다. 따스하고 달콤한, 몽롱하고 자지러지는 표정으로 나아갔다. 그것도 잠시 뿐이었다. 옆집 할아버지의 적극적인 질주에 할머니는 갈급한 육체적인 쾌락을 탐하기 위해 격하게 연동하는 것이었다.

그것을 보고 있던 난 어이가 없어 그렇게 멍하니 서 있었다. 잠시 후에 난 무의식적으로 바닥에 있는 묵직한 돌멩이를 주었다. 그러고는 주저하지 않고 돌멩이를 날렸다. 목적지에 멀리 벗어났다. 그래서 다시 주워서 연속으로 몇 개를 더 날렸다. 그래도 분노가 풀리지 않았다. 난 그 분노가 옆집 할아버지에 대한 것인지, 할머니에 대한 것인지 확실히 알 수는 없었다. 단지 돌멩이를 던질 뿐이었다.

나중에 안 사실이지만, 옆집 할아버지를 향해 던진 것도 할머니를 향해 던진 것도 아니었다. 엄마의 삶을 향해 던진 것이었다. 피동적이고 무기력한 모습에서 분노를 느낀 것이었다. 할머니는 자신이 원하는 방식으로 삶을 개척하고 넘치는 정욕을 소비하며 나아가지 않느냐 말이다. 하지만 엄마는 할머니가 착취하기 위해 설계한 삶 속에서 간신이 호흡을 하며 연명하고 있었던 것이다. 눈치를 보며 간신히 입 속의 밥을 씹으며 하루하루를 버티며 말이다. 난 그것이 평소에도 못마땅했다. 자신의 생각과 의사를 드러낸 진취적인 여성상을 보고 싶었다. 엄마는 그러지를 못했다. 할머니와 아버지의 협공이 무서웠는지도 모른다.

난 제법 큰 돌멩이를 주워서 강하게 던지고 발걸음을 옮겼다. 옆집 할아버지와 할머니는 여전히 거친 물소리 속에서 서로를 인정하며 정열적으로 섹스를 나누고 있었다. 그때 난 도장골 깊은 곳으로 시선을 옮겼다. 평소 무서워서 피하고 외면했던 그곳을 난 유심히 들여다봤다. 가는 구름이 산으로 풀어져 내려와 사라지기를 반복했다. 그 영향인지 시원한 바람이 주위를 상기시켰다. 오싹하지는 않았다.

 난 집으로 내려오면서 할머니가 평소에 말하던 음산한 죽음에 대하여 생각했다. 그리고 죽으면 그곳에 가야 한다는 말도 곰곰이 생각했다. 어쩌면 난 할머니가 설정한 현실에 살고 있는 것인지도 모른다. 엄마의 삶처럼. 나에게 그런 불필요한 불길한 이미지를 심어 자신의 아지트를 숨기기 위한 술책인지도.

 난 그제야 알았다. 엄마의 삶과 죽음 사이에는 가혹한 노동과 착취가 있었고 할머니의 삶과 죽음 사이에는 달콤한 섹스가 있었다는 것을 말이다.

담임선생과 미루

 8월 1일이었다. 지긋지긋한 장마가 지나가고 아침 햇살이 감나무 잎사귀에 엉근 이슬을 차분하게 밀어내자, 태양은 더욱 대담해져서 보란 듯이 대지를 맹렬하게 데우고 있었다. 용광로에 철근이 늘어지듯이 데워진 대기도 하염없이 늘어지는 것 같았다. 그래서 도로에는 사람들이 보이지 않았고 강아지도 그늘을 찾아 혀를 길게 빼물며 더위를 뿜어내고 있었다.
 정오를 기다리기에도 시간이 제법 남아 있었다. 난 집에서 나와 개천 근처 소나무 그늘 아래에 앉아 있었다. 그늘이 보기 좋게 내려앉아 제법 서늘한 기운이 감돌았다. 강한 햇살로부터 나 자신은 피할 수 있을 정도였다. 하지만 그것도 잠시 뿐이었다. 어느새 태양이 역동적인 움직임으로 한낮으로 옮겨가고 있어 그늘도 어느새 조금씩 움직이는 것이었다. 세상의 모든 것은 표시 안 나게 움직인다는 것을 비로소 안 것이다. 내가 움직일 때는 잘 알 수 없는 것이다. 멈춰 있을 때 여실히 드러나는 것도 알았다. 얄리도 내가 멈춰서 곰곰이 관조하자 그의 부재가 확연히 드러났다.
 개천 근처에 염소 새끼가 두 마리 있었다. 자유롭게 물때 묻은 돌 위를 오가며 눈부신 햇살을 받으며 노닐었다. 염소 어미는 긴 고삐에 묶이어 새끼들이 노니는 곳에 올 수 없었다. 그곳에서 풀을 뜯고 있었다. 제한된 공간에서 제한된 행동이었다. 그러나 한눈팔지 않고 열심히 풀밭을 헤매며 자신에게 필요한 풀을 골라 먹었다. 쇠파리와 파리가 집요하게 달라붙어도 염소 어미는 자신의 본분을 잊지 않고 풀을 뜯었다. 엄마가 밭에서 잡초를 뽑듯이 치열했다.

난 염소 어미에게로 다가갔다. 염소 어미는 나를 보자 경계의 눈초리로 뿔을 앞세워 거칠게 밀쳐냈다. 내가 자신의 공간에 들어온 것에 대한 강한 저항이었다. 난 인정할 때까지 일정한 거리를 두고 기다렸다. 그러다가 염소 어미가 자신의 영역을 조금씩 허락하는 것 같았다. 어린아이의 해맑은 모습에 들여보낸 것 같았다. 그렇지 않았다면 날카로운 뿔로 돌진하여 자신의 영역 밖으로 밀어냈을 것이다. 난 조심해서 가까이 다가가서 염소의 몸을 들여다봤다. 멀리서 봤을 때와 달리 온몸에 상처투성이였다. 머리 위에 난 뿔은 오른쪽이 부러져 볼품이 없었고 몸통도 흉한 상처 자국이 남아 있었다. 난 그 상처가 새끼들을 지키기 위해 저항한 흔적인 것 같아서 안쓰럽고 측은했다.

염소 어미는 여전히 풀을 뜯었다. 난 엄마를 생각하며 염소 어미의 머리를 쓰다듬어주었다. 처음에는 머리를 돌려 외면했으나 이내 염소 어미는 나의 시선에 맞추었다. 그래서 몸통까지 몇 차례 더 쓰다듬어주었다.

 난 몸통에 있는 상처 부위에 손가락을 가져가서 어루만졌다. 염소 어미는 상처에 대한 기억이 기습적으로 다가오는지 몸을 움츠렸다. 그러더니 앞으로 나아가서 풀을 뜯었다. 본능적으로 하는 행동이었다. 새끼들에게 양질의 젖을 먹이기 위한 염소 어미의 거룩한 모성애 같은 것이었다. 엄마도 거친 밭을 고르며 자식에게 충실한 곡식을 먹이기 위해 호미를 들고 이리저리 오가며 땀을 흘리며 잡초를 뽑았던 것이다.

 난 아직도 엄마의 상처를 한 번도 어루만져주지 못한 것이 생각났다. 미친개에게 물리고 찢어져도 옷 속에 감춘 채 잘 드러내지 않는 상처였다. 난 나 자신을 지키기 위해 애써 외면한 것 같아서 늘 미안했다. 직접적으로 다가가서 부딪치며 저항했다면 엄마의 고통은 경감되었을 것이다. 미친개가 휘두르는 몽둥이를 내가 막아섰다면 고스란히 나의 고통으로 다가오니 말이다. 그러면 엄마의 멍든 상처는 꽃밭처럼 화려하지는 않았을 것이다. 난 감히 말할 수 있다. 미친개의 몽둥이가 무서웠다. 술 냄새를 풍기며 휘두르는 몽둥이 소리가 귓가에 맴돌면 혼이 빠져나가는 듯했다. 그 공포 때문에 미안하게도 엄마를 밀치며 나 자신이 몽둥이를 받아내지 못하는 것이었다. 그래서 그런지 아직도 엄마가 나에게 따스한 행위를 드러내거나 표현하지 않는지도 모른다.

 그때 물가에서 놀던 새끼들이 다가와서 염소 어미의 젖을 빨았다. 나도 엄마의 젖을 빤 기억이 났다. 올망졸망 탐스러운 것을 부여잡고 온힘을 다해서 빨아들인 것을 말이다. 엄마의 은근하고 흐뭇한 미소도 떠올랐다.

 그런 생각을 하며 우두커니 염소들을 바라보고 있었다. 맞은편에 엄마가 아까부터 와 있었던 것을 인식하지 못하고 있었다. 엄마도 나를 애써 부르지 않았고, 그렇게 멈춰진 초라한 그림자처럼 서 있었던 것이다.

 엄마는 나에게 손짓을 한 것 같았다. 난 등을 지고 있어 엄마를 제대로 볼 수는 없었다. 새끼들이 민감하게 받아들였기에 등을 돌려 엄마의 모습을 볼 수 있었다. 그녀는 물 건너 햇살을 어렴풋하게 받으며 다소 희미한 미소를 머금고 있었다.

 난 물을 건너 엄마 곁에 다가가서 안겼다. 다소 그늘이 져 있어도 엄마의 몸은 뜨거웠다. 밭일을 하면서 은근하게 데워진 몸이었다. 엄마는 자신의 몸이 더럽다며 애써 밀쳐내었고 난 머리를 박고 강하게 안았다.

 엄마는 나의 등을 쓸어내리며 학교에서 담임선생이 왔다고 했다. 난 그 자리에서 멍하니 엄마를 올려다볼 뿐이었다.

 난 담임선생에게 초라한 모습을 보이기 싫었다. 더욱이

그녀가 나의 가정 형편을 직접적으로 들여다보고 가족의 면면을 둥근 안경 너머로 관찰하는 것이 더욱 싫었다. 할머니의 괴팍한 성격과 불경한 몸가짐, 술기운만 돌면 들개처럼 날뛰는 아버지, 시집을 못 가서 늘 날카롭고 앙칼진 발톱을 숨기고 있는 고모, 얼굴이 반반해서 남자를 늘 달고 다니는 누나, 학교에서 얻어맞고 집에 와서 유독 나에게 화풀이 하는 형, 그리고 변소가 따로 없어 똥돼지를 향해 갈거야 하는 집 구조, 마당 한가운데 자리 잡은 거름더미 속에서 피어오르는 눅진한 수증기, 어수선하게 내던져진 농기구들.

난 엄마의 꽁무니에 숨어 집에 도착했다. 담임선생은 대청마루에 걸터앉아 집을 면밀히 주시하고 있었다. 돼지우리와 거름더미에서 나는 질퍽한 똥 삭는 냄새가 못마땅한지 연신 손수건으로 코를 막고 있었다. 그녀는 엄마와 나를 보자 급히 일어섰고, 불편한 표정을 감추지 않았다. 난 그녀를 보고 건성으로 인사했다. 그때였다. 장독대를 돌아가면 작은 텃밭이 있는 곳에서 원피스를 입은 미루가 뛰어나오는 것이다. 그녀는 챙이 다소 긴 모자를 쓰고 방긋하게 웃으며 인사를 했다.

미루는 그렇게 나의 초라한 집에 뛰어든 것이었다. 나의 의사도 묻지 않고 말이다. 난 미루의 인사에 대답도 못하고 우두커니 바라만 볼 뿐이었다. 그녀는 가까이 다가와 엄마에게 공손히 인사를 하고 나를 보며 웃었다. 학교에서 나에게 보여준 그 미소였다.

하지만 담임선생은 고고한 자태를 뽐내며 엄마를 신분이 낮은 사람으로 내려다보고 있었다. 입술에 칠한 도도한 붉은색 립스틱은 어둑한 집 분위기에서 더욱 요란스러웠다. 그녀는 또 화장도 두껍게 하고 있었다. 자신의 위선을 가리기 위한 수단이었다. 5학년 담임에게 피아노를 배우며 밀착해서 몹시 흥분한 얼굴에서도 볼 수 있었다. 여자의 부드러움 속에 추함을 숨기며 애욕을 채우던 때를 나는 기억하고 있었던 것이다. 남선생도 호응적 반응으로 여선생의 가슴을 집요하게 탐하던 모습을 말이다. 나는 그때 그것을 보았고 그래서 알 수 있었다. 그녀는 그것을 즐기고 있었다는 것을.

그 담임선생이 내 앞에 나타나서 우리 집 구석구석을 돋보기로 확대해서 들여다보고 있는 것이다. 엄마의 초라한 몰골을 더욱 초라하게 만들었다. 말투도 거만하고 차가웠고, 아랫사람 다루듯이 냉랭하고 불친절했다. 남선생에게 하던 그 달콤한 말투는 어디에서도 볼 수 없었다. 찰지고 은근하며 사랑스러운 그 말투는.

미루는 내 곁에 맴돌며 학교에 오지 않은 이유를 물었다. 난 목을 떨군 채 말 없이 그대로 서 있었다. 우선 창피한 집을 보여준 것이 싫었고 담임하고 온 것이 싫었다.

그때 엄마는 다과상을 가져와 대청마루에 놓았다. 우리들은 다과상을 사이에 두고 나란히 앉았다. 날개가 부러진 선풍기는 거친 소리를 내며 담임선생과 미루에게 향하고 있었다. 엄마와 난 그 맞은편에 앉아 있는 것이 힘거웠다. 열기도 한몫했다. 그래도 슬레이트 지붕보다는 훨씬 나았다.

담임선생은 부채를 오른손에 쥐고 자신을 향해 바람을 일으켰다. 부러진 선풍기 날개에서 나는 소음이 불쾌한지 인상을 쓰며 말이다. 난 엄마 등 뒤에서 담임선생의 모습을 유심히 들여다봤다. 이렇게 가까이서 천천히 살핀 적은 처음이었다. 예리한 콧날 위에 걸쳐진 둥근 안경은 얼굴 중심에서 품위를 유지하기 위해 안간힘을 쓰고 있었고, 그 바로 아래 다소 넓은 인중은 굵은 털이 많았다. 솜털이라고 간과하기에는 지나치게 뿌리가 깊어보였다. 다소 옅은 붉은 립스틱을 발라 유난히 도드라진 입술도 적당하게 가로로 새겨지지 않았고 두꺼운 페인트 자국처럼 어딘지 투박하고 촌스러워 보였다. 얼굴 전체의 밸런스를 좌우하는 머리칼도 사자의 갈기처럼 주렁주렁 매달려 있었다.

담임선생의 투명한 블라우스도 촌에서는 도드라지게 화사했다. 브라의 간결하고 선명한 움직임이 여실히 드러났다. 눈길을 끌지 않는 무난한 하얀색이 아니라 립스틱 색깔을 닮은 분홍색이었다. 거기에 무릎 아래까지 오는 치마를 걸치고 굽이 높은 루이비통 구두도 신고 있었다. 구두에 윤기가 흐르는 것이 아끼는 것 같았다. 그에 비하면 엄마는 초라한 몰골로 흠이 난 다과상에 계속 달라붙는 파리를 쫓으며 초라하게 앉아 있었다. 원래 붉은색인지 분간이 가지 않을 정도로 강렬한 햇살에 그을려 색이 바라고 낡아 어깨 아래쪽에는 구멍이 나 있었다. 새끼손가락이 들어갈 수 있는 것이 몇 개 있었다. 브라도 없는, 그래서 자유로운 유방은 아래로 약간 쳐져 있었고, 흙먼지가 묻은 작업복은 광이 나는 구두를 받치지 않아서 오히려 가뿐한 것 같았다.

엄마는 담임선생에게 주눅이 들어 있었다. 내가 학교에 가지 않았던 것도 있었고, 담임선생의 화려함에 자신의 존재감이 어이없이 허물어지는 것 같았다. 그래서 고개를 숙인 채 애꿎은 파리들만 쫓고 있었다.

다과상에는 토마토와 커피가 놓여있는 것이 다였다. 살갑게 손이 오가면서 말을 섞어 서로를 편안하게 해야 하는 것이 예의였다. 담임선생은 남영동 수사관의 눈초리로 엄마와 나를 내려다보는 것이 다였다. 여간 불쾌하고 초조하지 않을 수 없었다. 어떤 고문으로 엄마와 나를 괴롭힐지 모르기 때문이었다. 전기고문으로 사지에 전기를 흘려보내 세포들을 격하게 고립시킬지, 아니면 물고문으로 호흡의 단절을 꾀해서 맥박이 불규칙적으로 뛰게 할지는 아무도 몰랐다.

그런 와중에도 미루는 웃음을 잃지 않고 키득거렸다. 그녀는 나를 힐끔거리며 쳐다보고 있었다. 손목 위에 흐르는 코를 닦아 더럽게 엉겨 붙은 소맷부리를 보며 싫지 않은 모양이었다. 코를 유난히 많이 흘리는 나로서는 당연한 것이었다.

"방학에 가정방문을 나왔습니다. 저 아이가 학교를 자주 나오지 않은 것이 궁금하고 해서요. 집안환경도 궁금하고……."

담임선생은 나의 이름도 부르지 않으며 메마르고 사무적인 목소리로 말했다. 인정과 보살핌은 찾을 수 없었고 원칙과 실리만 찾고 있었다. 이 순간만 모면했으면 하는 잘 다듬어진 말투임에 틀림이 없었다. 더욱이 그녀의 마지막 말에는 존대의 언어가 아니었다. 엄마를 하찮게 생각하는 것을 그렇게 표현하는 것 같았다.

어쩌면 여선생은 남선생이 기다릴지도 모르는 그들만의 아지트에서 엄마와 나에게서 받은 허전함과 칙칙함을 깨끗하게 씻고 싶은 것인지도 모른다.

그녀는 그랬을 것이다. 학교의 명령으로 오긴 왔어도 불성실하기 그지없었다. 의상과 화장도 엄마와 나에 대한 배려가 아니라 그 유부남 선생을 위한 애정의 표시일 게다.

난 그들의 애정 행각을 보아서 알고 있었다. 학업성취도가 유난히 떨어지는 난 아이들이 떠난 교실을 오래 지키고 있었다. 그래서 담임선생과 5학년 담임선생과의 건전하지 않은 관계를 볼 수 있었다. 그래서 그들이 좋아하는 것은 학생의 가정환경이 아니라 서로 들러붙어 떨어지지 않으려

발버둥치는 모습이란 것을, 그것이 곧 섹스로 이어지는 것을 이미 알고 있었다.

미루는 그것을 보지 못해서 모른다. 그녀는 성적도 뛰어나고 머리도 총명했다. 그래서 그녀는 나처럼 버려진 허전한 마음도 모르고 담임선생의 본능적인 신음소리도 듣지 못했다. 아직도 담임선생이 단아하고 성결하다는 것을 믿고 있을 것이다.

담임선생의 물음에 엄마는 아무 말도 못했다. 그러자 담임선생은 잠시 기다렸다가 추궁하는 눈치를 줬다. 엄마는 고개를 숙인 채 애써 외면했다. 엄마는 담임선생의 살벌한 눈총에 간신이 말을 내뱉으려다 재차 입속으로 밀어 넣는 것 같았다. 초라한 몰골에서 나오는 초라한 말투를 보이기 싫었던 것이다. 모호하고 긴장된 장면이 이어졌다. 집안의 분위기가 멈춘 듯이 싸늘하게 계속 이어졌다. 난 누군가 깨뜨려주기를 바랐다. 그것이 악의를 품고 다가오는 악마라고 할지라도 개의치 않고 싶었다. 그때 작은방에서 미친개가 방문을 강하게 밀쳐내며 큰 소리로 짖었다.

"야, 물 가져와."

미친개가 이때를 놓치지 않고 끼어든 것이다. 순간 담임선생의 매서운 눈초리가 분산되어 엄마는 잠시 여유를 찾을 수 있었다. 엄마는 자리에서 서둘러 일어나 수돗가로 갔다. 나도 엉거주춤 뒤따랐다. 미루도 담임선생의 눈치를 보며 그 자리에서 일어섰다. 난 대문 밖을 나와 힘차게 뛰어서 느티나무가 짙은 그늘을 만드는 공간 속으로 들어가서 멈췄다. 난 그때까지 미루가 나를 따라 뛰고 있는지 모르고 있었다.

내가 덩치가 큰 느티나무 아래 널찍한 너럭바위에 앉아서 집으로 시선을 돌리자 미루가 먼 발치에서 멈춰있는 것을 보았다. 그녀는 아직도 땡볕에 서서 나의 눈치만 보고 있었다. 거기까지가 자신이 다가올 수 있는 거리인 것을 인식하고 있는 것 같았다. 내가 허락하지 않으면 더 다가올 수 없는, 어쩌면 그녀에게는 잔인한 거리인지도. 난 순순히 허락하지 않았다. 그것이 내 허락도 없이 집에 여선생과 함께 온 벌이라고 생각했다. 더욱이 나를 무시한 처사라고 생각했다. 난 그녀가 지쳐서 되돌아가기를 바라고 있었다. 하지만 그녀는 나의 바람을 저버리며 고집을 피워서 나를 당황스럽게 했다.

난 생각했다. 그녀와의 거리는 이 정도가 좋을 것이라고. 그래서 그녀를 멀뚱히 쳐다보며 무시했다. 땡볕이 그녀의 짧은 원피스 위를 강하게 내리쬐며 거침없이 농성을 해도 나 자신의 초라한 모습을 생각하며 밀쳐내었다. 그래도 그녀는 웃음을 잃지 않았다. 그 자리에서 움직이지도 않았다.

그렇게 10분이 지났을 것이다. 챙이 있는 모자를 쓰고 있어도 미루가 살짝 걱정이 되었다. 그래서 나는 차가운 돌

표면에 누워서 실눈으로 그녀를 보았다. 여전히 그녀는 그 자리에 있었다. 난 과감히 돌아누웠다.

한참 후에 난 몸을 일으켜 그녀를 봤다. 그녀는 없었다. 난 무의식적으로 몸을 일으켜서 그녀의 자리를 뚫어지게 쏘아봤다. 그녀의 모습은 찾을 수가 없었다. 그래서 그녀가 섰던 자리에 다가가 보았다. 그 자리에 그녀는 없어졌고 분홍색 모자만 덩그러니 웅크리고 있었다. 난 모자를 주워서 그녀가 사라진 자리와 분홍색 모자를 쓰다듬으며 집 쪽으로 시선을 고정했다. 그녀는 오지 않았고 담임선생도 오지 않았다.

안나는 얄리를 대신하고

얄리는 삼계탕으로 소멸되었다. 난 늘 얄리에 대한 생각으로 침울한 나날을 무기력하게 보냈고, 겉으로 내색하지는 않았다. 무의식 속에서 영원히 가라앉지 않는 의식의 애잔한 그리움 같은 것이었다. 그래서 그런지 난 늘 허탈감에 젖어 있었고, 우울하고 공허했다. 그것이 내 마음의 허한 빈자리를 무겁게 짓누르고 있었다.

엄마는 그런 나의 마음을 아는지 모르는지 새끼 고양이 한 마리를 데리고 왔다. 그러고는 그 새끼 고양이를 내 곁에 놓고 밭일을 갔다. 난 그녀가 사라질 때까지 그것이 살아 있는 생물인지 돌덩어리인지 알 수 없었다. 인지하지 않았고, 엄마의 말을 건성으로 들었기 때문이었다. 문득 그것이 곰지락거리며 소리를 내는 것이었다. 그제야 그것이 엄마가 놓고 간 새끼 고양이인 것을 알았다.

새끼 고양이는 어른 주먹만 했다. 나를 쳐다보며 가늘게 울었다. 다소 겁먹은 표정으로 댓돌 위에 있다가 눈이 마주치자 숨어버렸다. 난 그 새끼 고양이의 움직임에 시선을 떼지 않았다. 호기심도 있었고 이상하게 나를 끌어당기는 힘이 있었다. 난 일어나서 그 새끼 고양이를 두 손으로 쥐었다. 조그마한 것이 두 손 가득 들어와서 주눅이 든 모습으로 저항했다.

난 가늘게 뻗은 손가락에 힘을 넣었다가 뺐다가 반복했다. 새끼 고양이는 저항하며 날카로운 발톱을 세웠고 난 그것마저도 용납하지 않았다. 울음소리도 거칠어져서 주위를 격하게 각성시킬 정도였다. 손가락에 힘을 준 채 시간이 지나자 새끼 고양이는 사지에 힘이 빠져 늘어지고 있었다. 난 그것을 보고 이상하게 마음이 편안하고 기쁘다는 생각이 들었다. 찰나의 시간이었다. 의뭉스런 묵직한 뭔가가 의식의 틈바구니에서 꿈틀거리며 움직이는 것을 느낀 것이다. 그 실체는 확실히 알 수 없었다.

그러면서 새끼 고양이와 친해졌다. 어쩌면 일방적인 나만의 생각인지 모른다. 새끼고양이 입장에서 나의 그늘에 들지 않으면 안 되는 상황인지라 할 수 없는지도 모른다. 매 끼니마다 실존의 강자에게 밟히지 않으려면 나에게 순종의 모습을 보이는 것이 옳은 선택인 것이다. 그것이 새끼 고양이의 생존 방식인지 정확히 알 수는 없었다. 어쨌든 우리는 쉽고 편안한 사이가 되었다.

그래서 난 새끼 고양이에게 이름을 지어주기 위해 곰곰이 생각했다. 고상하고 세련된, 부르면 부를수록 기분 좋은 이름을 생각하다가 시간을 제법 보냈다. 그래도 떠오르지 않자 난 사랑방 문을 밀쳐서 책상 위로 시선을 옮겼다. 책꽂이에 있는 책 중에 유독 도드라진 소설책이 한 권 있었다. 톨스토이의 '안나 카레니나'였다. 참고서와 교과서 밖에 없는 곳에서 인생사가 담겨 있는 것은 그것뿐이었다. 그래서 '안나'라고 지었다.

안나는 나에게 모든 것을 허락하는 것이었다. 그래서 나도 애정을 가지고 안나를 안아서 데리고 다녔다. 얄리로 향했던 은근한 사랑이 안나에게 이동해서 머무는 것이었다. 난 또다시 사랑의 대상을 찾은 것이었다. 사람에게서 얻지 못한 상실되고 왜곡된 사랑의 본질을 말이다. 나의 지나친 관심이 때때로 그 본질을 흐릿하게 했고, 그래도 안나는 나의 마음을 이해하는 것 같았다. 진솔한 울음 속에서 느낄 수 있었다.

난 안나에게 내가 아껴 먹는 과자라든지 멸치와 삶은 홍합을 몰래 가져다줬다. 그러면 다가와서 나의 발복 부위를 핥거나 머리로 부드럽게 밀치며 애무를 했다. 난 그런 안나를 안아서 마음껏 쓰다듬어주었다. 얄리에게 한 사랑의 표현보다 더 적극적이었다. 얄리는 격하게 안아서 사랑을 표현하지는 않았었기 때문이다. 다소 소극적인 어정쩡한 자세로 어정쩡한 사랑을 한 것 같았다. 안나와의 관계가 농밀해지자 난 그것을 느낄 수 있었다. 사랑은 상대에 따라 질과 양이 다르다는 것을 안나를 통해서 안 것이다.

하지만 엄마를 제외한 가족의 일원들은 안나를 싫어했다.

그래서 대청마루에도 데리고 가지 못했고 형이 기거하는 사랑방에도 데리고 갈 수 없었다. 형은 고양이 털이며 냄새를 병적으로 싫어했다. 누나는 고양이 알레르기가 있어 가까이만 가면 눈이 충혈 되고 눈언저리를 거칠게 비볐다. 피부에도 벌레에 물린 것처럼 이상한 것이 났다. 더욱이 안나는 미친개를 보면 자신이 알아서 나의 품속 깊은 곳에 숨는 것이었다. 몸을 떨며 안절부절 못하는 것을 느낄 수 있었다. 그럴 때면 난 안나를 데리고 집에서 나와 느티나무 아래로 가곤 했다.

안나의 보금자리는 얄리가 알을 낳던 장소였다. 짚으로 푹신하게 만들어져 있었고 그래도 그 위에 안나가 잠을 청하기는 힘들 것 같아 못 입는 옷을 갖다놓았다. 그러면 안나는 옷 속에 숨어서 혼자서도 잘 놀았다. 하지만 아직도 보호자의 손길이 필요한 애기였다. 길고양이들의 거친 언행과 도둑고양이들의 잔인한 눈빛을 온전히 받아내기는 역부족이었다. 그래서 난 틈이 날 때면 안나가 기거하는 공간에 가서 함께 시간을 보냈다.

문제는 밤이었다. 그 어둡고 고요한, 그래서 무시무시한 음모가 숨어 있는, 실존의 강자들의 치열한 먹이 쟁탈전 속에서 어리고 유약한 안나는 외롭고 고달픈 사지에 놓여진 것과 다르지 않은 것이다. 내가 그 밤을 같이 있을 수는 없었다. 미친개와 엄마 곁에서 간신이 잠을 청하고 있는 나에겐 안나의 자리는 용납되지 않았다. 안나 자신도 쉽게 내키지 않을 것이다. 곁에만 가도 숨을 곳만 찾는 안나가 작은 방에 술 냄새가 풍기는 미친개 옆에 끼여 자는 것이 못마땅할 것은 자명한 일이었다. 나 또한 싫었고 툇마루에 잘 수 없어 참고 자는 것이었다. 그래서 하는 수 없이 안나를 강자들이 들끓는 밤의 음침한 고요 속에 내버려둘 수밖에 없었다. 그렇게 아침을 맞이하면 안나는 혼미한 모습으로 다가오곤 했다.

안나의 정적은 따로 있었다. 시집 못간 고모였다. 이미 서른을 넘어 주름이 낯설지 않은 나이였고 피부의 탄력도 이십 대의 윤기 있는 반질거림은 찾아볼 수 없었다. 그래서 그런지 젊음의 활기는 없었고 늘 어눌한 표정 속에 갇혀 있는 것 같았다. 다소 소외된 슬픔처럼 어색하고 어둑어둑했다. 온몸에 습한 냉기가 천천히 스며드는 것 같기도 했다. 그래서 예민하고 신경질적인지도.

어쩌면 이것들은 섹스의 원활함이 보장되지 못해서 일어나는 필연의 현상들인 것 같았다. 그래서 고모는 괴로운 성적인 출구를 안나로 삼은 것 같았다. 그전에는 엄마를 티나게 괴롭히는 것이 삶의 원기를 채워주는 수단이었다. 이젠 엄마에게는 다행한 일이었고 안나에게는 가혹한 나날이었다.

고모는 그 작은 안나를 주무르며 스트레스를 풀었다. 아직 성기도 형성되지 않은 부위를 집요하게 문지르고 꼬집었다. 이목구비가 뚜렷하고 잘 생긴 안나는 발톱을 세우며 강하게 저항했다. 그러면 고모는 목덜미를 강하게 억압해서 질식시키는 것이다. 죽지 않을 정도로 말이다. 고모는 그 정도로 끝나지 않았다. 때때로 큰 고무 대야에 물을 가득 담아서 그곳에 안나를 집어던졌다. 안나는 자지러지는 공포와 고통에 격하게 울며 겨우 물 밖에 나오면 고모는 재차 집어던졌다. 그러고는 희미하게 웃었다.

난 고모에게 대항할 수가 없었다. 미친개가 대청마루에서 지켜보고 있어 여차하면 다가와서 나를 그 대야 속으로 던져 넣을지 모르기 때문이었다. 미친개의 광기를 가까이에서 직접적으로 보기는 싫었다. 겁이 났다. 더욱이 형언할 수 없는 음산한 기운이 나를 가로막는 것도 있었다. 안으로 삭이는 수밖에 없었다. 언젠가는 엄마에게 한 불손하고 거친 행실과 안나에게 저지르는 학대를 갚아 줄 날을 다짐하고 곱씹으며 지켜봐야만 했다. 뇌리에 깊숙이 박아 둬서 응징하고 싶었다.

고모는 일렁거리는 애욕의 질주가 수그러지면 안나에 대한 집착이 다소 시들해졌다. 그때는 내가 안나를 대야 속에서 끄집어내어 돌볼 수 있었다. 그때쯤이면 미친개도 흥미를 잃어 다른 곳으로 눈길을 돌렸다.

난 그제야 안나를 마른 수건으로 닦아주었다. 안나는 가늘고 힘겨운 울음소리를 내며 간신히 버티고 있는 것 같았다. 그땐 고모도 안쓰러운 표정을 지었다. 왜냐하면 다음에 괴롭히며 자신의 공허한 마음을 채우기 위해서 안나가 살아 있어야 되기 때문이었다. 시간이 지나면 애욕의 불길은 다시 일어난다는 것을 난 알고 있었다.

며칠은 조용했다. 안나에게는 가장 평온한 나날이었다. 여름의 광폭한 열기도 안나에게는 아무렇지도 않는 것이었다. 난 그런 안나에게 미안하고 죄스러워서 내가 할 수 있는 최선을 다했다. 그것이 안나에 대한 신의라고 생각했기 때문이었다. 경박하고 약은 인간의 보편적인 믿음과는 다른 성질이었다.

난 하는 수 없이 안나를 다른 곳으로 옮겨놓았다. 집에서 가까운 빈집에 안식처를 마련한 것이다. 아침 햇살도 잘 들어와서 겨울에도 버틸 수 있을 것 같았다. 지금은 여름 한가운데 있어 다소 더울 수 있었다. 하지만 고모의 시야에서 벗어날 수 있는 것만으로 위안을 삼았다.

하지만 고모는 안나가 집에서 사라지자 안절부절못했다. 안나가 평소에 기닐던 장소를 수색하고 염탐하는 것이었다. 민감한 더듬이를 최대한 세워서 면밀하게 접근하는 것도 잊지 않았다. 그래도 꼬리도 찾을 수 없자 나를 거칠게 닦달하는 것이었다. 난 묵묵부답으로 일관했다. 고모는 더는 참을 수 없다는 듯이 할머니에게 도움을 요청했다. 그런

데 할머니도 이번만은 고모의 말을 들어주지 않았다. 이상한 일이었다. 고모의 일이라면 엄마의 어금니를 뽑아서라도 자신의 딸에게 심어줄 위인이었다.

고모는 먹는 둥 마는 둥 실의에 빠져 있었다. 자신의 최대 응원군인 할머니의 도움을 받지 못하는 것에 대한 서운함도 있었고 자신이 좋아하는 대상에 대한 할머니의 무관심이 자신을 더욱 초라하게 만드는 것 같았다. 그래서 삶이 갑자기 무료해지고 느슨해지는 것을 느끼면서도 나의 움직임에 주시하는 것을 나는 민감하게 느낄 수 있었다.

난 고모의 시선을 피해가며 안나에게로 가야만 했다. 그렇지 않으면 안나의 안식처가 고모의 간악한 눈길에 노출되어버리기 때문이었다. 그러면 안정감을 겨우 되찾은 안나를 다시 구렁텅이 속으로 던져버리는 것이었다.

난 고모에게 꼬리를 잡히지 않기 위해 매 끼니마다 조심하고 조심했다. 늘 고모의 눈길은 나의 행동을 주시하고 있어 여간 힘든 것이 아니었다. 멍한 채 밥을 먹다가도 내가 밥을 남겨서 부엌으로 가면 더듬이를 세워가며 의식하는 것이었다. 그래서 난 부엌 옆으로 길게 늘어선 돌담을 넘어서 빠져나가곤 했다. 그러면 고모의 독수리 눈길을 피할 수 있었다.

그것도 한두 번이었다. 그것을 고모가 용납하지 않았다. 내가 바쁘게 부엌으로 빠져나가면 서둘러 일어서서 뒤따르는 것이었다. 난 딴청을 피우며 부엌을 두리번거리며 오른손에 쥔 먹이를 감춘 채 빠져나오곤 했다. 그럴 때면 난 동네를 한 바퀴 돌며 고모의 눈길을 피해야만 했다. 그렇지 않으면 안나의 안식처는 발각될 수밖에 없었다.

고모의 눈길을 영원히 벗어날 수는 없었다. 내가 학교에 당번이 있어 방학 동안 한 번씩은 가는 날이었다. 담임과 미루가 왔을 때 유인물을 놓고 간 것을 보고 알았다. 나는 보통은 학교에 가지 않았다. 어둡고 칙칙한 학교 건물도 싫었고 운동장 주위로 심어놓은 아름드리 플라타너스 그늘도 싫었다. 블록 울타리를 따라 길게 늘어선 철봉도 싫었고 모래가 가득 메워진 씨름장도 싫었다. 교무실에서 울리는 수업을 알리는 멜로디도 싫었고 학교 중심에 서서 한가로이 휘날리는 태극기의 여유도 싫었다. 하지만 미루의 얼굴이 떠오르자 학교가 갑자기 그리워지는 것이었다. 챙이 긴 분홍색 모자도 생각났다.

내가 학교를 간 사이 고모는 나의 동선을 주도면밀하게 곱씹으며 안나를 찾았던 것이다. 학교에서 돌아왔을 때 그녀의 품에 안긴 안나를 볼 수 있었다. 측은하고 힘겨운 울음소리로 자신의 괴로움을 말하는 것 같았다. 난 꼭뒤까지 난 화를 참지 못하고 거름더미 곁에 세워진 지겟작대기로 고모를 후려쳤다. 고모는 '억' 하는 소리와 함께 안나를 땅에 떨어뜨렸다. 안나는 당황한 가운데 나에게 뛰어왔다. 난 떨고 있는 안나를 안고 한없이 뛰었다. 그러고는 멈춘 곳이 느티나무 그늘 아래였다.

 안나는 나의 품에서 여전히 떨고 있었다. 애처로운 눈빛으로 나를 한없이 올려다보며 고맙다는 안도의 표정을 지으며 가늘게 울다가, 어느새 잠이 들었다. 난 안나의 처참한 모습을 오랫동안 내려다보다가 고개를 들어 저물어가는 태양을 하염없이 바라보았다. 어느덧 황혼이 울상이었다. 두껍고 짙은 회색구름에 가려서 온전하고, 은근하고 잔잔한 선홍빛의 고움과 여유를 앗아가버린 것이었다. 황혼이 지는 저쪽부터 소나기라도 내릴 것 같았다. 그렇게 우두커니 한참을 서 있다가 난 안나를 깊이 안은 채 집으로 향했다. 초조하고 불안했다.

엄마와 밭

 매일 엄마는 밭에서 일했다. 겨우내 움츠려있던 밭은 엄마의 호미질의 친절을 기억했고, 기다렸다. 그래서 잡풀들에게 속살을 내주어 뿌리를 내리도록 허락한 것이다. 햇살의 강인함이 언 땅을 녹여 뿌리의 행로에 도움을 준 것도 밭의 간절한 요청이었다. 엄마의 부지런한 손길을 받기 위해 잡풀의 불손한 모습도 수용한 것이다.
 엄마는 땅의 요청으로 밭으로 나간 것만은 아니었다. 삶의 버거움을 다소나마 벗어나기 위해 출구를 찾고 있었던 것이다. 그러다가 현실의 무게와 부피를 잊을 수 있는 곳이 밭이기에 그곳에서 삶을 소비하며 위안을 얻은 것이다.
 밭은 엄마를 괴롭히지 않았다. 엄마가 흘린 땀과 노동에 충실한 열매로 보상했다. 황매산 깊은 골짜기에서 뿜어져 나오는 음산한 기운도 하금계곡에서 불어오는 차가운 바람도 엄마의 결실에 흠집을 내지 못했다. 더욱이 보이지 않지만 엄연히 삼엄한 존재감을 드러내는 군부의 압제도 엄마의 울타리 안으로 들어와 무엄하게 짓밟지 못했다. 소망을 담은 열매는 엄마 인생의 비루함을 소중하게 품고 있었다. 그래서 더욱 싱싱하고 탐스러운 빛깔을 드러내는지도 모를 일이었다.

 할머니는 엄마를 밭으로 내몰았다. 처음에 엄마에게는 척박한 사막에 내던져진 불안한 기분이었다. 차츰 엄마는 자신의 생존 근성으로 나아가기 시작했다. 버려진 아이의 마음처럼 감정의 기복이 심했다. 이십 대에 감당해야할 현실의 무게는 진정 아니었다. 다소 나이가 들어서 여유를 느낄 수 있는 마흔 초입에 들어서서 들이닥칠 현실의 나날이었다.

 할머니에 대한 원망도 없지 않았다. 자신의 딸은 늘 아랫목에 배를 깔고 누워서 밥만 축내고 있었기 때문이었다. 피곤이 몰려오면 그 자리에서 몸을 늘어뜨리기 일쑤였다. 그때 엄마는 봄볕에 나가 잡초들의 원성을 들으며 강렬한 햇살을 밀쳐내며 나아가야만 했다. 바람도 햇살을 부드럽게 밀어내지 못하고 있어 가혹했다.

 때때로 짙은 구름이 몰려와 머리 위를 한없이 머물러 있다가 흘러가는 것이 엄마가 누릴 수 있는 호사였다. 밭에 닻을 내려서 더 오래 머물기를 바라는 마음은 엄마에게만 있는 것이 아니었다. 먼 발치에서 바라보는 동네 아줌마에게도 절실하게 다가왔다. 소나기라도 내려서 엄마의 넓은 등바닥에 다소나마 휴식을 주기 바라는 것이 양심을 가진 사람에게는 있는 것이었다. 하지만 할머니는 그렇지 않았다. 인정사정없는 햇살에 피부가 익어가고 손바닥이 거칠어

저도 회피하며 자신의 삶을 살 뿐이었다.

할머니는 자신의 삶을 살며 엄마를 가혹하게 방치했다. 그 속에서 할머니는 환희를 느끼며 산 것이다. 가끔씩 온정을 베풀었지만, 그것은 자신의 가치를 높이기 위해 보여주는 것에 불과했다. 악마의 피를 이어받은 할머니는 잔인한 폭군이 어울렸다. 옆집 할아버지와 화려한 섹스가 끝나고 나면 얼굴이 편안하고 부드러워 견고한 마음도 풀어져서 엄마에게 애정을 보이기도 했다. 그것도 잠시 뿐이었다. 시곗바늘이 원을 그리며 한 바퀴 돌면 제자리를 찾듯이 할머니의 마음도 순식간에 더러운 본성으로 되돌아가는 것이었다.

엄마의 밭은 이웃집 밭과는 달랐다. 자신의 가치를 축척하는 곳이라 그런지 다른 밭에 비하여 단정하고 깨끗했다. 직사각형을 이룬 세련된 모양새는 아니었다. 다소 흠집이 나고 투박했으나 정돈된 정갈함이 있었다. 다른 밭과 경계를 이루는 밭둑도 낫으로 깎아 깔끔했다.

엄마는 자신의 밭을 자유자재로 조율했다. 그것은 사물의 기미를 느끼고 이해하며 깨달아야 가능한 일이었다. 그것보다 우선시 되는 것이 사물에 대한 인정일 것이다. 엄마는 사물의 처음과 끝을 인정했고 아무렇게 생긴 모양과 질감을 받아들이고 그 사물 속에서 부르짖는 공허한 메아리를 들어줬다. 그래서 사물이 마음을 허락한 것이리라. 스스로에게 애씀으로 보일 수 있게 그들을 일깨우는 친절을 보인 것이리라.

때때로 미친개가 와서 짖어 대다가 밭을 난장판으로 어수선하게 어질러놓고 가곤 해도, 어느 순간 예전 모습으로 되돌아가곤 했다. 밭은 자정 능력을 가진 자연의 일부이기에 가능한 일 같다고 생각하지만, 엄마의 보이지 않는 애씀으로 가능케 한 것이다.

엄마는 잡초를 뽑고 거름을 충분히 줘서 이랑과 고랑을 만들어서 감자며 참깨며 들깨를 심었다. 비료를 적절하게 줘서 웃자람을 방지하는 것도 잊지 않았다. 될 수 있으면 밭을 척박하게 하는 화학비료는 쓰지 않았고, 어쩔 수 없을 때는 쓰긴 했다. 그때는 밭의 허락을 구할 정도로 조심스러웠다.

엄마는 자의적으로 행동하지 않았다. 그것은 밭과의 신뢰를 바탕으로 하는 계약이었다. 문서로 남긴 것은 아니었고 의식의 벽에 고스란히 기록해 둔 것이다. 밭도 그것을 알기에 엄마의 일에 최선을 다했다. 그것은 태초의 하나님이 천지를 창조하실 때 만든 율법 같은 것이다. 엄마와 밭의 관계는 그러했다.

하지만 엄마와 밭의 관계는 주종의 관계는 아니었다. 엄마가 밭을 강제하는 일은 없었다. 스스럼없이 다가서는 밭도 엄마에게 투기를 부리거나 짜증을 내지 않았다. 다른 밭은 주인에 대한 불경으로 약한 바람에도 과도하게 쓰러지고 알맹이가 없는 곡식을 선사하는 것이 비일비재했다. 하지만 엄마와 밭은 시열이 정해지지 않은 것이다. 앞서거니 뒤서거니 달려서 결승선에 일찍 도착하기 위해 긴박하게 안간힘을 쓸 필요가 없는 것이다. 왜냐하면 엄마와 밭은 수평적인 관계이기 때문이다. 서로 존중하고 사랑할 수 있는 참신하고 거룩한 관계 말이다. 아니다. 엄마와 밭은 수직적인 관계이기도 하다. 밭이 한없이 엄마를 존경의 대상이 되기도 하기 때문이다.

그러면 알아서 곡식의 알맹이는 충일하고 튼실했다.

밭은 가뭄에 곡식이 타들어가도 투덜거리거나 원망하지 않았다. 태풍이 거세게 밀어닥쳐 곡식의 알맹이에 위해를 몰고 와도 엄마를 비난하지 않았다. 대상을 만들어 놓고 시시때때로 뾰족한 창을 던지지도 않았다. 그것이 엄마에 대한 신뢰와 존경의 표시였다. 그러면 엄마도 가깝지 않은 논에서 호스를 연결해서 메말라 비틀어진 거친 표면에 물을 끌어들였다. 태풍이 불어올 때는 엄마가 할 수 있는 일은 별로 없었다. 하지만 태풍이 지나가고 난 지저분한 밭을 말끔하게 치워서 정돈시키는 것으로 피해를 줄였다. 그러면 곡식은 생의 충만한 열기를 품으며 예전의 모습으로 되돌아갈 수 있었다.

엄마와 밭은 서로에게 지속적인 관계 속에 놓여진 것이

다. 그것은 생존에 필요한 관계인 것은 분명하다. 상생의 관계이기도 하다. 하지만 그 기저에는 서로를 위하는 서로를 충실하게 받아내는 책임이 있었던 것이다. 아픔을 염려하며, 고통을 나누며, 절망의 나락에서 서로에게 손을 내밀 수 있는 애정이 서로에게 가득한 것이다. 할머니에게서 메말라버린 것이 밭에서 얻을 수 있었던 것이다. 그래서 엄마는 매일 밭으로 나가 일을 하는 것이다. 가족에게서 외면당한 허한 마음을 밭에서 찾을 수 있었기에.

알 수 없는 그들의 관계

 누나와 형은 피를 나눴다. 하지만 존재의 불씨를 조금씩 나눴다고 생각이 되지 않을 정도로 싸우고 또 싸웠다. 하루를 싸움으로 시작해서 싸움으로 끝날 때가 비일비재했다. 그것이 그들의 일과처럼 반복적이고 치열했다. 지치지 않는 건전지를 품고 있었던 것이다. 할머니와 엄마의 관계와는 차원이 다른 형태였다. 그들은 서로에게 대항하며 자신의 자존감을 유지하며 나아가는 것이었다.
 할머니는 먼 시선으로 그들의 싸움을 시청하고 아버지는 술기운에 작은방에서 자고 있을 때가 많았다. 고모는 그들의 싸움이 즐거운지 연신 입가에 웃음이 떠나지를 않았다. 나 또한 그들의 싸움이 불쾌하지는 않았다. 치기 어린 즐거움이 다소나마 묻어나는 것이었다. 매양 있는 일이라 손을 씻고 세수를 하는 것과 다르지 않았다. 그런 와중에서도 엄마만이 그들의 싸움을 말렸다.
 누나는 뭇 남성들의 시선을 강제로 빼앗고 흡입하는 미모를 가지고 있었다. 얼굴은 아담하고 갸름했다. 이목구비는 가지런했고, 적당한 자리에 주저앉아 밸런스를 맞추고 있었다. 한 번씩 아미 깊은 곳에서 음영이 드리워지는 것이 흠이었다. 더욱이 가슴 언저리는 풍만한 자신감을 발산하기에는 미약한 감이 있었다. 그 나이에 어울리지 않을 정도로 메말라 있었다. 익어가는 복숭아의 탐스러운 자태는 상상할 수도 없었고, 그래서 브라 안에 낮게 웅크리고 있는 모습이 눈치를 보는 소심한 아이 같기도 했다. 그렇지만 다른 면은 거의 완벽하고 우월해서, 그것을 상쇄시키는 것이었다.

누나의 이름은 김지은이었다. 누가 지었는지 명확하게 알려진 사실은 없었고, 촌스럽지도 않았고 거추장스럽지도 않았다. 반듯하고 세련되었다는 표현이 가장 잘 어울렸다. 그 이름을 가족의 일원이 지었다고 하긴 지나치게 보편적이고 귀해 보였다. 그녀는 머리도 괜찮아서 공부도 잘했다. 일등은 못해도 학년에서 십등 안에 놀기에 부족함이 없었다. 이대를 가고도 충분한 성적이었다. 그래서 그런지 남학생들에게 인기가 많았다. 늘 동네 입구까지 따라오다가 되돌아가기 일쑤였다.

형은 누나와 달리 공부를 못했고 얼굴도 짓이겨진 감자처럼 단정하지 못했다. 여드름이 얼굴 전체를 빼곡하게 덮고 있어 거추장스럽고 지저분했다. 몸집도 컸고 어깨도 넓어서 힘깨나 쓰는 머슴을 보는 것 같기도 했다. 그래서 여자 친구도 따르지 않았고 인기도 없었다. 평상시에는 말이 그런 대로 정돈되어 입에서 흘러나왔는데, 지나치게 감정이 요동을 치면 말을 더듬었다. 엄마를 닮은 것인지 정확하게 알 수는 없었고, 덩치 큰 그 몸에 절묘하게 어울린다는 것이다. 그것이 싫어 그런 행동을 자신이 직접 확인하면 자해를 했다. 그때 주위에 날카로운 것을 치워야했다. 누나도 싸우다가도 그런 기미가 보이면 거친 말투를 자제하고 주위에 칼을 치우기 바빴다. 그렇지 않으면 방이 피로 물들기 때문이었다.

누나는 그런 사정을 알고 있으면서도 형과 싸웠다. 적당하게 싸우고 적당하게 물러서는 방식으로 형과 대항했다. 여자로서 교묘한 계책이었다.

그들은 불행하게도 같은 학년이었다. 누나가 어릴 적에 몹시 몸이 허약하고 아파서 학교를 늦게 들어갔다. 그것이 그들을 계속 부딪치게 하는 요인이 되는 것 같았다. 누나는 학년에서 공부도 잘하고 예뻤고, 반면에 형은 공부도 못하고 추잡하게 생겼기 때문에. 그래서 누나는 형을 입신여기고 형은 누나의 흠결을 주도면실하게 수집해서 공격하는 것이었다.

하루는 이런 일이 있었다. 누나에게 호감을 얻기 위해 형에게 다가와 호의를 베푸는 선배가 있었다. 그중에서 영배라는 선배가 있었다. 그는 형을 제과점으로 데리고 가서 먹음직한 빵을 사주며 누나에 관한 사소한 것을 묻고 정보를 수집했다. 형은 달달한 빵에 매수되어 긴장감을 풀어놓고 여과 없이 누나의 사소한 일과를 거침없이 풀어내었다. 형은 그것이 누나를 사지로 몰고 간다는 것을 미세하게 느끼면서도 입에 거품을 물고 얘기했다. 얘기하는 도중에 이상한 안도감이 이는 것을 느끼며 이성은 감정의 파도에 휩쓸려들었다.

그 이후 형은 영배에게 원하는 것을 받아가며 정보를 팔았다. 그의 집은 읍에서 가장 큰 철물점을 하고 있어 돈으로 할 수 있는 일에는 자유로웠다. 그래서 형이 원하는 기타며 메이커 청바지를 사 줄 수 있었다. 그것이 삶의 위안인 형은 죄책감을 가지고 있지 않았다. 그것이 자신의 삶을 살찌우는 방편이라고 생각하며 휘파람을 불며 유유자적하게 하루하루를 보내며 살았다.

누나가 이웃 마을에 있는 교회에 갈 때였다. 그 길은 산길도 있고 외진 고요와 비일상적인 침묵도 고스란히 담고 있었다. 때때로 숲 속에서 뛰쳐나온 고라니가 산길을 가로질러 지나가는 사람을 당황스럽게 하고, 독사가 똬리를 틀어가는 걸음을 멈추게 할 때도 있었다. 그럼에도 누나는 그 길을 주일마다 다녔다. 성경을 가슴에 품은 채 말이다.

영배는 그 길 깊은 숲속에서 누나를 기다리고 있었다. 형의 친절한 정보로 인해서 말이다. 영배는 자신이 원하는 장소에서 독사의 눈초리로 누나의 간사한 교태를 바라며 고요하고 음침한 산길을 눈여겨보고 있었다. 심장의 거친 움직임을 간신히 억누르며 타들어 가는 입술을 적시며 담배를 물었다가 손에 쥐었다가를 반복하며 말이다.

　누나는 영배가 원하는 장소에 얼굴을 내밀었다. 산길은 외길이라 어느 지점을 잘라서 주저앉아 있으면 만나기 마련이었다. 익히 영배도 그것을 알고 있어 오토바이로 30분 거리를 단숨에 가르며 질주해 기다리고 있었다. 짙은 안개를 밀치고 와서 남영동 수사관의 눈초리는 피할 수 있었다.

　영배는 긴박한 초조감이 밀어닥쳤다. 동시에 페니스도 알맹이와 떨어져서 오롯하게 물구나무를 섰다. 수맥 탐지봉처럼 이성에 대한 욕구는 앞으로 지향하는 것이다. 일정한 간격을 유지하면서 말이다.

　영배는 짓누르는 초조감을 억누르기 위해 누나 앞에 갑자기 뛰어 들었다. 그런 상황에도 누나는 놀라지 않았다. 이미 들이닥칠 미래를 알고 있는 것처럼 의연하게 받아내었다. 그러자 당황스러운 쪽은 영배였다. 치솟아 올라 해방을 꿈꾸던 페니스도 수그러져 소멸의 단계로 접어든 것이다.

　누나는 가던 길을 계속 걸었다. 남자가 다가와서 구애하는 일이 한두 번이 아니어서 대수롭지도 않았다. 그가 원하는 것이 뭔지도 알고 있었기에 대범했다. 자신의 은근한 눈길과 손가락의 부드러운 터치로 다가가면 거칠기로 소문난 그일지라도 초라하게 만들 자신이 있었기 때문이었다.

　영배는 숨을 간신히 누르며 말했다.

"김지은, 너를 사랑해."

"그래서 어쩌라고."

누나는 냉정하게 말만 던지고 가던 산길을 계속 걸었다. 밤나무 잎사귀가 햇살을 가리고 있어 어둑하고 음험한 산길이었다. 영배는 멍하니 있다가 뭔가에 지령을 받기라도 한 듯이 과감하게 다가가서 누나의 손목을 잡고 끌었다. 오늘은 사생결단을 내겠다는 강한 의지가 담겨 있었다. 그런 와중에도 누나는 당황하지 않고 순순히 끌려갔다.

산속 어느 지점에 가서 영배는 멈춰서 뒤로 돌아 갑자기 누나를 덮쳤다. 영배는 입술부터 탐하다가 어느 순간에는 가슴에 집중했다. 누나는 미동도 하지 않다가 몇 분이 지나자 갑자기 영배를 강하게 밀쳐냈다. 그러고는 강하게 얼굴을 갈겼다.

영배는 순간 당황스러웠다. 다시 다가갈 수도 없는 애매한 시간이 흘렀다. 여기에서 뒤돌아설 수도 없었다. 그래서 건달의 근성을 드러내기로 했다.

영배는 호주머니에 있는 나이프를 꺼냈다. 이럴 때를 위해서 애써 마련한 것이었다. 순순히 받아들이지 않을 때 윽박질러 강제로 취하고 싶었다. 다른 아이가 사인하기 전에 자신이 먼저 페니스의 진솔한 연필로 부드럽고 에로틱하게 사인하고 싶었다. 그것이 '김지은'을 얻는 길이라고 생각했다.

누나는 영배의 모습을 보고 비웃었다. 그러더니 가까이

다가가서 얼굴을 한 번 더 갈겼다. 갑작스런 놀라움 때문인지 그 반동으로 영배는 손에 쥐고 있던 나이프를 땅에 떨어뜨렸다. 영배가 나이프를 주우려고 허리를 수그릴 때 누나는 앞으로 다가가서 칼을 밟고 그를 일으켰다. 그러고는 그의 손을 잡아서 자신의 유방 위에 올려놓았다.

"이걸 원한 거잖아."

영배의 투박한 손은 처음에는 예의를 차렸으나 점점 예의를 멀리하고 열정을 좇고 있었다.

영배는 누나의 손가락 터치를 느끼고 있었다. 간결하고도 섬세했고, 간헐적으로 투박하고도 억세었다. 오히려 그것이 기분을 상승시켰다. 노련한 터치였다. 의외의 손길이었다. 어설프게 다가오는 애무가 아니었다. 몹시 숙련된 그래서 당혹스러움마저 들었다. 그녀의 터치 속에는 온몸에 감기는 진실이 있었다.

그것이 육체에 대한 호응적 개별성인 것이다. 호감은 촉감으로 다가갈 수 없고 껍질에 대한 피상적인 느낌인 것에 반해 피부의 터치는 정직하고 친절한 표면을 직접 애무하고 빨며 얻어지는 것이다. 가식의 색유리에 끼어 상상의 나래를 펴서 본질의 형태를 꺾고 휘게 하는 것과는 달랐다. 합리적이었다.

영배는 누나의 터치에 의존했다. 자신의 쾌락은 자신이 줄 수 있는 것이 아니었다. 자위라는 도구가 있어도 여자의 터치가 없을 때 취하는 것이다. 외로움을 달래고 섹스에 대한 갈구를 희석시키는 데 필요한 연장일 뿐이었다. 하지만 지금은 누나라는 상대가 있어 늘 혼자 외로이 해결하던 자신의 성적 불완전한 형태를 온전하게 옮겨놓을 수 있었다.

누나는 영배의 풀어진 육체를 더욱 늘어지게 했다. 자신의 가슴 부위에만 국한된 터치를 엉덩이 쪽도 허락한 것이다. 부드러움을 품은 탄력성이었다. 섹스의 게이트를 통과하기 위한 과정이었다. 누나는 개의치 않았다. 영배는 자신이 누나에게 행한 진솔한 사랑의 행위가 진한 흥분으로 연결되어 얻어진 결과물이라고 생각했다. 그녀가 애써 참아내는 신음소리에서 느낄 수 있었다.

누나는 이미 풀어진 벨트 사이로 손가락을 집어 넣었다. 과감하게 돌진하는 투우사 같았다. 영배는 누나를 돕기 위해 친절하게 자신의 청바지를 내렸다. 실크가 아니어서 거추장스럽게 밀어서 끌어내렸다. 삼각을 이룬 팬티는 견고하게 팽창해서 표면적으로 우뚝 솟아 있었다. 수면을 어렵게 박차고 나온 섬처럼 외롭고 고단하고 지루해 보였다. 여자의 손길을 기다리며 거친 파도의 울부짖음과 때로는 고요한 침묵을 참느라 안간힘을 쓴 흔적이 팬티의 표면에 고스란히 남아있는 듯했다.

영배는 누나가 원하는 방식으로 나아갔다. 그것이 쾌락의 질주로 나아가는 길이라는 것을 이미 알고 있었다. 팽팽하게 조여 오는 긴장감도 쾌락을 위한 전주곡이란 것을 알기에 누나의 행위에 대한 반감은 없었다. 오히려 고마울 뿐이었다. 평소에 품고 있던 소망을 성취의 길로 인도하기에 은혜로운 사람을 만난 것처럼 반가웠다.

누나는 삼각팬티 속으로 가는 손가락을 집어 넣었다. 순간 영배는 멈칫했다. 누나는 개의치 않고 천천히 어루만지듯이 애무를 했다. 영배는 타들어가는 심지의 뜨거움을 간신히 참고 있었다. 움직일 수도 없었다. 작은 미동으로 활활 타오르는 심지의 불꽃이 꺼질 것 같았다. 노심초사. 그래서 영배는 하늘을 보며 속으로 진심어린 기도를 했다. 간절했다.

영배의 페니스는 누나의 소유였다. 길쭉하게 늘어난 페니스를 자유자재로 당기고 흔들며 누르고 꺾었다. 누나의 애무는 부드러우면서 거칠었고, 그것으로 누나도 희열을 느끼는 것 같았다. 오럴을 위해 예열을 시키는 것 같기도 했다. 겉으로 드러내지는 않았다.

거칠고 투박한 겉모습과 달리 영배는 성의 탐닉에 경험이 미천했기에 누나의 노련한 손길에 노예가 되고 말았다. 반면에 누나는 수학 문제를 쉽게 풀듯이 정해진 순서를 지키며 천천히 나아갔다. 남자의 질감과 결을 충분히 이해하고 충분히 즐기는 것이었다. 다른 사내에게서 이미 익히고 느낀 것을 몸이 체득하고 있었던 것이다.

프로에 가까운 손놀림에 영배는 자지러지는 신음소리를 내었다. 고요한 산속 깊은 곳에서 어울리지 않은 소리였다. 청딱따구리가 속이 빈 나무를 쪼아 이성을 찾는 것이 더욱 자연스럽고 편안한 소리인 것이다. 소쩍새의 공허한 울음소리 또한 외롭긴 해도 절실하게 다가오는 것이다. 주위를 아랑곳하지 않는 영배와 누나는 자연의 섭리를 깨뜨리는 음성으로 희열을 느끼는지, 그들로부터 인정을 받고 싶은지 알 수 없는 것이다.

아무튼 그들의 시끄러운 신음소리는 주위에 대한 배반적인 행위였다. 하지만 오만한 그들에게는 주위의 불민한 시선을 아랑곳하지 않았다. 사랑의 행위는 때로는 무도하고 이기적인 것을 내포하고 있는 것을 그들은 이미 알고 있던 것이다.

누나가 영배의 페니스를 이용해서 자신의 부드러운 피부에 문지르며 즐기고 있었다. 세상에 얼굴을 내민 페니스는 어깨에 힘이 많이 들어가 있어 불안한 걸음걸이를 겨우 옮기는 것 같았다.

오럴이 먼 발치에서 천천히 다가오고 있을 때였다. 그때 갑자기 페니스가 요동을 치며 사정을 하는 것이었다. 영배는 당황스럽고 미안했다. 누나의 깨끗한 피부에 끈끈한 액체를 거침없이 사정한 것이다.

"개새끼, 그것도 못 참고."

"미안해. 한 번만 더 기회를 줘."

누나는 아무런 말도 없이 풀어진 옷을 정돈했다. 그리고 땅에 떨어진 성경책을 주워서 가슴에 품은 채 가던 길 쪽으로 시선을 옮겼다.

"그래도 몇 달 전에 온 전도사보다 오래 버틴다. 자긍심을 가지고 살아. 사정은 상대가 원하고 필요로 하는 깊은 곳에 뿌리는 것이야."

영배는 실의에 빠져 그 자리에 주저앉아 있었다. 누나는 그런 영배를 아랑곳하지 않고 산길 쪽으로 걸음을 옮겼다. 누나는 몇 미터 가다가 그 자리에 멈춰서 영배에게 궁금한 것을 물었다.

"넌 내가 교회 가는 것과 정확한 시간을 어떻게 알았지?"

영배는 순순히 말했다. 가파르게 사정한 것에 대한 미안함을 조금이라도 씻고 싶었던 것이다. 죄책감마저 들었다.

누나는 영배와 헤어진 후 교회에 갔다. 그녀는 그 나이에 어울리게 않게 차분하고 조신하게 행동했다. 성령에 충만한 아이가 순백의 아름다움을 추구하며 갈구의 눈빛을 잃지 않는 모습을 보이며 전도사를 현혹시켰다. 목사가 없는 조그마한 교회는 할머니와 아이들이 있고 몇몇의 부부가 있었다. 그 속에서 누나는 유난히 도드라진 미모로 눈길을 끌었다. 조금 전 영배와의 섹스놀이는 상상도 못할 행동이었다.

미래에 아이들을 가르치는 선생이 되기를 꿈꾸는 누나는 신도들 사이에서도 품행이 반듯하기로 소문이 자자했다.

누나는 예배를 마치고 돌아올 때는 늘 전도사와 은근한 악수를 하고 헤어졌다. 그때 전도사는 활활 타오르는 눈빛으로 누나를 덮칠 것 같았다. 누나는 그 눈빛을 애써 피하며 자신의 가치를 높였다. 누나는 전도사에게도 영배처럼 페니스를 애무해준 것이 다였다. 전도사는 더 많은 것을 원했다. 오럴과 섹스를 조용한 교회 안에서 연이어 이루어지기를 원했다. 의도적으로 누나에게 교회의 잡일을 시켜 잡아둘 때도 없지 않았다. 그런 간사한 계책을 알고 있는 누나는 적절하고 융통성 있게 빠져나왔다. 더 이상 허락하면 불편하고 귀찮다는 것을 알고 있었던 것이다. 적당하게 거리를 유지해서 적당하게 즐기는 것이 자신에게 낫다고 믿고 있었다. 남자들이 자신이 쳐 놓은 보이지 않는 거미줄에 묶이어 있는 것을 그들 자신들이 모르고 있어야 가능한 일인 것이다.

누나는 늘 승자의 웃음을 머금으며 교회에서 집으로 왔다. 오는 길은 가던 길과 다르지 않았다. 하지만 낯설었다. 비좁게 늘어선 큼직한 소나무와 하얀 꽃을 털어버리고 잎사귀에만 초점을 맞추고 있는 아까시나무도 낯설었다. 산중턱부터 시작하는 밤나무의 잎사귀와 열매도 뿌리의 긴장감 넘치는 헌신으로 유난히 건강해 보여도 무의미하고 낯설어 보였다. 걸음을 걷고 있는 길도 그랬다. 콘크리트로 정돈된 길이 아니어서 친근감으로 다가와도 가파른 비탈길은 자신의 타고난 재능과 가치와 다르다고 생각했기에 낯설어 보였다. 그렇지만 누나는 자신의 삶은 낯설지 않았다.

누나는 길 위에서 형의 행동을 생각했다. 남자들의 행동도 생각했다. 그도 남자라는 생각을 지금까지 하지 않은 것이 이상했다. 가족의 울타리에서 함께 존재 해서 잊고 있었다. 그도 치밀어 오르는 욕구를 가지고 있고 그것을 세상에 뿌리고 자신과 닮은 존재를 생성하여 삶의 위안을 찾고 싶은 것을, 아직까지 인식하고 있지 않았던 것이다. 그도 어쩌면 영배에게 한 것처럼, 전도사에게 한 것처럼 나의 손길을 받고 싶은 것인지도 모른다. 그래서 자신의 결점을 찾아서 볶아대는지도 모를 일이다.

더욱이 그는 자신을 따라와서 영배와 전도사에게 한 행위를 보고 즐겼는지도 모른다. 그것을 보고 삶의 위안을 찾으며 자위를 했는지 알 수는 없는 일이다. 그리고 며칠 전에 사랑방 문을 무심결에 활짝 열었을 때를 기억했다. 그는 누워서 당황했고 바지와 팬티를 올리면서 당황했다. 오롯이 발기한 페니스도 본 것이다. 그 나이에 어울리는 성적 갈구와 위로인 것이다.

누나는 산길을 걸으며 생각했다. 그도 나의 손길을 받고 싶은 것이다. 잔인한 육욕의 갈망과 생득적 외로움을 해소

해버리고 싶은 것이다. 그녀는 그의 페니스를 애무해서 사정의 길로 인도해 줄 수 있을 것 같았다. 하지만 전도사처럼 오럴과 섹스를 원하면 가혹하게 밀쳐내야 한다는 것도 알았다. 그의 욕구는 그의 몫이고 우리는 가족이기에 거기까지만 허락해야 할 것 같았다. 할머니도 아버지를 취하지 않았기에.

작은방

 난 작은방에서 미친개와 엄마 사이에서 잤다. 외롭고 고달프고 힘겨웠다. 그들은 그들의 잠을 편안하게 자고 있었고 난 늘 힘든 유배지 안에 갇혀 있는 참혹한 기분이었다. 이불 속에 존재하는 난 그들의 울타리 안에서 유실되는 것을 느낄 수 있었.

 그래도 난 그들 속에서 잠자리를 같이 해야만 했다. 사랑방은 형이 독차지했고 큰방은 누나 차지였다. 그들은 나를 끼워주지 않아서 하는 수 없이 난, 미친개와 엄마 사이에서 불안하고 역겨운 잠을 청해야 했다. 그래서 그런지 잠의 질이 급속하게 떨어졌다. 양질이라고는 할 수 없었고 늘 악몽으로 보채며 새벽을 맞이해야 했다.

 난 덩치에 반하여 선천적으로 병적인 민감한 감각을 가지고 태어나서 이불 속에서 작은 움직임도 크게 들렸다. 미친개는 늘 술에 취해 있어 입 속에서 악취를 뿜어내었고 가끔씩 잠꼬대도 했기에 나의 쭈그리고 있는 자아는 더욱 작아지고 고립되고 피폐해졌다. 늘 우그리고 자다가 미친개의 거친 몸부림에 피부가 닿으면 차가운 얼음덩어리가 기습적으로 옷 속으로 들어오는 느낌이었다. 그러면 또 잠을 청하지 못하고 뜬눈으로 지새워야 했다.

　나의 방이 없는 난, 늘 제대로 잠을 자지 못해서 눈꺼풀이 무거웠다. 그래서 영철이도 없는 움막에 가서 자고 오는지도 모른다. 나만의 공간에서 자유롭게 사색하고, 만화책을 보면서 상상을 할 수 있는 안식처를 찾고 있었는지도.

　그것이 현실적인 괴리를 낳은 것이다. 무겁고 눅진한 이불 속에서 괴롭고 힘든 잠을 청해야 하는 현실과 배치되는 것이다. 그래서 불만이 생기고 학교에 가지 않는지도 모른다. 더욱 협소한 자아는 맑고 신선한 공기를 호흡하기 위해 산으로 들로 계곡으로 헤매며, 어쩌면 그것이 고립의 사슬에 얽매이고 매몰되어 있는 자아를 어렵사리 건져내기 위한 삶의 지향성인지도 모르는 일 같기도 했다.

　혼자서 생활하고 사색해야 자유로운 난, 늘 외부의 충격에 괴로웠다. 그래서 더욱 내면의 실타래를 안으로 가늘게 풀어서 은밀한 공간을 만드는 것인지도 모른다. 미친개가 침노하지 못하는 철문을 만들어 꼼꼼하게 열쇠를 채워 놓는 것도 잊지 않는 것이다. 그것이 하루를 더 버티며 살아갈 수 있는 최소한의 방법인지도.

　그래서 작은방은 나에게 감옥과 다르지 않았다. 쾌적하지도 않았고 정갈하지도 않았다. 불손한 것들이 즐비하게 늘어선 창고 같기도 했다.

　그 작은방 구석진 곳에는 언제부터인지 조그마한 장롱이

다리를 잃은 채 웅크리고 있었다. 표면은 색깔이 퇴색되어 보였고 액세서리는 천박하게 빛을 반사했다. 촌스러웠다. 심지어 조그마한 한쪽 문은 미친개의 발길질에 떨어져 있있다. 이빨 빠진 아이들처럼 엉성하고 초라했다. 더욱이 장롱 위에 이불이 요란스럽게 쌓여 있고, 그것이 천장까지 닿았다. 그것이 작은방의 한쪽 면이고 나머지는 오래된 옷걸이가 지저분하게 옷을 지탱하고 있었다. 설상가상으로 윗목에는 걸레가 제멋대로 나뒹굴고 풀어져 있고 코를 푼 신문지가 구겨진 채 며칠째 방치되어 있었다. 겨울이면 누런 호박이 몇 덩어리 놓여있는 것이 다였다. 작은방은 나를 위한 의자도 책상도 없었다. 단지 어깨에 짊어지고 가는 가방만이 구석에서 우두커니 처박혀 있었다. 미친개가 만취하면 그 가방마저도 그 자리를 지키지 못하곤 했다.

 난 학습장애와 주의력 결핍을 앓고 있었다. 그래서 책가방도 나만의 공간도 무의미한지 모른다. 학교에서 여선생이 구구단을 외우라고 하면 일순간 뇌의 움직임이 멈추는 것 같았다. 차갑도록 공허했고, 그래서 짜증이 났다. 그것으로 끝나지 않았다. 눈의 시선을 다른 데로 옮기고 갑자기 주위가 산만해졌다. 여선생이 앞을 응시하며 외우라고 고압적으로 말을 해도 온몸이 비비 꼬이며 기어들어가는 목소리로 내뱉었다. 그래서 늘 학습을 제대로 따라가지 못했고 아이들이 집에 가고 난 텅 빈 교실을 묵묵히 지켜야만 했다.

엄마도 미친개도 그런 것은 몰랐다. 여선생도 남선생의 발가락에 난 무좀이 더 소중한 것이다. 흐르는 코를 손등이나 소맷부리에 닦고 문지르며 다니는 지저분한 아이가 어떻게 되었던 상관없었던 것이다. 그래서 난 마음의 문을 닫고 세상을 응시했는지도 모른다. 학교도 싫었고 공부도 싫었고 선생도 싫었다. 좁혀 오는 세상의 일들도 싫었다.

작은방은 나의 공간이기도 하고 미친개의 공간이기도 하고 엄마의 공간이기도 했다. 그 좁은 공간을 또다시 세밀하게 나눠야 했다. 낮에는 거의 미친개가 술에 취해서 누워 있었고 엄마는 거의 밭에 가서 일을 했다. 난 미친개의 늘어진 육체를 보고 있으면 엄마를 잔인하게 내몰던 모습이 떠올랐다. 그러면 개울가에 가서 너럭바위에 걸터앉아 있다가 그것도 아니면 느티나무 아래서 서서히 떨어지는 태양을 보며 어스름이 깔리기를 기다리다 집에 왔다.

그렇게 낮에 뿔뿔이 흩어졌다가 밤이 되면 작은방에 모여들곤 했다. 나에게 학교 가기 싫은 것보다 더 힘들고 싫은 것이 작은방에 섞여서 자는 것이었다. 늘 불안하고 초조했고, 무안하고 어색했다. 천장에 달려 있는 전구가 빛을 발할 때 더욱 감정이 요동을 치는 것이었다.

난 가끔씩 이상한 것을 느끼곤 했다. 잠을 잘 때는 늘 미친개와 엄마 사이에 독도처럼 외롭게 있다가 새벽녘에는 구석에 밀쳐져 있었다. 그것은 나의 의도로 잠결에 그렇게 움직였다고는 보이지 않았다. 누군가가 자신의 개인적인 편의와 사정 때문에 구석에 밀쳐놓은 것을 알았다.

그러던 어느 날, 난 눈을 감은 채 잠을 자지 않았다. 일찌감치 그날도 미친개는 술에 취해서 거칠게 자고 있었다. 난 술 냄새에 코를 막고 간신히 눈을 감고 있었다. 참기 어려운 시간이었다. 더욱이 불규칙적으로 코를 고는 불쾌한 소리는 더했다. 그래도 참고 이겨내며 나아갔다. 그때가 새벽이었을 것이다. 밖에는 천둥소리가 요란했다. 초저녁부터 찬란하게 빛나던 별들도 짙은 구름에 가려져서 맥을 못 추는 것 같았다. 어느새 비가 슬레이트 지붕을 한 방울씩 강하게 때렸다. 비가 무섭게 올 것 같았다. 빗방울 소리가 남다르게 우렁찼다. 그러는 사이 갑자기 번개가 쏟아졌다.

난 실눈으로 열어 둔 문밖을 내다봤다. 거름 더미는 거대한 몸피를 드러내며 웅크리고 있었고 빨랫줄이 마당을 가로질러 늘어져 있었다. 난 잠을 청하기 위해 이불을 당겨 얼굴을 덮었다. 무서움은 없었다. 그때 엄마는 몸을 일으켜 열린 문을 닫았다. 그러더니 나를 모기장 가장자리에 안아서 눕혔다.

작은방은 어둠이 스며든 적막이었다. 번개가 변덕을 부리지 않으면 막막한 어둠을 고수하며 아침을 맞을 것이다. 밝은 천둥의 잔당들이 어수선하게 돌아다니며 자고 있는 산새들을 깨우느라 여념이 없었던 것이다. 그래도 번개의 갑작스런 출몰이 없어 방 안은 멈춰 있는 어둠의 공간이었다.

 미친개는 그때 몸을 일으키더니 윗목에 미리 가져다 놓은 찬물을 한잔했다. 그러더니 정해진 일과를 하듯이 엄마를 끌어안았다. 엄마는 애써 부인하면서도 미친개의 요구를 받아들이는 것이다. 하지만 그 과정이 순탄하지 않은 것이 협소한 공간 속에서 느낄 수 있었다. 어둠 속에서 미친개는 엄마의 옷을 벗겼다. 애써 부인하는 엄마의 목소리를 미세하게 느낄 수 있었다. 그때 잠잠하던 번개가 가볍게 어둠을 억세게 긁고 지나갔다. 난 호기심 넘치는 눈길로 소리의 근원지를 주시했다. 미친개와 엄마는 나체였다.

 난 가까이 있어서 그 순간을 보았다. 그리고 엄마의 어깨에서부터 엉덩이까지 몽둥이의 흔적들이 고스란히 남아있는 것을 말이다. 아무도 허락하지 않던 피멍의 흔적들이 번개의 갑작스런 출몰에 모든 것을 볼 수 있었다.

 난 그것을 보지 않았어야 했는지 모른다. 요란하게 문신을 한 건달의 벗은 몸 같았다. 몽둥이의 흔적은 그렇게 확연하게 드러났다. 울긋불긋 피멍이 피부 깊은 곳까지, 진솔하게 파고들어 깊은 흔적을 남긴 것이다. 난 갑자기 분기가 치밀어 올랐다. 부엌으로 뛰어가서 날카롭고 투박한 부엌칼을 가져와서 미친개의 등판을 무진장 난도질하고 싶었다. 하지만 참아야 했다. 엄마가 곁에 있고 할머니를 생의 저쪽으로 보내고 나서 아무도 없는 곳에서 한 번에 큼직한 돌덩어리로 내려찍을 것이다. 그것이 현명한 방법인 것 같았다.

  미친개는 섹스를 원했고, 저항을 하면 죽일 듯이 달려들 것 같아서 엄마가 허락한 것 같았다. 엄마는 신음소리를 안으로 깊이 삼키며 애써 참아내는 것 같았다. 제한된 공간에서는 그것이 더 크게 들리는지 아직 모르고 있었던 것이다. 잠시 후 번개가 엉긴 구름 사이를 길게 뻗어 나갔는지, 일순간 방 안 깊은 곳까지 빛을 한 광주리 내려놓고 사라졌다.

  엄마는 상위에서 자유롭게 움직였다. 구속도 제한도 없어 보였다. 폭력도 아픔도 잊고 바운딩에 전념하고 있었다. 그것이 일상의 번뇌를 잊는 유일한 길인 양 절실해 보였다. 격한 행위와 은근한 신음소리 속에는 꼬여 있는 일상의 잡음은 없었다. 얽히고설킨 길의 단면을 애써 찾아야 하는 간절한 행위도 보이지 않았다. 어둡고 막막한 현실을 잊고 나아갔고, 질기고 억센 인생의 밧줄을 벗어던지고 나아갔다. 순간에 묶여 있는 삶의 고리를 영원의 신성한 공간으로 옮기는 작업 같기도 했다.

  일순간 난 미친개가 나의 생명을 담보로 엄마를 조종하는 것인지도 모른다는 생각이 들었다. 자신의 욕구를 씻어내기 위해서.

  하지만 엄마는 미친개의 폭력이 두려워서 상위에서 하위로 스스럼없이 바꾸는 것 같지 않았다. 그들에겐 그들 삶의 은밀한 비밀이 있는 것 같았다. 어느 한적한 공간을 점령하는 공기도 그 담긴 외피에 따라 서로 다른 은밀한 이야기를 자아내는 것과 다르지 않은 것 같았다.

그들의 섹스는 할머니가 옆집 할아버지와 즐기는 섹스와는 확연히 다른 것 같았다. 저돌적으로 다가가서 자신의 욕구를 채우기에 급급한 것에 반하여 엄마는 그리움의 아련함을 채워주고 광포한 성정을 밀어내고 주름진 마음의 벽을 말끔하게 다림질하는 것 같았다. 더욱이 자신의 멍든 흔적을 부끄러워하지 않고 숨기지도 않고, 일반적인 삶의 생채기로 받아들이는 것 같았다. 그래서 절망도 없고 증오도 없고 아픔도 없어 보였다. 평화로움과 온유함이 맺혀 있었다.

미친개도 엄마의 손길에 순종의 미소를 담고 있었다. 괴팍하고 잔인한 모습은 찾을 수 없었다. 천진한 표정으로 엄마의 거룩한 봉사에 은근하게 미소 지을 뿐 보채거나 강요하지 않았다. 신을 경배하고 찬양하는 표정임에 틀림없었다. 종교의 색채를 띠었고 율법을 따르는 신도 같았다.

난 번개의 거친 출렁거림에 그들 삶의 은밀한 모습을 엿보았다. 그들은 할머니 몰래 자신들의 언어로 배려하며 사랑하는 것이었다. 그 순간만은 미친개는 엄마를 사랑하고 인정하며 보듬는 것을 나는 리얼하게 보고 들었다. 그것이 난 의아했다.

어느새, 밖은 유순해지고 질서가 잡혀지는 것 같았다. 일상을 깨우는 새소리도 차분하게 들려왔다. 오늘도 어제와 다르지 않은 무기력하고 침울한 하루가 시작되는 것을 알고 있었기에 나는 슬펐다. 그래서 억지로 눈을 감았다.

미친개라고 부르는 아버지

 난 아버지를 미친개라고 부른 것이 언제인지 명확히 말할 수는 없다. 사물을 인식하고 의식의 실체를 어렴풋이 알 시기인 것만은 확실하다. 지금보다 더 어린 시절 기저귀를 차고 장난감을 들고 있을 무렵이었을 것이다. 엄마가 젖먹이를 가슴에 안고 있을 때 이미 자란 형이 아버지를 보고 한 말 같기도 했다. 그것을 내가 따라한 것인지 명확하지는 않다. 그것도 아니면 엄마가 곤하게 자고 있는 나를 내려다보고 행복한 미소를 던질 때 술에 취한 아버지가 비아냥거리며 얄미운 표정으로 엄마를 걷잡을 수 없이 강하게 때릴 즈음에, 내가 깨어나면서 우렁차게 울면서 처음 내뱉은 말 같기도 했다.
 아버지는 나에게 그런 사람이었다. 늘 가지런하고 명확한 삶을 제시해주지 못했고 악귀의 불손한 모습만 보였다. 늘 초점 잃은 눈동자를 하고 있었고 누구를 응시하는지 알 수 없는 흐릿한 시선이었다. 따스하고 포근한, 절실하고 아낌없는 시선을 기대하기는 어려운 것이었다. 어쩌면 그것은 욕심인지도.
 아버지는 무의미한 존재로 남아 있었다. 아니다. 그는 악귀의 첨병으로 나를 괴롭히고 엄마를 괴롭혔다. 배움이 덜 해서 그런 것은 아니었다. 상대를 아래로 얕잡아보고 그러는 것도 아니었다. 뭔가에 홀린 듯이 자신도 모른 채 행위가 튀어나오는 것 같았다. 그것이 할머니의 마수에 걸려들어서 그런 것 같았다.

'미스터리'에 가까웠다. 내가 그 원인을 찾을 수도 없고 찾기도 싫었다. 대략 할머니가 개입되었다는 것밖에는 알 수 없었던 것이다. 그렇다고 내가 남영동의 수사관이 될 수는 없었다. 난 그 나이에 어울리는 삶을 누리고 싶었을 뿐이다.

아버지는 술만 먹고 작은방에서 누워 자는 것만은 아니었다. 그것으로 아버지를 과소평가할 수는 없었다. 때때로 그는 엄마가 밭에서 일군 곡식을 몰래 훔쳐서 시장에 가서 현금으로 바꿨다. 그러고는 다방에 있는 아가씨에게 달려들어 시간을 사고 섹스를 했다. 그는 돈이 떨어지면 집에 돌아와서 누워 잤다. 엄마는 그런 아버지를 포기했다. 처음에는 말로 타일러 보고 곡식 창고에 자물쇠를 채우기도 했다. 소용없는 일이었다.

그때는 엄마를 때리지 않았다. 엄마가 키운 곡식은 튼실해서 상인들이 서로 사기를 원해 그들끼리 다투기도 했다. 가격도 다른 사람들에 비하면 후했다. 그것이 아버지의 철벽 같이 닫힌 마음에 어떤 영향을 미쳤는지는 알 수 없었다. 하지만 아버지는 그 일이 끝나고 엄마를 몰아세우거나 함부로 취급하지는 않았다. 아무래도 상인들에게서 곡식에 대한 칭찬을 받은 것이 틀림없었다. 어쩌면 그것이 자신의 추락한 자존감을 고양시키는 계기가 된 것인지, 아니면 엄마의 충실한 알맹이에 대한 경외인지 알 수는 없었다. 그것 때문인지 며칠 잠잠한 나날을 보낼 수 있었다.

엄마의 곡식은 자식의 학비로 들어가는 것이었다. 그래서 엄마는 늘 그것 때문에 고민이 많았다. 아버지가 할 수 있는 일은 그것밖에 없었기에 포기할 수밖에 없었고 또다시 밭에 가서 강렬한 햇살과 싸우면서 괴로운 심정을 삭혀야 했다. 엄마는 그런 사람이었다. 육체에서 나오는 땀으로 세상을 버티고 있었던 것이다. 그 땀의 진솔함을 믿고 나아갔고, 그러다 보면 이상하게도 자식의 학비는 채워지는 것이었다.

엄마는 아버지에게서 바라는 게 없어 보였다. 그게 아버지를 방탕하게 만든 것인지도 모를 일이었다. 그것이 엄마가 아버지를 대하는 방식이었고, 사랑의 방식인지는 모를 일이었다. 그것을 모르기에 난 아버지를 미워하고 피해 다니는지도.

난 가끔씩 엄마에게 아버지에 관한 것을 물었고, 그러면 그녀는 아무런 대답이 없었다. 일순간 표정이 일그러지고 어두워졌다. 가족의 허물을 갑자기 끄집어내는 이웃집 아줌마를 쳐다보는 차가운 표정으로 나를 응시했다. 그래서 두 번 다시 아버지의 기이한 행동과 무책임한 삶을 묻지 않았다. 그것이 엄마와 나 사이에 맺어진 계약 같은 것이었다.

아버지는 술에 취해서 집에만 있는 것이 아니었다. 가끔씩 내가 다니는 학교 근처를 어슬렁거리며 방황을 했다. 그것이 자신의 허한 삶을 감추기 위해서 그러는 것인지, 아니면 술기운에 온정신으로 하지 못한 행동을 자연스레 하면서 마음 깊숙이 파묻혀 있는 열등감을 해방시키는 것인지 명확하게 알 수는 없었지만, 난 그것이 참 보기 싫었다.

때때로 그는 운동장 가장자리에 있는 평평한 의자에 누워서 자기도 했다. 플라타너스 잎사귀가 짙은 그늘을 만들고 바람이 잎사귀를 하늘거리게 만들면 어디에서 나타났는지 아버지는 그곳에서 잠을 자고 있었다. 술기운이 얼굴 가득 넘쳐흐르고 악취를 풍긴 채 말이다. 그 곁에는 언제나 제돌이가 있었다. 아버지 곁에 시립하여 파리도 쫓고 모기도 쫓았다. 아버지를 지키는 수호신 같았다. 그런 광경을 지켜보고 있던 난 수치심이 밀려왔고 교실을 박차고 나가고 싶었다. 그런 당황한 모습을 보고 있던 미루는 나를 바라보며 대수롭지 않게 말했다.

"제돌이가 지키는 저 사람은 술의 신인 바쿠스일 거야."

난 미루를 쏘아보며 책가방을 챙겨 교실을 나왔다. 그녀는 당황한 표정이었고, 뒤늦게 그가 나의 아버지인 것을 알고 미안해 했다. 난 그녀의 말이 틀리지 않아서 슬펐다. 진실이기에 거짓으로 꾸밀 수 없어 더욱 슬펐던 것이다.

제돌이는 다운증후군을 앓고 있었다. 나이는 겉으로 정확히 알 수 없는 독특한 생김새였다. 언밸런스한 육체와 구심점 없이 흩어진 사지, 늘 초점 없는 흐릿한 눈빛과 엉거주춤 주저앉은 콧날, 어떠한 음식도 마구 집어삼킬 수 있는 유난히 두꺼운 입술과 멀리서 들리는 진귀하고 미세한 소리를 담을 수 없을 것 같은 조그마한 귀, 눈 가장자리에 볼품없이 자리 잡은 거무스름한 점, 흰 머리카락이 도드라지게 많이 박혀 있는 짧은 헤어스타일, 큰 항아리처럼 배부른 허리와 바지를 비집고 나온 엉덩이의 명확하지 않는 경계.

제돌이는 학교 주위를 배회했다. 늘 뒤뚱거리며 걸었고 얘기를 하면 침이 입가에 허옇게 묻어났고 말을 더듬는 것도 잊지 않았다. 난 제돌이가 말더듬이인 엄마를 닮은 것이 싫었고 술 취한 아버지 곁에 머물면서 깍듯이 모시는 것이 싫었다. 그래서 시간이 나면 괴롭혔다. 모래를 한 줌 쥐어서 세차게 뿌리고 재빠르게 도망가거나 큼직한 돌을 옆구리에 강하게 던지고 도망갔다. 한번은 컴퍼스의 뾰족한 지지대로 살집이 많은 엉덩이를 찌르고 도망친 적도 있었다. 이상한 희열이 감도는 것을 느꼈다. 죄책감은 없었다.

난 아버지가 학교에서 가로로 길게 누워서 나를 괴롭힐 때는 영철이 움막에 갔다. 그곳에 안나가 있어 가는 것도 있었다. 집에 뒀다가는 고모의 강압에 언제 죽을지 몰라서 그곳에 두었던 것이다. 먹이는 틈틈이 가져다놓고 가면 조금씩 알아서 먹었다.

아버지는 해가 서쪽 하늘로 뉘엿뉘엿 떨어질 즈음에 집으로 돌아왔다. 나도 그때쯤이면 움막에서 집으로 향했다. 아버지는 집에 숨겨놓은 술을 찾아서 몇 잔을 더 들이키고 또 작은방에 가서 잤다.

이것이 아버지의 일반적인 삶의 궤적이었다. 그렇게 며칠을 마시고 어느 순간부터는 술을 마시지 않았다. 육체가 술을 받아주지 않았기 때문이다. 그때부터는 작은방에 누워서 일어나지 않았다. 밥도 엄마가 갖다바쳐야 했다. 육체를 제대로 움직일 수 없었기 때문이다. 그럼에도 엄마는 화를 내지 않았다. 그것이 자신에게 닥친 피할 수 없는 운명인 것을 아는 양 묵묵히 인내하며 나아가는 것이었다.

아버지는 술에 취해 낮잠을 잘 때는 늘 파리와 사투를 벌였다. 아버지에게 풍기는 악취가 파리들을 끌어들인 것이다. 부패가 시작되는 음식을 취급하듯이 무자비하게 촉수를 거칠게 들이밀었다. 파리들은 눈 가장자리에 집중했고 입 가장자리에 집중했다. 간혹 먹을 것이 빈약한 손등과 발등에도 있고 긴 팔과 다리에도 듬성듬성 내려앉아 투명한 날개를 정돈하고, 어떤 부류는 변소에서 묻은 오물을 다리와 촉수를 이용해서 단정하게 닦아내곤 했다.

그런 파리들의 일상적인 모습이 아버지에게는 곤욕이었다. 난 유독 많이 달라붙는 파리들을 보며 신기하고 의아해서 유심히 관찰할 때가 많았다. 나에게 달라붙어 있던 파리들도 아버지가 작은방 문을 발로 차 열어버리면 어느 순간에 아버지 곁으로 날아가는 것이었다. 처음에는 놀라서 파리들이 그쪽으로 간다고 생각했다. 그것이 아니었다. 아버지에게만 풍기는 퀴퀴하고 구릿한 냄새가 나는 것을 파리들은 미세하게 맡으며 다가가는 것이었다. 어쩌면 고등어 썩은 냄새 비슷한 것이 나는 것일 게다.

난 미루가 한 말이 뇌리에 남았다. 어설프게 던진 말 같았지만 일리가 있는 것 같았다. 제돌이도 그랬고 파리도 그랬다. 어쩌면 그것이 자신의 바쿠스 신에 대한 경외인지도 모른다. 파리의 단체 행동은 종교의식인지. 손발을 씻는, 오물을 닦아내는 경건한 행위 말이다. 그 속에서 참으로 아름답고 숭고한 자아를 발견할지도. 어쩌면 아버지가 종교 지도자인지도. 아버지의 기이한 행동이 가혹한 수행의 단계인지도. 몇 날 며칠을 밥도 먹지 않고 술로 지내는 것이 더 나은 단계로 이르는 길인지도. 아직도 온전한 신의 클래스에 닿지 못해 갖은 노력을 하는 모습이 지금의 이 모습인지도.

그럼 할머니의 마수로 아버지의 기이한 행동이 나왔다고 볼 수 없는 것이다. 어쩌면 할머니도 신도인지 알 수 없는 것이다. 아버지의 어머니이지만 아버지의 신도로서 세상을 경계하고 정진하라고 독려하는 모습이 세상에는 투기로 드러나는지 알 수는 없었다. 더욱이 엄마를 괴롭히는 모습은 남녀 간의 사랑도 하찮다는 것을 보이기 위함인지도 모른다. 그렇게 함으로써 아버지의 기이한 수행에 일조하는 것인지도.

옆집 할아버지와의 달콤한 섹스는 자신이 자신에게 허락한 휴식일지도 모른다. 메마르고 무료한 일상에서 다소나마 풍부한 감정을 되살리고 젊음의 고귀함을 인식하며 현실을 즐기는, 그래서 육신을 안정시켜서 영혼의 깊은 곳으로 나아가 자기 성찰의 기회를 가지는지. 그것이 아버지의 수행을 돕기 위해 충만한 기운을 모으는 수단인지 알 수 없는 것이다.

난 대청마루에 앉아서 아버지의 추종자를 보며 느티나무가 있는 곳으로 갔다. 그곳은 일상의 번다한 현상을 들여다 볼 수 있었기 때문이다. 그리고 일상의 무거운 굴레를 다소나마 벗을 수 있는 곳이기도 했다. 더욱이 너럭바위 사이에 숨겨둔 미루의 분홍색 모자를 꺼내어 쓰다듬을 수도 있었다.

난 분홍색 모자를 만지며 서쪽 하늘을 바라봤다. 태양은 이미 사라지고 저녁노을이 벌겋게 물들이고 있었다. 주위가 차분해졌다. 그렇게 무아의 시선으로 한참을 바라본 후에 집 쪽으로 시선을 돌렸다. 낡은 기왓장을 간신히 이고 있는 집은 을씨년스러웠다. 하지만 분기가 치밀어 오르지는 않았다. 일상을 먼 발치에 놓고 볼 수 있었기에 그럴 것이다. 그것이 내가 터득한 생존의 비법이었다. 그렇지 않았다면 치밀어 오르는 분노와 증오를 감당하지 못해서 이미 삶의 저쪽을 선택했을지 알 수 없는 일이었다. 그것도 잠시 뿐이었다. 집 쪽에서 미친개의 고함소리가 나의 차분한 마음을 걷어차버리는 것이다. 분노와 증오는 재차 끓어올랐다.

안나는 삶의 저쪽으로

8월 하순이 넘어서자 무더위도 한풀 꺾였다. 밤과 낮 사이 신선한 바람이 가끔씩 불어왔다. 돌담 위에 싱그러운 빛깔을 자아내던 담쟁이덩굴도 다소 생기를 잃고 있었다. 하지만 여전히 뻗어나아감의 본능은 잃지 않아 공간의 장악력을 보이려 안간힘을 쓰는 것 같아 대견해 보이기까지 했다. 그래도 한낮은 여전히 땅의 생명력을 북돋아줬다. 뿌리의 간절함에 응해주고 잎사귀의 발랄함에 부응해주는 것이었다.

여름방학이 끝날 무렵인데도 난 과제물을 준비하지 않았다. 늘 걱정은 되었어도 매학기 그래왔던 것처럼 그냥 학교에 가기로 마음먹고 무료한 시간을 보냈다. 초조하기도 했다. 개학을 하고 나 또한 교실 앞으로 불려나가야 하는 번거로움이 기다리고 있었다. 둥근 안경을 쓴 여선생은 거친 야생마를 몰아붙이듯이 나를 괴롭힐 것이다. 난 시선을 내리깔고 나무로 된 교실 바닥을 주시하며 실눈으로 두리번거릴 것이 자명했다. 자기 자리에 앉아 있는 미루의 밝은 시선을 마주치기 싫어서 그녀의 주위를 얼씬거리지 않을 것이다.

여선생은 자신의 권한을 최대한 끌어들여 나를 쥐 잡듯 할 것이다. 과제를 하지 않은 아이들도 나의 주위에서 한 무더기 모여 시선을 내리깔고 여선생의 취조를 기다릴 것이다. 여선생은 입맛을 다시며 구석으로 내몰린 아이들을 자신이 원하는 방향으로 몰았다가 풀었다가 반복적으로 행할 것이다. 그렇지 않으면 몽둥이로 손바닥을 때리거나 등줄기를 때릴 것이다. 예전에 내가 피하자 머리통을 강하게 때렸다. 고통이 강하게 밀려들었다. 그 당시 난 그녀를 죽이고 싶었다. 그래서 증오에 찬 시선으로 여선생을 올려다봤다. 여선생도 곧바로 되받아치기를 했다. 그땐 손바닥으로 얼굴을 갈겼다. 난 그럴 때면 미친개가 어머니를 때릴 때의 장면이 떠올랐다. 무의미하게 내던지는 감정의 소비는 아니었다. 치열하게 포효하는 들개의 울음소리를 들을 수 있었다. 산토끼를 사지에 몰아서 천천히 힘을 빼는 수법이었다. 그녀는 들개였다.

난 아침을 먹고 영철이 움막으로 갔다. 고모가 며칠 친척집에 갔기 때문이었다. 안나를 집에 데려와도 괴롭힐 사람이 없어 가까이에 두고 볼 수 있었다. 나는 펼쳐 놓은 신문지 위에 똥과 오줌을 치우고 밥을 줬다. 이젠 덩치가 많이 커서 송아지가 먹는 사료도 곧잘 먹었다.

난 안나를 영철이 움막 앞으로 데리고 나왔다. 아직도 이슬이 깨지 않아 잡풀 사이를 뛰어다닐 수는 없었다. 난 영철이가 소나무 껍질을 벗겨 만든 의자에 앉았다. 안나는 나의 품에 안긴 채 미동도 없었다. 따스한 품이 그리웠던 것이다. 고모의 가혹한 행위가 생각나는지 가끔 몸을 떨기도 했다.

안나는 평온하게 잠을 청하고 있었다. 혼자 밤을 지새우기가 고독하고 외로웠던 것이다. 그래서 나의 품에 안기자마자 안식을 찾아 긴장의 끈을 느슨하게 풀어놓은 것이 분명했다. 더욱이 낯선 공간에 대한 공포와 두려움이 얼마나 무겁게 짓눌렀겠는가. 밤의 적막을 깨뜨리는 음흉하고 기괴한 야생의 거친 울음소리 또한 얼마나 신경을 곤두서게 했겠는가. 그것을 이겨내야 새벽의 고운 햇살을 받을 수 있고 아침의 신선함을 느낄 수 있는 것이다.

고양이 족속들은 원래 고고한 자태를 버리지 않는 것으로 유명하다. 그리고 겉으로 감정을 잘 드러내지도 않는다. 하지만 안나는 내가 움막을 들어서기 전에 감고 있던 눈을 떠서 내가 움막 문을 열기만 학수고대하고 있었다. 어둠에 익숙한 고양이였지만 밝음과 함께 다가오는 나의 모습을 기다렸던 것이다. 마치 시골 재래시장을 간 엄마를 기다리는 산골 소녀처럼 절실한 눈빛이었다.

안나는 짧고 굵게 잠을 자고 눈을 떴다. 그리고는 나의 품에서 벗어나 탁자 위로 올라갔다. 안나는 그 위에서 나의 손을 가볍게 물면서 머리를 들이밀었다. 그렇게 나에게 친근하게 장난질을 했다. 그러고는 공중으로 훌쩍 뛰어 자신의 유연한 몸매를 보이는 것이다. 숙련된 체조 선수의 수준 높은 동작이었다. 그러면서도 나에게 시선을 떼지 않았다. 적당한 거리를 유지하며 적당한 안식을 찾는 것이 분명했다. 난 안나에게 그런 존재였다.

영철이가 만들어놓고 간 탁자와 의자는 단단하고 옹골찼다. 난 그때를 기억한다. 영철이가 자른 소나무를 야트막한 능선을 따라 어깨에 짊어지고 움막까지 나르는 모습이 아련하게 떠올랐다. 난 어리고 힘이 없어 통나무를 들고 나를 수 없어서 껍질을 벗기는 일만 도왔다. 날이 두꺼운 낮을 들고 앞으로 당기며 껍질을 벗기며 나아갔다. 땅에서 가깝게 오래 자란 밑동은 날카로운 낫도 튕겨 내는 것이었다. 더욱이 흉하게 붙어있는 옹이는 감당하기 어려웠다. 그것은 영철이가 도왔다.

난 소나무 껍질을 왜 벗기는지 몰랐다. 벗겨놓은 기다란 나무를 움막에 기대어 놓은 것이 말끔해 보이긴 했다. 영철이에게 물어도 제대로 대답하지 못했다. 그는 예전부터 어른들이 그래왔었기에 자기도 따라한다고 했다. 한 번도 의문을 제기하지도 묻지도 않았다고 했다. 그런 것은 묻지 않고 따라하는 것이 순리라고 말했다.

난 그때 그것이 궁금했다. 호기심이 발동하면 밤잠을 설쳐가며 그것을 찾았다. 영철이에게 충분한 대답을 얻을 수 없다는 것을 알면서도 영철이를 유심히 살폈다. 적어도 그는 적절한 대답은 못했다. 하지만 그의 육체는 대답하고 있는 것 같았다. 그래서 난 영철이의 행위 안에 숨겨진 수수께끼의 해답을 찾기 위해 신경을 곤두세웠다.

그러다가 난 상처가 났다. 왼쪽 손가락에서 피가 나는가 싶더니 아픔이 밀려들었다. 상처는 깊지 않아보였다. 하지만 피는 방향을 잃는 유속처럼 거침없이 흘러내렸다. 난 이상하게 나의 육체에서 비집고 나온 피만 보면 마음이 편해지는 것을 느꼈다. 예전부터 그래 왔던 것으로 기억되었다. 단순한 영철이는 달랐고, 하던 일을 멈추고 자신의 하얀 내의를 찢어 상처를 동여매어주었다.

"상처로 인한 피는 육체를 벗어나 시련의 길로 접어드는 거야. 그래서 아픔으로 경각심을 심어주는 거지. 불행의 징조지."

난 영철이가 당황스러워하는 모습에 의아했다. 난 피를 보면 어떨 때는 희열을 느끼곤 했다. 하지만 영철이는 불행의 징조라고 했다. 자해하는 형도 어쩌면 자신의 몸에 흐르는 피를 끌어내어 자신의 가치로 삼았는지 알 수 없었다. 말더듬이에 대한 비굴함을 감추기 위해 확연하고 뚜렷하게 드러나는 피를 세상에 보임으로써 자신의 초라함을 덜어내기 위함인지도. 그것으로 삶의 희열을 느꼈는지도.

이젠 소나무의 껍질을 왜 벗기는지 알 것 같았다. 상처 속에서 단단함을 끄집어내어 시련의 길로 접어들게 하는 목적이었다. 강렬한 햇살을 달게 받아 존재의 치열함을 손수 이겨 냄으로써 생존의 필연적인 새로운 모습을 받아들이게 했다. 그러므로 세상에 필요한 형태의 물건으로 탄생하는 것이었다.

그것이 탁자가 되고 의자다 되었다. 적절한 크기에 적절하게 못이 박혀서 새로운 얼굴을 드러내며 하루하루를 버티는 것이다. 땅에 박힌 나무 말뚝처럼 썩어 분해될 때까지 본분을 지키며 나아갈 것이다.

영철이는 탁자를 만들 때 정확한 치수를 재지 않고 어림짐작으로 다리를 만들고 등받이를 만들었다. 거칠고 울퉁불퉁하고 투박했다. 그래서 사포로 거친 표면을 말끔하게 정리했고, 그래서 그런지 부드러운 촉감이었다. 마무리는 니스로 반질하고 정갈하게 칠했다.

영철이의 행위는 배움으로 얻어진 피상적인 열매는 아닌 것 같았다. 어릴 적부터 동네 어른들로 하여금 어깨 너머로 보고 듣고 느낀 것이리라. 그것이 어느 순간부터 자신의 육체에 익숙한 행위로 다가왔고, 탁자를 만들고 의자를 만들 수 있었던 것이다. 겉으로 무식하고 우직해 보이고 천해 보이기까지 한 그는, 한편으로는 유식하고 아는 것이 많았다. 어눌한 말 속에는 삶의 지혜를 담고 있고 그 속에는 진솔하고 경건한 가치도 묻어났다.

그래서 난 영철이가 좋았다. 눈치만 보는 고모와는 상이했고, 이율배반적이지 않았다. 늘 구심점 없는 삶을 살며 생각 없이 사는 것 같아서 사람들은 다소 뒤떨어지는 지능을 가졌다고 생각했다. 하지만 잇속만 챙기는 고모에 비하면 훌륭한 인품을 소유한 그였다. 하이에나의 치밀한 술책을 머리에 담고 사는 고모와는 상이했다. 더욱이 늘 이해타산에 의해서 사람들을 가까이 두고 때로는 과감하게 버리는 약삭빠르고 저열한 누나와도 다른 인격체였다.

움막이 산속 깊숙이 자리 잡아 충분한 햇살을 받기에는 다소 시간이 필요했다. 움막 양쪽으로 제법 높은 산 능선이 아래로 길게 뻗어 있어 울타리 역할을 했다. 그것이 바람을 막고 있어 이슬의 자유로운 비상을 막는 것 같았다. 그래도 어느 순간에 이슬은 육화되는 것이다. 일반적으로 드러나는 삶의 보편을 과감히 버리는 것이다. 그때부터는 알 수 없고 보이지 않는 삶의 비현실을 향해 나아가는 것이다.

난 그것이 어디로 향하고 있는지 알 수 없었다. 다만 사위어 사라지는 곳이 분명 존재의 필연과 연관이 있을 것이라고 생각했다. 연속적으로 끝없이 칠흑의 공간 아래로 서서히 내려앉는 것인지도 모른다. 그럼에도 한 치 앞은 까마득하게 보이지 않고, 거대한 부피로 다가오는 무겁고 차가운 압력은 미세하게 뛰는 심장을 더욱 압박하며 공포와 두려움을 가져다놓을 것이 자명했다. 그 순간, 깊은 한숨이라도 쉬는 것이 소원일지도 모른다. 파란 하늘에서 뿜어져 나오는 싱그러움을 그리워하며 아래로 더 아래로 가라앉으며 위안을 가질지도 모른다. 그것도 아니면 솜털보다 가벼운 날개로 우화해서 지상에서 이륙해서 하늘 높은 데까지 천천히 날아서 위성의 궤도에 안착할지도 모른다. 거기서 숨고르기를 해서 끝없이 펼쳐진 우주의 품으로 나아갈지 알 수 없는 것이다. 외롭고 고독한 외톨이로 우울하고 음침한 시간을 보내며 밤과 낮도 없고 시간의 흐릿하고 모호한 개념도 없는, 달콤하고 아늑한 잠의 뜰로의 이동도 없는 선의 무기력한 공허함과 아찔한 단순함을 일상적으로 받아들여야 하는 가혹한 나날을 보낼지도 모른다. 어쩌면 그것이 한나절의 이슬의 운명인지도.

이제 안나는 탁자에서 내려와 땅 위를 뛰어다녔다. 바람이 곱게 불어 안나의 털을 부드럽게 어루만졌다. 안나는 기분이 좋은지 혼자서 걸었다가 뛰며 억새 뒤에 숨었다가 또 걸으며 뛰었다. 억새도 세련되고 날카로운 잎사귀를 옆으로 길게 흔들며 물기를 털어내었다. 조금 전까지 그 자리에 멈춰서 미동도 하지 않던 떡갈나무 잎사귀들도 천천히 주위의 시선을 무시한 채 표면에 묻어 있는 물기를 털어내기에 여념이 없었다. 움막 앞에 늘 우두커니 서 있는 오동나무는 넓은 잎사귀 위에 바람이 내려앉아 자유롭게 뛰어다니기에 안성맞춤이었다.

난 안나가 나의 품에서 벗어나 천천히 지경을 넓히는 것을 알 수 있었다. 그러면서 나의 거리를 유지하는 것도 느낄 수 있었다. 자신의 생각에 심취해 여기저기 천방지축 뛰어다니다가도 어느 순간에 내가 앉아 있는 의자에 와서 재롱을 피우는 것이었다. 그러다가 또 한참을 앉아서 멍한 표정으로 명상에 들었다가 또 아까보다 더 멀리 나아갔다가 되돌아오는 것이었다. 난 그것이 안나가 세상을 받아들이는 자신만의 방법이라고 생각했다. 육체가 커지면서 세상을 받아들이는 공간도 넓히는 것이 치열한 생존의 밀림에서 나름대로 살아남는 처세인지 난 확실히 알 수는 없었다. 그것은 고양이 족속들의 삶인 것인지. 하지만 나의 삶을 견주어 비교해보면 알 수도 있을 것 같았다. 고립된 집에 있다가 어쩔 수 없이 초등학교를 다니는 삶과 다르지 않았다. 세상으로 나아가는 징검다리를 하나씩 밟으며 말이다.

 난 안나를 내버려두고 계곡으로 내려갔다. 다소 급한 내리막길이었다. 길이라고 하기는 어설프고 낭떠러지에 가까웠다. 그래도 사람들의 걸음걸이가 모여서 온전한 면을 만들어놓고 있었다. 사람들은 그것을 오솔길이라고 했다. 산허리를 파고들면서 상처를 입히지 않는 자연스런 흔적으로 다가오는 것이다. 있는 그대로 받아들이는 현실적인 흔적이기도 했다. 난 그것이 우리 가족의 구성원 사이의 관계와 다른 것이 생소하게 다가왔다. 늘 투쟁하듯이 하루를 여는 할머니로부터 엄마를 가혹한 폭력으로 내몰아버리는 아버지까지, 호시탐탐 엄마를 사지에 밀어 넣어서 안식을 찾는 고모에서부터 미모의 밝음을 믿고 남자들의 마음을 강탈하는 누나까지, 그리고 늘 선배들에게 얻어맞고 다니며 화풀이는 나에게 하는 덩치 큰 형까지. 그들은 천천히 흔적을 남기며 상처를 주지 않는 오솔길의 미덕을 배우지 못하는 것이 안타까웠다. 늘 깊은 상처를 주며 자신의 자리를 지키는 것이 괴로웠다.

난 그들 중에서 상대를 괴롭힐 대상이 없어서 어쩌면 외로웠는지 모른다. 사람들은 자신의 온전한 마음을 채우고 보전하기 위해 싸우고 트집을 잡는 것 같았다. 그래서 그것을 자신의 삶의 추진력으로 삶아서 그 속에서 위안을 찾는지도. 우리 가족은 그 치열한 일상을 그렇게 나열하기에 가족이 존재하며 나아가는지도. 지옥의 열화보다는 낫다는 것을 무의식적으로 알기에 생존의 보편을 선택하며 나아가는지도. 난 어려서 명확하게 알 수는 없었다. 다만 어림짐작으로 느낄 뿐이었다.

난 경사진 오솔길을 따라 걸었다. 잡풀들이 오솔길을 따라 집요하게 침범하고 있었다. 영철이가 있었으면 날카로운 낫으로 낯설게 뻗어 나가는 풀잎들을 단정하게 정돈하고 오솔길의 모습을 돋보이게 만들어놓았을 것이다. 이젠 그는 없고 예전의 오솔길 또한 찾을 수 없었다. 하지만 어수선한 몰골로 오솔길은 그 자리를 지키고 있었다. 뭇 사람들이 봤다면 오솔길인지 산인지 분간할 수도 없었다. 그래도 오솔길은 그 자리에 있을 것이다. 사람들이 자주 왕래하지 않아도 자신을 고수하며 영철이가 와서 말끔하게 깎아주기를 바라며 거칠고 무기력한 일상을 곱씹으며 보낼 것이다. 갑자기 난 미루가 떠올랐다. 그녀도 오솔길의 바람처럼 나를 기다리며 있지 않을까 생각했다. 연이어 너럭바위 사이에 숨겨놓은 챙이 다소 긴 분홍색 모자가 떠올랐다. 이상하게 입가에 미소가 퍼지는 것을 느낄 수 있었다.

계곡의 수량은 많지 않았다. 가까이 다가가야 졸졸 흐르는 소리가 들릴 정도였다. 마사토로 형성되어 있는 토양도 한몫했다. 물 빠짐이 좋아 급한 경사를 만들지 못해 소리의 파장을 길게 뻗게 할 수는 없었다. 그래도 최소한의 소리를 담아내고 있어 계곡의 이름에 먹칠하지는 않았다.

난 화강암이 풍화되어 가는 다소 큰 바위에 앉아서 물의 흐름을 살폈다. 여전히 썩은 나뭇잎 사이로 짧고 길게 나아갔다 끊어졌다 반복하며 소리를 품고 간직하고 있었다. 그래서 움막이 있는 계곡 밖으로는 얼씬도 못하며 아래로만 내려가는 것이다. 하지만 갑작스럽게 비가 쏟아지면 상황은 달라진다. 고요하게 멈춰서 흐르던 계곡의 모습은 온데간데없고 황매산 깊은 골짜기에서 서둘러 뱉어내는 물줄기로 인하여 계곡의 유속은 더욱 빨라지는 것이다. 계곡 구석구석

쌓여 있던 나뭇잎은 끝없는 항해를 하며 쓸려내려가는 것이다. 난 계곡의 변화와 나의 내면의 흐름과 많이 닮았다는 생각이 들었다. 평소에는 불순물이 아래로 잔잔하게 흐르다가 할머니의 고함소리와 아버지의 폭력에 엄마가 안절부절 못하는 모습이 나를 억세게 자극하면 거침없이 치밀어 의식의 혼탁한 물줄기를 만드는 것이.

난 그런 생각이 들자 온몸에 음산한 그림자가 드리워지는 것을 느꼈다. 예전부터 그래왔고 속으로 삭이며 살아온 것이었다. 그럴 때면 속내를 털어놓고 얘기할 상대를 찾지 못해 아직도 혼자 있으면 혼자 얘기를 했다. 주섬주섬 무당이 넋두리를 하듯이 두서가 없었다. 주문을 외우는 손오공의 간결한 언어는 상상할 수도 없었다.

난 일어나서 책가방만 한 돌을 들어보았다. 그 속에 가재라도 있을 것 같아서 그랬다. 영철이가 있을 때는 그 돌 아래 웅크리고 있는 가재를 몇 마리 잡았기 때문이었다. 큰 집개가 있는 가슴다리와 양쪽으로 길게 뻗은 더듬이가 제법 근후함을 풍기게 했다. 가재는 없고 퉁가리만 두 마리 있었다. 이상한 일이었다. 퉁가리는 여기에 서식하지 않는 민물고기 종류였다. 여기보다 하류에서 반질거리는 돌 틈 사이에서 살아가는 놈이었다. 어쩌면 그들도 그들 족속의 울타리가 싫어서 은밀하고 청정한 곳으로 왔는지 모를 일이었다. 아무튼 난 메기 사촌인 퉁가리를 잡았다. 자잘한 돌과 마사토로 물을 막고 통가리를 가두는 작업을 했다. 그러는 동안 통가리는 하늘이 열리고 빛이 들어오자 처음에는 멍한 상태로 가만히 있더니 조여오는 압박을 느꼈는지 두 마리가 한꺼번에 요란하게 움직여 돌과 마사토에 부딪치며 필사적으로 저항했다. 그 저항은 물살을 일으키는 것으로 끝나지 않았다. 시멘트 블록으로 만든 학교 담을 뛰어넘듯이 과감하고 대담했다. 난 빠른 몸놀림으로 통가리들의 탈출을 용납하지 않았다. 더 높게 담을 쌓아서 그들을 가두기에 여념이 없었다. 통가리도 거세게 쉼 없이 헤엄쳤고 또 헤엄쳤다. 울타리에 갇혀서 살기를 바라지 않는 돌고래의 몸놀림이었다.

난 간신히 한 마리를 잡아서 왼손 손바닥에 올려놓았다. 그 요란하게 저항하던 놈이 미동도 하지 않는 것이다. 온몸에 체온이 빠져버린 것 같았다. 하지만 겉으로 봐서는 생명의 기운이 충만하게 넘쳐흐르는 것이었다. 위장술이었다. 통가리는 나를 속이고 있었다. 난 갑자기 괘씸한 생각이 들었다. 그래서 그놈을 오른손으로 강하게 잡았다. 미끈거리는 표면은 손가락의 악력을 연이어 밀쳐냈다. 비린내가 났고, 여전히 탄력적이었다.

난 계속해서 몸통을 강하게 잡았다. 연이어 빠져나가는 것이 재미있었던 것이다. 자신보다 힘이 약한 것을 강제하는 것이 이렇게 흥미롭고 재미있는 일인지 새삼 느끼지 않을 수 없었다. 난 손바닥 위에서 맥을 놓고 있는 퉁가리의 몸뚱이를 보고 강자의 뿌듯함이 밀려오는 것을 느꼈다. 강자인 할머니도 이런 기분이었을까. 그러던 중에 퉁가리는 자신의 가슴지느러미 속에 숨겨둔 비수를 꽂았다. 집게손가락이었다. 손바닥 위에서 미동도 하지 않던 퉁가리의 최초의 움직임이었다. 내가 진한 고통에 허둥거리고 있을 때 퉁가리는 유유히 나의 손바닥을 벗어나서 제법 유속이 빠른 곳으로 떨어지더니 종적을 감추는 것이었다.

집게손가락에는 피가 났다. 난 손가락을 입에 넣고 퉁가리가 깊숙하게 뿜어놓은 독기를 뽑았다. 이미 손가락에 퍼져 걷잡을 수 없는 상황이었다. 아픔과 고통은 깊숙하고 은밀하게 침투해서 나를 괴롭혔다. 그런 와중에 난 가둬 둔 퉁가리 한 마리를 살폈다. 그놈도 사라지고 없었다.

난 쑤셔오는 아픔과 고통이 이미 나의 육체 깊숙한 곳에서 외롭게 흩어져서 은둔하며 서식하고 있었던 것을 깨달았다. 안이하게 흩어져서 맥없이 가라앉아 있는 것을 퉁가리의 일침으로 손가락 끝으로 집중하게 만든 것이었다. 평온한 일상 속에서는 얼굴을 드러내지는 않았지만, 외부의 가혹한 침입이 있으면 어느 순간에 모여서 울타리를 치고 아픔으로 고통으로 각각의 모습을 보이며 저항하는 것인지도.

그제야 난 아픔과 고통이 나의 소유인 것을 알았다. 평소에는 온몸에 뿔뿔이 흩어졌다가 외부의 충격으로 모이고 또 흩어진다는 것을 말이다. 나에게 아픔과 고통을 선사하는 가족 구성원의 행위도 그런 나의 육체 구석구석에 작은 입자로 떠돌다가 어느 순간에 강한 결속력으로 모이는 것인지도. 자석의 강한 흡인력으로 어수선하게 흩어진 철가루를 정렬시켜 끌어당기듯이 말이다.

  난 이상하게 치밀어오르는 아픔과 고통을 참으며 계곡에서 올라왔다. 손가락은 많이 부어 있었다. 욱신거리며 부풀어 오르는 손가락이 길게 뻗은 풍선을 닮았다고 생각했다. 입속에 넣고 불면 팽창해서 또 다른 형태로 변해버려 예전의 모습은 찾을 길이 없을 것 같았다. 그래서 난 손가락을 입에 넣고 힘차게 불어봤다. 형태는 변하지 않았다.

  안나는 탁자 위에서 자고 있었다. 그곳은 오동나무 잎사귀가 열렬한 햇살을 다소 막고 있어 그늘이 있었다. 낮잠은 어린 고양이의 성장에 꼭 필요한 것이었다. 충분한 음식을 먹고 적절한 운동을 하는 것 못지않게 안나에게 안식과 여유를 선사하는 것이었다. 존재의 일상성은 달콤한 낮잠으로 더욱 성숙해지고 풍성해지는 것을 안나는 알고 있는 듯했다. 난 오동나무 그늘에 들어가서 안나의 낮잠을 찬찬히 들여다봤다. 호흡의 리듬이 고르고 일정하게 나아가는 것이었다. 나에 대한 믿음 때문인지 안나는 내가 다가가도 민감하게 반응하지 않았다. 야생의 경계는 달달한 낮잠 속으로 침잠해버린 것 같았다.

 난 손가락의 아픔과 고통에서 자유롭지 못했다. 의식적으로 피하기 위해 안나의 낮잠을 면밀히 들여다보며 관찰했다. 별 소용이 없었다. 어쩌면 난 아픔과 고통을 나의 육체에서 숨어버리지 않기를 바라며 오히려 그것을 즐겼는지도 모른다. 그곳에 의식이 묶여 있으면 거침없이 일어나는 상념의 거친 알갱이로부터 다소 여유를 가지며 먼 발치에서 관망할 수 있었기 때문에. 그렇지 않으면 늘 휘황한 촛불에 나방들이 사방에서 시시때때로 뛰어들어 온전한 불빛을 뿜어내지 못하도록 방해하기 때문에.

 난 탁자 위에서 곤하게 자고 있는 안나를 안았다. 그것이 안나에겐 갑작스럽게 다가오는 고모의 습격으로 받아들인 것 같았다. 깜짝 놀라서 몸을 움츠리더니 목을 돌려 집게손가락을 강하게 물었다. 일순간 잠자고 있던 악마를 깨운 것이다. 그것도 퉁가리의 독기를 품고 있는 그곳이었다. 아직도 끊임없이 끓어오르는 아픔과 고통으로 퉁퉁 부어있는 그곳을 겁도 없이 본능적으로 말이다.

 난 순간 이성을 잃었다. 피가 난 그곳에 또 피가 났다. 아픔과 고통이 중첩되면 예전의 것은 숨어버리기 마련이었다. 하지만 나에게 닥친 상황은 그렇지 않았다. 이상하게 확연하게 구분되는 것이었다. 두려움과 공포가 뚜렷하게 피막을 형성하여 고유의 본성을 가지며 나아가서 몰아붙이듯이.

  퉁가리의 그것은 일회성이 가미된 얄싸하고 진한 것이었다면 안나의 그것은 반복성이 가미된 거칠고 진한 것이었다. 전자의 실체는 잊힌 껍질만 남았지만 후자의 실체는 상념의 뒤챔으로 꼬리에서 꼬리를 무는 혼돈으로 남았다.

  난 개별적인 아픔과 고통에 허덕였다. 그것이 더욱 뚜렷하게 다가와서 거대한 무게로 나를 억누르는 것이었다. 처음에는 각각의 위용으로 상처 주위를 집중적으로 공격하더니, 차츰 지경을 넓히는 것이었다.

  그제야 난 서로 다른 얼굴을 한 고통과 아픔이 각자의 삶을 살다가 천천히 세력을 규합하는 것을 몸으로 느꼈다. 각자의 색깔과 무늬를 잃지 않으며 더 큰 세력으로, 또 다른 모습을 드러내는 것이었다. 마치 으르렁거리는 표범 같았다.

  난 안나의 모가지를 강하게 쥐었다. 며칠 전만 해도 안나의 몸집이 작아서 나의 작은 손아귀에 안에 깊이 들어왔었다. 지금은 몸집이 커서 많이 비집고 나갔다. 아직도 안나는 나를 믿고 있었다. 나 또한 나를 믿고 있었는지 모른다. 하지만 손가락의 힘이 빠지지 않자 안나는 나를 믿지 않는 표정이었다. 난 솔직히 그 순간 그것이 싫었던 것이다. 나를 믿지 않는 그 눈빛이 나의 행위를 더욱 견고하게 나아가게 만든 것이다. 난 그 눈빛 속에서 엄마의 눈빛을 보았다.

몽둥이에 질려 목숨을 구걸하는 그 눈빛 말이다.

나의 변모에 안나는 나를 주인으로 생각하지 않는 것이었다. 겨우 목구멍에서 비집고 나오는 호흡으로 울음소리를 내뱉었다. 그러더니 발톱을 세워 공간을 할퀴며 저항했다. 목표물은 나였고, 나는 이미 그 공간을 벗어나 있었다. 그래서 안나는 몸부림을 치며 힘을 더 짜내었다. 그런 와중에 내 손가락과 안나의 육체 사이에 틈이 생겼고 그 찰나에 안나는 몸을 약간 틀어 이미 세워 둔 발톱으로 강하게 나의 손등을 할퀴었다. 난 솔직히 그때까지 안나를 삶의 저쪽으로 보내고 싶은 생각이 없었다. 그러나 그 순간 악마의 화신이 나의 이성을 불러들이고 격한 감성을 부채질한 것을 나중에서야 알았다.

난 안나의 숨통을 천천히 조여나갔다. 안나는 마지막 힘을 끌어모아 강하게 저항을 하더니 이내 육체가 늘어졌다. 마지막 불꽃이었다. 온몸에 견고하게 연결된 근육의 유연함과 단단함이 사라지는 것을 느꼈다. 난 더 옥죄었다. 서서히 안나는 눈꺼풀이 감겼다. 그 감기는 마지막 순간에 나를 응시하는 것이었다. 자신의 존재의 근원을 앗아가는 적을 향해서 뿜어내는 야멸찬 시선이 아니었다. 자신의 죽음을 허락한 그래서 태연한 여유로 나를 응시하며 용서를 한다는 표정이었다. 난 그 표정이 싫어서 더욱 옥죄었다.

난 늘어진 안나의 육체를 보고 죄책감이 생기지 않았다.

이상하게 마음이 맑아지고 청명해지는 것을 느꼈다. 그래서 그런지 입가에 미소가 머물고 급기야 웃음이 나왔다. 난 온기가 차츰 사라지는 늘어진 안나를 그냥 풀숲에 던져버렸다. 여전히 난 미소를 잃지 않았다. 그러는 사이 차츰 고통도 사라졌다.

그때 오동나무 꼭대기에 까마귀 한 마리가 날카로운 눈동자로 내려다보고 있었다. 언제부터 그 자리에 있었는지는 모르지만, 나 자신의 불손한 행위를 본 것만을 확실했다. 그래서 난 땅바닥에 있는 돌멩이를 집어서 힘껏 던졌다. 그럼에도 까마귀는 미동도 않았고 그 자리를 고수했다. 재차 돌멩이를 던져 까마귀 가까이로 날아가도 그대로였다. 화석이 되어 그 자리에 고정되어 있는 것 같았다. 갑자기 이상한 두려움이 몰려오는 것이었다. 그래서 난 그 자리를 떠나기로 했다. 안나를 풀숲에 내버려둔 채 말이다. 여전히 까마귀는 울지 않았다.

고모만 안나를 찾고

 안나는 죽임을 당했고, 그의 부재는 표면적으로 잘 드러나지 않았다. 엄마는 궁금한 눈치였고 고모는 집요하게 물었다. 그들은 이상한 낌새를 느끼고 있는 것이 분명했다. 어쩌면 안나가 엄마의 꿈속에 나타나서 불손한 행위를 드러내며 그녀를 괴롭혔는지도 모를 일이다. 아니면 여자의 설명할 수 없는 예리한 더듬이로 불길한 느낌을 예감했는지 알 수 없는 일이었다. 고모도 민감한 더듬이를 소유하긴 마찬가지였다.
 엄마는 잠시 그럴 뿐이었다. 하지만 고모는 나를 볼 때마다 묻고 또 물었다. 밥을 먹을 때도 물었고 자기 전에도 작은방에 와서 물었다. 반복적으로 움직이는 로봇의 팔처럼 무의식적으로 묻는 것 같았다. 발정기 때 암컷 고양이가 병적으로 우는 것과 다르지 않았다. 몸속 깊은 곳에서 들끓고 있는 욕구를 채우지 못해 병적으로 묻는 것 같았다. 어쩌면 고모에게 안나는 욕구를 채워주는 섹스 기구인지도 모를 일이다. 안나의 거친 혓바닥이 자신의 은밀한 곳을 부드럽게 애무해주기를 바라며 갈망에 대한 탄식이 그런 반복적인 물음으로 드러나는지 알 수 없는 것이었다.

고모는 아침부터 일어나서 학교 가기 전까지 나를 집중적으로 괴롭혔다. 그녀에게는 가장 한가한 시간이었다. 매일 출근하는 직장이 없어서 화사하게 외모를 꾸밀 필요도 없었고 흙이 묻어 지저분한 구두를 마른 수건으로 닦아낼 필요도 없었다. 새벽부터 치밀어 오르는 욕구를 아침밥으로 불식시키는 것이 피할 수 없는 일상이었고, 고모 자신이 자신에게 위로가 되어준 자위라는 도구보다 색다른 맛이 있어 찾는 것만은 분명한 것 같았다.

오늘도 난 학교에 가기 싫었으나 고모의 반복적이고 치열한 물음을 피하기 위해 학교로 향했다. 그러면 집에 올 때까지는 안나에 대한 생각을 하지 않아도 되었다. 안나가 나의 손아귀에서 죽어버린 그 장면을 회상하지 않아도 되는 것이다. 그 장면이 죄책감으로 다가와서 나를 괴롭히는 것은 없었다. 오히려 안나에게 삶의 고단한 일상에서 벗어날 수 있는 기회를 준 것이라 흐뭇한 생각이 들었다. 난 안나를 현실의 암담함으로부터 영원한 자유를 줬다고 생각했다. 그래서 안나가 죽을 때 보인 그 온화한 눈빛이 고마움의 눈빛이라고 생각했다.

고모는 노이로제까지 보였다. 욕구에 대한 불만이 엄마에게 잔소리하는 것으로 얼굴을 드러내었다. 그럴 때면 밥상머리에서 반찬 투정을 한다든지 다가오는 가을에 정장을 맞춰야한다고 엄마에게 엄포를 놓았다. 엄마는 못들은 척 입

속에 밥만 쑤셔 넣는 것으로 불만을 표시했다. 그러면 고모는 할머니에게 시선을 돌렸다. 구운 전어 살을 발라 먹느라 엄마에게 트집도 잡지 않고 먹는 것에 여념이 없는 할머니는 고모의 발언에 신경도 쓰지 않았다. 예전 같았으면 엄마에게 꼬투리를 잡아 고모의 뜻을 잘 반영하라고 구박을 했을 것이 분명했다. 분명히 할머니는 아직도 옆집 할아버지의 섹스에 대한 섬세한 애씀에 녹아 있는 것이었다.

할머니도 자신의 편이 되어주지 않자 먹던 밥을 숟가락으로 여러 번 소리 나게 쑤신 뒤 숟가락을 밥상 위에 거칠게 놓고 일어섰다. 그러고는 대청마루에서 일어나 밖으로 나갔다. 잠시 후에 그녀는 잊은 것이 있는 것처럼 집으로 돌아왔다.

고모는 거기에서 끝나지 않았다. 술을 처마시고 누워 있는 미친개를 깨우는 것이었다. 미친개는 몽롱한 눈빛으로 고모의 말을 들어주었다. 핏줄에 대한 친절한 애씀이었다. 어느 누구도 그런 미친개를 상상할 수도 없었다.

미친개는 고모의 그런 억지스런 말을 받아서 엄마에게 고함을 질렀다. 엄마는 밥 먹는 와중에 그런 말을 들으며 의식하지 않은 채 먹던 밥을 계속 먹었다. 반찬에는 손이 가지 않았다. 오직 밥그릇에 담긴 밥만 먹어치웠다. 그래서 젓가락은 그녀에게 필요 없는 도구일 뿐이었다.

고모는 기쁜 듯이 밥상머리에 돌아와서 아까 남긴 밥을

먹었다. 게걸스럽게 먹어치우는 마구간의 돼지와 사촌은 되어보였다. 소기의 성과를 거두고 복귀한 병사의 당당한 모습도 엿보였다. 그녀는 밥을 먹다가도 연신 미소가 떠나지 않았다. 과부가 잘생긴 이웃집 총각에 대한 성적 욕구를 가슴속으로 실현하고 있는 표정이었다.

그녀는 안나에 대한 집착을 쉽게 놓지 않았다. 미래를 기약하고 떠난 연인에 대한 그리움과 갈망을 버리지 못하고 키워가듯이. 그녀는 안나와의 짧은 시간 동안 그들만의 에로틱한 행위가 있었던 것 같았다. 내가 학교를 가고 비어 있는 조용한 집에서 남자에 대한 욕구는 안나가 대신해준 것이 틀림없었다. 그 행위와 방식이 난잡했는지 알 수는 없어도, 그것이 그들만이 가지는 은밀한 비밀일 것이다. 고모가 안나의 성기를 애무하며 아직 있지도 않은 애인에 대한 허한 갈구를 채우며 위안을 삼았던 것이리라. 그래서 고모는 안나를 찾는 것 같았다. 아직까지 해보지 못한 리얼한 성적 열망을 채우기 위에.

고모는 내가 집에 올 때까지 안나를 찾은 것 같았다. 까칠까칠한 혓바닥이 유두를 핥을 때의 짜릿함을 아직도 잊지 못하는 것 같았다. 그 여운은 삶의 무료함에서는 얻을 수 없는 것이었다. 더욱이 남자의 부드러운 혓바닥에서 찾을 수 없는 독특한 쾌감일 것이다. 아무도 찾지 않아 외로운, 그래서 아슬아슬하게 매달려 있던 유방을 들뜨게 하고 풍만하고 먹음직한 열매로 변모시킨 것이 어쩌면 안나의 거친 혓바닥의 촉감인지도 모를 일이다. 그녀는 그 느낌을 잊지 못해서 안나를 찾는지도 모를 일이다.

아마도 고모의 그 느낌은 태어나서 처음 느끼는 것이리라. 사내들은 그녀의 치맛자락의 일렁거림에 이끌려 다가오지 않았고 그들은 될 수 있으면 멀리했다. 그녀는 화사하고 올망졸망한 예쁜 곳이 없었다. 키는 할머니를 닮아 필요 없이 웃자라 마른 나무토막 같았고 손도 길게 늘어져 있어 여성의 단아함과는 거리가 있었다. 더욱이 이목구비는 정돈과 정제가 되지 않았다. 값싸고 추한 여자들의 공통된 특징이었다. 제각각 빼어남을 뽐내고는 있지만, 서로에게 어수선하고 어색한 모습을 유지했다. 그래도 유방은 할머니를 닮지 않아 제법 볼만하게 자리를 잡고 있었고 잘 여물어 있었다.

고모에게 생애 첫 남자가 안나인지도 모른다. 안나가 원하던 원하지 않던 그녀는 자신의 가장 소중한 부분을 안나에게 허락한 것 같았다. 그 속에서 이성에 대한 상상과 기대치를 설정한 것이 자명해 보였다. 그때 고모는 온몸을 경련시키는 전율을 느끼며 황홀경에 접어들어 삶의 자잘함을 잊고 오직 오묘한 쾌감을 맛보며 육체를 길게 늘어뜨렸을 것이다. 어쩌면 그것은 안나의 입장에서는 강간 당한 것인지도.

난 집에 와서도 고모의 극성스러운 행위에 몸살이 날 정도였다. 나를 따라다니며 묻고 또 물었다. 밥을 챙겨주고 찬물도 가져다줬다. 그리고는 작은 밥상 앞에 앉아서 나를 내려다보며 나의 눈치를 살폈다. 밥을 먹자마자 그녀는 어디서 구했는지 새우깡 한 봉지를 건넸다. 난생 처음으로 고모에게서 받아보는 것이라 몸둘 바를 몰랐다.

 그것이 다가 아니었다. 내가 사랑방에 가서 이불을 꺼내어 눕자 내 곁에 다소곳하게 앉아 나의 어깨를 주물러주는 것이었다. 평소에 천박하고 거친 모습은 볼 수 없었다. 공손하고 다정다감했다. 예전에 지겟작대기로 얻어맞고 나서 내 앞에서는 될 수 있으면 예의를 찾아서 자신을 지키기 위해 애쓰는 모습을 여실히 보이곤 했다. 그것과는 사뭇 다른 행위의 변화였다.

 난 눈을 감고 낮잠을 청했다. 난잡한 일상을 잊는데 이것밖에 없었다. 그리고 때때로 꿈속에 찾아오는 미루의 부드러운 미소와 손짓이 나의 경직된 마음과 육체를 녹이어 삶의 또 다른 확신을 찾는데 도움이 되었다. 그래서 난 시간만 허락하면 잠으로의 초대를 반갑게 받아들였다.

 난 해질 무렵에 깨어났다. 고모는 내 곁에 여전히 앉아서 기다리고 있었다. 전쟁터에서 날아오는 남편의 편지를 기다리는 여인 같았다. 조마조마한 눈빛이었다. 난 고모를 보고 눈만 뜬 채 몸은 일으키지 않았다. 내가 안나에 대한 정보를 가지고 있어 헤게모니는 내가 가지고 있었다.

 난 고모를 등지고 모로 누워 곰곰이 생각했다. 고모의 이런 행동은 누구를 위한 것인지, 안나를 위한 것인지 자신을 위한 것인지, 약삭빠르고 노회한 고모의 평소 행동에서는 볼 수 없었던 것이다. 분명 고모 자신을 위한 것일 게다.

 사람들은 어떤 한 사람의 빈자리로 그 사람의 그늘이 짙은지 얕은지 알 수 있다. 안나의 빈자리 또한 그랬다. 난 안나의 부재가 처음에는 대수롭지 않게 다가왔다. 어떤 면에서는 쾌적함을 가져다주었다. 그러다가 고모의 헌신적인 행위로 안나의 부재가 천천히 차근차근 다가오는 것을 느낄 수 있었다. 이상하게 들릴지는 모르겠으나 난 고모 때문에 안나의 부재를 간절하게 느낄 수 있었다. 안나가 고모에게 또 다른 이성으로 다가갔는지 그들 사이에 어떤 감정의 알갱이들이 이식되어 있었는지 정확하게 알 수는 없었다. 하지만 고모의 집요한 애씀이 나의 무뎌진 도덕성을 일깨운 것만은 확실했다.

 난 몸을 일으켜서 앉았다. 낮잠을 자고 난 후의 더러운 기분이 몰려왔다. 멍한 상태에 정신도 흐릿했고 사물도 흐릿했다.

 난 안나에 대한 생각이 떠올랐다. 그러더니 갑자기 눈물이 흘러내렸다. 꽁꽁 묶여 있던 슬픔의 매듭이 일시에 풀어지는 것 같았다. 생존을 위해 일시적으로 나 자신도 모르게 가둬 둔 것이었다.

　난 외부의 충격에 나 자신이 변하는 것이 신기했다. 그리고 죄책감까지 숨겨 놓고 현실의 밝은 면으로 살아가게 하는 나 자신이 두렵기까지 했다. 난 내가 통어할 수 없는 무의식 속에서 계속적으로 변모하며 현실의 변화에 모습을 바꾸며 버티는 것이 안쓰러웠다. 가시방석처럼 부자연스러운 것이다. 하지만 생존의 광장에 나오면 외부적인 괴로움과 고통에 자신을 지키기 위해 꼬리를 자르고 숨어버리는 것이 사람들의 일면인지도 모른다. 그래서 자신이 행한 행동을 온전한 것으로 착각하게 만드는, 아니면 의식을 무디게 만들어 제대로 각성하지 못하게 하는지도.

　난 흐르는 눈물을 주체할 수 없었다. 눈물과 함께 연이어 따라오는 것은 안나와 나눈 시간과 추억이었다. 무덤덤하게 묻혀 있던 알맹이들이 그물코처럼 오밀조밀하게 얽히어 나에게 다가와서 덮쳤다. 그리고 안나의 부드러운 털과 아기자기한 이목구비가 선명하게 영상으로 돌아가는 것이었다.

　그제야 난 죄책감이 일었다. 양심도 없이 거침없이 행동한 나의 본성에 대한 배신감마저 들었다. 아니다. 본성을 둘러싼 실존의 껍질일 것이다. 본성의 눈을 가리고 코를 누르며 귀를 막아버리는 본성의 여러 형태의 껍질 말이다. 난 안나를 죽일 그 순간에 본성의 껍질 하나를 선택해서 본성의 고귀하고 성스러운 절대적인 신의 가치를 강하게 누르고 짓밟았던 것이다. 그것도 아니면 여러 겹의 껍질이 휘감고 있어 운신도 못하는지도.

난 낮게 가라앉은 고모의 목소리를 듣고 즉시 대답했다. 얼떨결에 튀어나온 것은 아니었다. 내면의 공간속에서 도덕적인 양심이 충동질하고 부축이며 쏜살같이 움직이기 때문에 조장되는 어수선함이었다. 그 반동을 벗어나기 위해 무심결에 흘러나온 것이다. 그것이 다소 죄책감을 덜 수 있지 않을까하는 마음에서.

"안나는 죽었어."

고모는 힘없이 쓰러졌다. 전쟁터에서 남편의 반가운 편지가 온 것이 아니라 부고가 온 것이다. 난 쓰러져 있는 고모를 두고 마당으로 나왔다. 그러고는 느티나무가 있는 곳으로 갔다. 태양이 벌겋게 타올랐다가 서서히 사그라지고 있었다. 아직도 여름의 강렬한 몸짓이 다소 남아있었다. 하지만 가을이 성큼 다가와 있어 태양의 소멸과 함께 선선한 바람이 사위를 감싸는 것이었다.

난 고모가 쓰러지도록 안나를 사랑한 것이 이상하지 않았다. 누구든지 갈구하는 대상이 있어야 무료한 일상을 이겨내는 것이다. 고모에게 안나는 그 대상이었을 뿐이었다. 그럼 안나는 나를 갈구의 대상으로 삼고 살았는지, 그것은 알 수 없는 일이었다.

난 너럭바위에 누워서 완전히 사라지고 보이지 않는 태양의 허물을 바라봤다. 점점 허물의 색깔이 진홍색으로 변하고 있었다. 아까부터 멈춘 듯 고여 있는 하얀 구름도 태양의 허물에 깊고 은근하게 물들어 있었다.

난 태양의 허물에 물들어 버린 하얀 구름이 아름다워 보였다. 태양과 구름, 각자에게는 서로 다른 영역의 삶을 살아온 것이다. 그러다가 하루의 비탈길에 접어들어 우연히 만나 서로가 서로에게 보여줄 수 있는 숭고하고 지고지순한 미를 보이며 바탕을 버린 삶을 사는 것이다. 짧게 다가와서 오히려 고귀한 시간인 것이다. 다가올 미래에 대한 소망을 함께 품을 수 없어 깊고 찬란한 모습을 드러내는지도 모른다. 안나와 고모와의 관계는 상이했다.

난 태양이 소멸되면서 구름에 대한 진한 아쉬운 마음을 고운 빛깔로 드러낸다고 생각했다. 손을 잡고 부둥켜안고 어깨를 쓰다듬으며, 잠시 떠났다가 되돌아와서 또 손을 잡고 부둥켜안고 어깨를 쓰다듬으며 이별을 하는 것 말이다. 그것이 각자의 애절한 마음을 반영하여 절절한 사랑의 멜로디를 들려주는 것이리라. 갑자기 난 미루가 떠올랐다. 그녀와 난 저런 관계일 것이라 생각했다. 하지만 고모와 안나의 관계는 그렇지 않다고 생각했다. 한쪽에서만 갈구하는 병적인 착취인 것인 같았다. 일방적이고 무모하게.

2부

아직도 할머니는 사정거리에 있고

 그날도 한낮의 기온은 여전히 여름의 강렬한 열기를 뿜어내고 있었다. 9월의 중간 지점에 도착해서 다시 가파른 나날을 채우기 위해 나아갔다. 난 수업을 마치고 교실에 남아 있었다. 왁자하던 교실은 어느새 조용하고 몇몇이 남아서 냉랭한 고요에 함몰되어 있었다. 하시마섬에 갇힌 강제 노동자의 눈빛이었다. 가늘게 아래로 내리깔고 애처롭게 쳐다보았다. 난 그들의 시선을 피해가며 칠판 위에 오롯하게 자리 잡고 있던 태극기를 올려다보고 있었다.
 태극기는 액자 안에 갇혀 있었다. 직사각형의 정형화된 공간 안에서 나무 의자에 앉아 각을 잡고 두 손을 모아서 무릎 위에 다소곳하게 올려놓고 있는 것 같았다. 죽지 않을 정도로 가늘게 숨소리를 내며 액자 밖의 삶은 상상도 못 하고 겨우 연명하는 것 같았다. 그래도 정갈하고 단정했다. 애써 그런 몸가짐과 표정을 지으며 밖으로 드러내지 않는 것 같았다. 어쩌면 외부적인 핍박 때문에 안으로 조마조마하고, 상념의 뒤챔에 어쩔 줄을 몰라 어중간하게 앉은 자세가 그 모양인지 모른다. 아무튼 태극기는 그 자세를 고수했다.

태극기는 참을성이 많아보였다. 겉으로 드러나지는 않았다. 중앙에 둥그렇게 원을 그리며 나아가는 곳에 음과 양이 서식하고 있었다. 음과 양은 선으로 서로 구분되어 확연한 모습을 드러내고 있었지만 음이 끝나는 곳에서 양으로 이어지고 양이 끝나는 곳에서 음이 이어졌다. 서로 만났다가 헤어지기를 반복하며 울분과 괴로움을 참아내는 것 같았다. 그것이 태극기가 자신을 통제할 수 있는 기본적인 방법이자 소양인 것 같았다. 난 그 방법을 몰라서 과한 행동과 사회의 단절 속에서 외롭게 놓인 것 같았다.

수업을 알리는 멜로디가 울렸다. 고학년을 위해서 울리는 것이다. 난 고학년이 아니었고, 그렇지만 그 소리에 순응해야했다. 그렇지 않고 내 마음대로 행동해버리면 엄마에 대한 믿음을 저버리는 것이 되었다. 그러면 또 여선생은 엄마를 찾을 것이고 또 초라한 집을 방문해서 난처한 모습을 보여줘야 했던 것이다. 난 그것이 싫어서 남아 있었다. 또 안나가 없는 집에 가서 놀아줄 친구도 없다는 것을 이미 알고 있었다.

빨간 립스틱을 바른 여선생이 들어와서 칠판에 덧셈과 뺄셈, 곱셈과 나눗셈을 빈틈없이 적어 놓고 나갔다. 그녀는 한 시간 정도 있다가 돌아올 것이다.

몇몇의 아이들은 공책을 꺼내어 문제를 베껴 쓰고 있었다. 난 주의력 결핍으로 한 문제만 쓰고 연필을 공책 위에 놓고 창밖으로 시선을 옮겼다. 밖은 가을의 정점으로 나아가고 있었다. 학교 울타리를 따라 플라타너스가 길게 늘어서 있었고 가는 바람에 잎사귀는 잔잔한 움직임을 드러내며 쉼 없이 움직였다. 한 달 전만 해도 풍성하고 진한 잎사귀가 다소 초라하고 파리한 모습으로 변해 있었다. 풋풋한 젊음에서 느낄 수 있는 싱그러움은 천천히 멀어지고 사라지는 것이다. 그 순간은 잘 알지 못한다. 시간의 흐름에 밟히고 쫓기어 그 흐름에서 벗어나면 보이는 것이다.

난 교무실 앞에 가늘게 움직이는 태극기 쪽으로 시선을 돌렸다. 한가로이 움직이는 태극기 아래 등나무 덩굴이 무성하게 자라고 있었다. 자줏빛 꽃은 사라진 지 오래고 꼬투리만 아래로 길게 늘어져 열매를 품고 있었다. 껍질을 까 보면 바둑알처럼 생긴 것이 나오지만 먹지는 않는다. 난 가끔씩 사람들이 없을 때 등나무 밑에 무겁고 짙은 그늘 아래서 올려다보곤 했다. 이상하게 등나무 혹에 눈길이 머물렀다. 독나방이 줄기 속에 알을 낳아 그 독 때문에 부풀어 올라 생긴 것인데 울퉁불퉁했다. 술 냄새를 풍기는 미친개가 바리캉으로 머리칼을 잘못 깎아서 고르지 않은 내 머리통의 생김새와 닮아 있었다. 그것은 나에게 아픔이고 수치였다. 등나무에게도 아픔이고 수치일 것이다.

난 재차 교무실 앞에 잔잔하게 움직이는 태극기를 올려다봤다. 가는 바람이 불면 천천히 나부끼며 모양새를 바꾸며 밧줄에 매달려 있었고 바람 한 점 없을 때는 사지를 아래로 길게 늘어뜨려 호흡을 가다듬고 있는 듯했다. 경직된 육체를 릴렉스하며 다가올 나날들을 대비하는 것인지도 모른다. 거센 바람이 연이어 닥쳐서 끊임없이 괴롭힐 때를 버텨내기 위함인지도 모를 일이다. 지금은 가늘게 평정심을 잃지 않고 차분하게 움직였다.

난 교실에 있는 태극기를 번갈아 보며 서로 다른 삶을 사는 것이 이상했다. 전자는 테두리에 갇혀서 자유롭지도 호방한 풍모도 보이지 않았고, 그래도 자신의 생명은 연명할 수 있어 보였다. 후자는 따스한 햇살을 맞으며 한가로이 여유를 부리다가도 어느새 닥쳐온 격한 눈보라에 얼어서 무겁고, 얼어서 찢어지는 수난을 당하는 수도 있었다. 가혹한 나날의 연속이었지만, 그래도 후자는 때때로 선선하게 다가오는 바람의 입김에 온몸을 맡기며 원하는 모습과 형태로 변모할 수 있는 선택권은 있어보였다. 그 속에는 자유로운 사상과 정신이 고스란히 녹아 있어보였다.

전자는 자유 의지가 결여된 타율적이고 소시민적인 따분한 삶과 다르지 않았다. 민주 운동가의 시름과 질망을 외면한 채 안이한 삶을 갈구하는 것이다. 그것이 외면이고 회피인데도 양심은 먼발치에서 바라만 보고 머물러 있는 것이다. 후자는 세상을 있는 그대로 받아내는 것이다. 강렬한 햇살이 거칠게 몰아세워도 끈질긴 인내로 안으로 깊이 받아내어 사그라뜨리며 나아가는 것이다. 더욱이 근원을 없애기 위해 태풍이 비와 바람을 거느리고 등나무의 가늘지 않은 줄기를 꺾고 이파리를 떨어뜨릴지라도 오히려 의연한 몸가짐으로 다가가서 서핑을 하는 것이다. 만주 벌판에서 독립운동을 했던 김구 선생의 투쟁적인 삶을 닮아 있었다. 당면한 현실에서는 광주의 청년들이 온몸으로 탱크를 받아내는 일이었다. 궤도에 깔리는 것을 두려워하지 않고 자유를 위한 대가를 뼈와 살과 피로 뭉쳐진 연약한 몸으로 나아가서 지키며 움츠러들지 않는 모습이 하늘거리는 태극기를 닮아 있었다.

그때 여선생이 들어와서 집에 가라고 했다. 고학년도 집에 가는 시간이었다. 교실은 텅 빌 것이고 그 조용한 장소에 5학년 남선생이 은밀하게 스며들 것이다. 난 불그레하게 달아오른 여선생의 얼굴에서 알 수 있었다. 충만하고 열정적인 섹스를 바라는 표정이었다. 어딘가 들떠 있고 초점을 잃은, 욕정을 가득 품고 있는 주체할 수 없는 그런 표정 말이다. 그럴 때는 모든 허물이 보이지 않는 것이다. 달달하게 다가오는 육체의 달콤함이 각박한 마음을 온전하게 밀어내어 은근함으로 채우기 때문이었다.

나는 그들의 작태를 봤기 때문에 말할 수 있는 것이다. 그래서 그녀의 얼굴에서 풍기는 이미지로 판단할 수 있었다. 그녀는 며칠 남자의 손길을 받아보지 못해 짜증이 났고, 그것으로 인하여 멈춘 듯 일상적인 지루한 삶의 흐름이었다. 남선생의 스케줄이 그녀의 행복을 선사하는 가늠자였다. 그도 아내와 아이가 있어 온전한 형태의 삶을 살아가야 했기에 그녀에게 긴 시간을 할애하여 깊게 들어가는 섹스를 베풀지 못하고 있었던 것이다. 아마도 그는 또 건반을 가르치기 위해 3학년 교실로 올 것이다. 같이 나란히 앉아서 가르치고 배우는 척하며 각자의 손을 더듬으며 서로에게 굶주린 욕구를 천천히 채우며 만지고 핥고 깊이 찌를 것이다. 어느 순간 건반의 소리는 멈추고 억누르는 신음소리와 거칠고 깊은 숨소리가 울려 퍼질 것이다. 오전까지만 해도 아이들이 공부하고 놀며 이야기를 나누던 장소가 그들의 섹스의 열기로 가득 차버릴 것이다.

난 여선생이 학생들에게 주지시키는 말을 알고 있다. 정직하고 성실하라고 가르친다. 난 늘 그 여선생을 비웃으며 속으로 얘기하곤 했다.

'미친년, 그놈과 교실 바닥에서 나란히 누워 섹스를 즐긴 주제에. 그놈에게 끊임없이 갈구하기에 성실은 일리가 있는데, 정직은 어울리지 않아. 갈보 같은 년!'

난 교실에서 마지막으로 나갔다. 늘 그랬다. 아이들이 모두 빠져나가고 나면 늘 그 자리에 외롭게 머물러 있는 태극기를 한 번 더 쳐다보고 삼삼오오 뭉쳐 가는 아이들을 피해 나 혼자 걸어갔다. 가끔 그 길목에 미루가 우두커니 서 있을 때가 있었다. 오늘은 없었다.

 난 운동장을 가로질러 교문 쪽으로 걸었다. 늘 교문 옆에 큼직한 플라타너스 밑에 제돌이가 다리를 쭉 뻗고 자고 있었다. 난 그것이 이상하게 싫었다. 그는 그렇게 짙은 그늘 아래서 오후를 보내곤 했다. 나뭇가지에 숨어서 매미가 거칠게 울어도 곤하게 잤다. 코를 골면서 달려드는 파리를 쫓으며 달콤한 낮잠을 이어가는 것이다. 그래서 혼내주고 싶었다.

 난 제돌이를 위에서 내려다봤다. 제대로 본 것이 이번이 처음이었다. 사람들과 눈을 마주치지 않는 습관이 있어 제돌이가 와도 될 수 있으면 피했었다. 다운증후군의 외모를 그대로 이어받아 형태가 많이 비틀어져 있고 감긴 눈동자 위에 난 지저분한 눈썹도 검은색 물감으로 제멋대로 터치한 아이들의 장난 같았다. 얼굴 중심으로 흘러내리는 콧날도 예리하지 않았고 엉거주춤 일어섰다가 갑자기 가라앉아 버리는 것이었다. 그 아래 도톰한 입술은 포근하고 인자한 말이 튀어나올 것 같지 않았고 투박하고 억센 말이 연달아 튀어나올 것 같았다. 그 사이 입술 가장자리에 침이 하얗게 고여 있었다.

 난 제돌이의 체형을 눈여겨봤다. 특이하고 독특하다는 말이 가장 잘 어울렸다. 사람들로 하여금 스스럼없이 측은한 마음을 불러일으킬 수 있게 했다. 그는 깊은 잠 속에 빠져 있어 동정심을 구걸하고 있지 않았음에도 그의 육체는 이미 정상적이고 보편적인 빛깔을 잃고 있었다. 어딘지 어색하고 결핍되어 있는 미완의 열매인 것이다. 뭇 아이들에게서 놀림을 받고 돌팔매질에 머리통과 등판에 상처를 입으면서 변형된 모습 같기도 했다. 어쩌면 그의 육체의 도드라진 모습들은 통제되지 않은 형태의 부분일 것이다. 서로에게 불신으로 몰아세워 신뢰가 쌓이지 않자 각자의 살길을 각자가 찾는 모습 같았다. 제돌이의 육체는 공동체적인 단합이 되지 않은 형태였다. 우리 가족도 구역질나는 모호한 냄새를 풍기는 제돌이의 육체를 닮아 각자에게 힘든 것인지도 모른다. 그런 생각이 들자 난 가방에서 스테이플러 침을 꺼내어 제돌이의 가는 귓밥에 밀어 넣고 강하게 눌러버리고 달아났다.

그 순간 제돌이의 눈과 나의 눈이 마주쳤다. 스파크가 튀었다. 짧았지만 강렬한 눈빛을 뿜어내고 있었다. 평소의 흐릿한 그의 눈빛이 아니었다. 치밀어 오르며 꿈틀거리는 맥주의 분노를 표출했다.

난 민첩한 행동으로 교문을 돌아서 큰길로 내달렸다. 제돌이는 피가 나는 귀를 잡고 분노를 뿜어내었다. 그는 나의 등 뒤에 엉성한 욕설을 계속 던지며 고통을 호소하며 뒤따라왔다. 난 달리기가 빨랐기 때문에 제돌이에게 잡히는 불상사는 없었다. 하지만 제돌이의 돌팔매질의 사정거리 안에 있어 마음을 놓지는 않았다. 아직까지 그의 돌멩이의 위력에 고통을 호소하며 피를 흘리지는 않았어도, 몇몇의 아이들이 당한 모습을 보았기에 있는 힘을 쏟아서 뛰고 또 뛰었다. 어느 정도 뛰자 제돌이는 따라오지 않았고 멈춰서더니 돌멩이를 주워서 던졌다. 난 뛰면서도 제돌이를 유심히 살폈기에 그 날아오는 궤적을 볼 수 있었다. 그래서 날아오는 돌멩이를 보고 간신이 피할 수 있었다. 돌멩이가 두 개 더 날아왔다. 그땐 이미 사정거리 밖에 있었다.

난 멀어지는 제돌이를 보고 안심했다. 여선생에서 받은 불쾌한 감정이 일순간 사라지는 것이었다. 무겁게 가라앉아 있던 기분도 천천히 상승하는 것이었다. 안나의 숨통을 끊고 나서 밀려드는 감정의 분화된 일면을 보는 것 같았다. 이상하게 그때 그 감정하고 잘 어울렸다. 가까운 친척 정도는 되어 보였다.

난 감정을 명확하게 구분할 수는 없었다. 그 시원함이 어디인지, 왜 사사건건 꼬투리를 잡고 괴롭히는지 궁금하기도 했다. 무의식의 깊고 넓은 음침한 공간 속에서 헤매다가 맑고 신선한 공기를 맡기 위해 박차고 나온 것만은 아닌 것이다. 동류의식이 있어 외부의 강한 충격이나 괴로움으로 서로가 서로를 만나 위안을 가지는 뭔가가 있는 것만은 확실해 보였다. 그 만남이 내면에 울림이 되어 불온한 분위기를 조성하는 것도 잊지 않았다.

난 손수 침침한 무의식에서 명징한 의식을 끄집어낼 수 없었다. 단지 환경의 영향으로 무차별적으로 다가오는 감정의 부스러기를 받아들여 감내할 뿐이었다. 그 속에는 아련한 추억의 책갈피를 떨어뜨리는 수도 있었고 괴롭고 힘든 삶을 살다가 붕괴되어 파생된 쓴 뿌리도 고스란히 다가오는 수도 있었다. 대개 후자였다.

난 유전교에 이르렀다. 콘크리트 속에 철근을 삽입한 것이 훤하게 보이는 낡은 다리였다. 그 옆에 느티나무가 있어 사람들이 여름의 햇살을 피하기는 훌륭해 보였다. 비교적 큰 덩치를 자랑하지는 않았고, 밀려드는 열기를 피하기에는 안성맞춤이었다.

그 그늘 속에 사람들이 평상에 걸터앉아 있었다. 그들은 내가 지나가는 것을 유심히 보고 있었다. 난 늘 사람들의 시선을 피하며 고개를 숙이고 살아왔기에 땅만 보고 천천히 걸었다. 오토바이가 우렁차게 쏜살같이 지나가도 잠시 길가로 피할 뿐 고개를 똑바로 들고 쳐다보지 않았다. 한참 지나고 혼자 남겨졌을 때 타이어 자국을 따라 시선도 시끄러운 소음의 여운을 따라가는 것이었다. 그땐 이미 사라신 후였다.

난 벼가 익어가는 들녘을 혼자 걸었다. 그땐 난 늘 마음이 이상하게 자유롭고 편안했다. 들녘에 알맹이를 채워가는 벼들이 나에게 풍성함을 가져다줘서 그러는 것은 아니었다.

그 사이를 참새들이 무리를 이루어 재잘거리며 자유자재로 날아다니는 것이 반가워서도 아니었다. 설명할 수는 없었다. 학교에서 나와 집으로 가는 길 사이, 그래도 그 짧은 시간은 나 자신에게 충실할 수 있었다. 어른이 되었을 때를 상상한다든지, 미루와 사랑의 결실이 이루어져 행복한 나날을 보낼 수 있을 것이라 막연한 기대를 하며 하염없이 걸었던 것이다. 나에게도 그런 상상을 할 수 있다는 것이 한 번씩 괴이쩍었다.

그러다가 집이 흐릿하게 보이는 지점에 닿으면 여지없이 무너지는 것이었다. 무참하고 잔인한 것이었다. 종신형을 받아 교도소로 들어가는 걸음걸이였다. 한 번 들어가면 또 다시 이 들녘을 보지 못할 것 같은 두려움이 몰려오는 것이었다.

내가 집에 도착했을 때는 태양이 많이 기울어져 있었다. 그럼, 한낮의 열기는 간곳이 없고 그 자리를 초가을의 시원한 바람이 물씬 풍기는 것이었다. 여름좀잠자리 무리도 가을의 초입에 들어서 어색한 환경에 몸 둘 바를 몰라 갈피를 잡지 못하는 것 같았다. 무리를 지어 다니며 머지않아 삶의 여정에 마침표를 찍어야 한다는 것을 온몸으로 느끼고 있는 것이 분명했다. 그래서 더 열정적으로 나는지도 모르겠다. 그리고 돌담 위에 길고 촘촘하게 영역을 확장한 담쟁이도 서서히 뿌리에서 수분을 거두어들이는 채비를 하고 있는 것이었다. 어쩌면 가을의 변모는 겨울의 차갑고 냉정한 기운을 억지로 받아내기 위한 분주한 발걸음인지 모를 일이었다. 차갑고 긴 겨울 속에서 살아남기에는 화려하고 건강한 모습도 거추장스럽고 필요 없는 것이 되는 것 같았다. 그것을 알기에 초라해지고 파리해지는 자신의 몰골을 바라보며 무연한 마음을 가지는 것인지도 모른다.

난 대문도 없는 집에 들어설 때마다 뒷걸음질 쳤다. 그것이 몸에 배어 있어 의식하지 않았는데도 스스럼없이 드러났다. 더욱이 온몸에 신경이 곤두서는 것을 느낄 수 있었다. 더불어 초조와 불안이 세력을 규합해서 무겁게 짓눌러 궁지로 몰아버리는 것이었다. 그럼 가정의 편안한 안정과 안식은 어디에서도 찾을 수 없고 치열한 생존의 투쟁만이 남아서 나를 괴롭히고 충동질했다.

수돗가에 할머니의 인기척이 났다. 난 피하고 싶었다. 하지만 골목길에서 봐도 보였기에 어쩔 수 없었다. 그녀는 머리를 감고 있었다. 세숫비누로 머리를 감은 후 샴푸로 감고 있었다. 누나가 엄마를 졸라서 산 그 샴푸였다. 색깔은 상아를 곱게 갈아서 만든 것 같아 고왔다. 나도 누나의 억센 눈빛 때문에 한 번도 써보지 못한 것이었다. 그 샴푸를 할머니가 태연하게 머리를 감는 것이었다. 난 그때 할머니의 내의 중에 유난히 낯선 것을 볼 수 있었다. 브라였다. 누구를 위한 것인지는 모르겠으나 세련되어 보였다. 늘어지는 유방을 부여잡기 위한 방책인지, 아니면 아름다움을 갈구한 행위인지는 확실히 알 수는 없었다.

아마도 브라는 불륜을 저지르는 옆집 할아버지가 손수 골라준 것 같았다. 그것 때문에 엄마와 싸우는 거친 언성을 들어보지 못했기 때문이었다. 경제력이 없는 할머니는 꼭 뭔가를 원하면 엄마를 괴롭혔다. 틀니도 없는 돈을 빌려서 한 것이다. 무능하고 무기력한 자신의 아들 술주정뱅이에게서는 얻을 수 없다는 것을 이미 알고 있었기에 엄마를 구워 삶은 것이다. 그것도 진전이 없으면 협박했다.

엄마는 밭에서 나온 곡식을 팔아서 틀니를 해주었다. 모자라는 돈은 빌려서 보충했다. 할머니는 엄마의 애씀이 당연히 받아야 하는 행위라고 말했다. 고맙다는 말은 하지 않았다. 늘 밥을 먹을 때마다 효도는 자식의 도리라고만 말했다. 난 그것을 들을 때마다 아니꼽고 더럽고 불결했다. 그래서 할머니의 양심에는 뭐가 바탕을 이루고 있는지 의아하기도 했다. 숟가락을 들고 곁눈질하며 생각을 해도 알 수 없는 영역의 것이었다.

아무튼 할머니는 하얀 내의 안에 탐스러운 봉우리를 만들었다. 아직도 몸의 형태가 많이 부서지지 않은 그녀에겐 필요한 것인지 내가 판단할 수 있는 것은 아니었다. 하지만 논밭에서 거친 일을 하는 엄마는 강렬한 햇살에 낡고 퇴색된 티를 입고 일을 하고 있었다. 엄마는 브라를 하지 않았다. 그녀에게는 사치였다.

 난 할머니를 무시하고 작은방으로 들어가서 책가방을 놓고 나왔다. 작은방에는 여전히 술 냄새를 풍기는 미친개가 혼곤한 잠을 자고 있었다. 어디서 술을 먹었는지는 알 수는 없었다. 하지만 늘 그렇게 술을 마실 수 있다는 것이 나에겐 신기했다.

 난 마당으로 나왔다. 무리를 지어 어수선하게 날아다니던 여름좀잠자리들이 보이지 않았다. 간혹 한두 마리가 무리에서 이탈을 했는지 알 수 없는 비행으로 나아가서 회전해서 되돌아오기를 반복했다. 무리 속에서의 자연스러움은 볼 수 없고 초조한 모습이 역력했다.

 그때 할머니 쪽에서 와장창 하는 소리가 들렸다. 스텐 세숫대야를 받치는 지지대가 넘어지는 소리였다. 할머니의 목골이 보이지 않았다. 수돗가 가장자리에 난 배수로 사이에 빠져버린 것이다. 타조가 머리를 박고 엉덩이를 쳐든 모양새였다. 난 순간 웃음이 흘러나왔다. 할머니는 발버둥 치며 괴이한 소리를 지르며 도움을 청했다. 난 여전히 웃음이 흘러나왔다. 할머니의 격한 고통의 언어들 속에서 난 위안을 찾은 것인지도 모른다. 스스럼없이 다가온 우연에서 안도감을 느낀 것인지도 모른다. 그 순간 난, 나의 어린 손에 할머니의 피를 묻히지 않아도 된다는 감사한 마음이 들었다.

 난 할머니의 쉼 없이 흘러나오는 처절한 목소리 속에서

할머니 죽이기

숨죽이며 우는 엄마의 음성을 찾을 수 있었다. 죽음 앞에 선 그들은 같은 주파수로 구원을 요청하는 것이었다. 언제나 위태롭고 아슬아슬한 삶을 겨우 이어나가던 엄마의 음성이 할머니의 절규 속에서도 서식하고 있었다는 것이 의아했다. 죽음은 공평하게 다가가서 사람들의 복잡한 감정의 선을 끄집어내는 것을 돕는 것 같았다.

난 죽음에 직면한 할머니가 오히려 인간답다는 생각이 들었다. 배수로 바닥에 부딪쳐 정수리가 찢어져 피가 흥건하게 젖어 고통을 호소하며 울부짖는 모습에서, 하얀 내의 안에 유방을 받치고 있던 브라도 위태한 형태를 간신이 부여잡으며 애써 점잖을 빼보려는 모습에서, 발목 위에까지 품위를 지키며 늘어져 있던 치마가 지저분한 오물에 낭자하게 젖고 묻어 옆집 할아버지에게 교태를 부리지 못하는 모습에서 말이다. 예전에는 하이에나의 교활한 눈빛을 하며 썩은 살점을 찾아 헤매며 엄마를 괴롭히는 모습에서 볼 수 없었던 것이다. 언제나 시끄러운 난장판으로 몰고 가서 가족을 고통 속에 매몰시키는 것으로 삶의 위안을 삼은 그녀였기에 더욱 그러할 것이다.

그때 난 기이하게 그런 할머니가 동정심마저 들었다. 평상시 그런 감정이 얼씬거리지도 않았다. 적의에 물든 반항적인 의식이 의도적으로 밀쳐낸 것인지도 모르겠다. 그것을 느낄 수 없게 만들어 할머니를 더욱 일방적으로 몰아버려야 나 자신이 편한 것인지 알 수 없는 것이다. 어쩌면 그것이 할머니가 나에게 선사한 무형의 재산인지도 모르는 것이다.

나도 모르는 사이에 발걸음을 옮겼다. 할머니를 그대로 두면 자연사에 가까운 삶을 살다가 죽는 것이라 생각했다. 적어도 나는 그렇게 생각했다. 나로 인하여 강제되는 것도 자연사라고 생각을 했기에 무리는 아닌 것이다.

난 할머니가 가는 먼 길을 지켜주고 싶었다. 그래서 돌 틈 사이로 할머니의 죽음에 대한 저항을 직접 봐주는 것이 손자로서 해야 할 당연한 도리 같았다. 할머니의 저항의 움직임이 많이 순해졌고 갈기갈기 찢어진 목소리도 많이 순해졌다. 단말마로 이어지는 숨결도 고르게 흘러나오고 있었다. 삶을 포기하면 얻어지는 단순한 것이었다. 할머니는 천천히 멀리 있는 사지부터 생명의 숨결을 거두어 드리고 있었다.

나의 얼굴에는 미소가 흘러나왔다. 이젠 끝났다. 그렇게 생각하고 땅바닥에 앉아서 마음을 놓고 있을 때 골목에서 엄마가 호미를 던지며 뛰어드는 것이었다. 순식간에 펼쳐진 광경인 것이다. 엄마는 거의 죽음에 이른 할머니를 끌어올려 헝클어진 머리칼을 손으로 쓸어주고 정수리에 나는 피를 닦아주었다. 할머니는 뇌진탕 증세가 있어 한동안 멍한 상태로 있더니 어느새 정신이 돌아왔는지 엄마를 밀치며 뺨을 때렸다. 독기를 품은 욕설과 함께 말이다.

"나쁜 년! 나는 안 죽는다!"

난 엄마가 왜 그 시간에 들이닥쳤는지 알 수 없었다. 조금만 더 있다가 왔으면 조용히 보낼 수 있었던 것이다. 엄마가 밭에서 그 시간에 올 시간도 아니었다. 그것이 이상하기는 했어도 물어볼 수는 없었다. 그건 나만 알고 있어야 하는 비밀이었다.

난 느티나무가 있는 곳으로 걸음을 옮겼다. 아무래도 쉽게 죽지 않을 것 같았다. 소 등에 파리를 잡는데도 손바닥에 피를 묻혀야 하는 것을 잊고 있었던 것이다. 그것보다 덩치도 크고 약고 노회한 사람을 죽이는 것이 그렇게 쉽게 이루어지는 것이 오히려 이상한 일이었다. 사람은 나약하고 피로감이 겹치면 굳은 의지도 쉽게 잊을 때가 많다는 것을 알고 있기에, 난 엄마가 얻어맞는 모습을 곱씹으며 투지를 불태웠다.

난 돌 틈 사이로 엄마의 표정을 보았다. 그녀는 진정 할머니를 구하기 위해 달려들었던 것이다. 과거에 쌓이고 쌓인 아픔과 고통의 덩어리들이 자신을 유혹 해도 과감하게 물리치는 것 같았다. 그 할머니에게서 돌아오는 것은 거친 욕설과 얼굴을 얻어맞는 것이었다. 그래도 자신의 행동이 인간의 도리이며 자식이 부모에 대한 도리라고 여기고 있는 것이 자명했다.

난 엄마를 볼 때마다 바보스럽다고 생각했다. 방금 지나간 일도 그렇지 않은가. 모른 척 내버려두면 알아서 암담한 죽음 속으로 가라앉을 것이 아닌가. 알아서 스스럼없이 다가온 기회를 그녀는 걷어차버리지 않았는가. 지금까지 받아온 수모와 고통을 뒤로 하고 할머니를 구하는 것이 인간의 본성에서 나오는 당연함인지, 나는 아직 잘 모르겠다. 바보가 아니면 그렇게 할 수 없을 것 같았다.

 난 느티나무 아래에 앉아서 하늘을 올려다봤다. 다소 시들어가는 잎사귀들이 바람에 시시덕거리며 움직였다. 한풀 꺾인 더위에 잎사귀들도 긴장이 풀어져 자유롭게 움직이는 것 같았다. 하루의 고난을 참고 이겨낸 나뭇잎들만 누릴 수 있는 여유인 것 같았다. 하지만 몇 날 며칠이 지나고 서늘한 추위가 몰려오면 가차없이 가지에서 떨어지고 마는 것이다. 어쩌면 나뭇잎들은 그것을 알기에 시간이 허락하는 한에서 마음껏 누리고 있는 것인지도 모른다. 보고도 없이 어느새 불어오는 삭풍에 의해서 지금껏 누리고 있던 여유로운 삶의 보편성을 잃고 땅바닥에 나뒹굴게 되는 신세로 전락하고 마는 것이다. 아니다. 아직도 그것을 모르고 있었기에 불안해 하지 않는 것이다. 할머니도 차가운 죽음의 입김이 가까이 서성거리고 있지 않다고 생각하고 있었기에 느긋하게 행동하며 살아가는 것이다. 내가 늘 사정거리 안에 두고 있다는 것을 모르고 있는 것이다. 언젠가는 싸늘하고 거센 바람을 몰고 와서 나뭇잎을 떨어뜨려버리듯이 나 또한 할머니를 인생의 가지에서 떨어뜨려버릴 것이다. 그것이 내 삶의 비전이기에 태만하거나 미룰 수 없는 것이다. 난 저물어가는 태양을 보며 천천히 눈을 감고 그런 삶을 꿈꾸며 깊은 명상으로 접어들었다. 온화했다.

Let It Be

새벽부터 비가 추적추적 꾸준히 내렸다. 난 오늘도 학교에 가기 싫어서 눈을 감은 채 일어나지 않았다. 닫힌 작은 방 문을 통과해서 들려오는 소리가 을씨년스럽고 스산하게 들렸다. 낮게 가라앉아 아래로 무겁게 흘러내리는 것 같았다. 가끔씩 돼지 울음소리와 송아지 우는 소리가 아련하게 들려와 나의 귓가를 맴돌다가 어느새 내리는 빗줄기에 씻기고 씻기어 배수구로 흘러내리는 것 같았다.

가끔씩 무거운 침묵과 침울한 고요가 밀려들었다. 난 그것이 한없이 무서워 이불 속에서 빠져나와 세상을 제대로 보지 못하는지도 모른다. 늘 초라한 자신을 숨기고 삶의 버거움을 회피하기 위해 자는 척 누워 있는 것으로 그것과 맞서며 음험하게 성장했는지 명확히 알 수는 없었다. 그런 행위가 나의 삶임에 불구하고 다른 이의 삶처럼 이질적이고 먼 곳에 일어나는 현상처럼 흐릿하게 다가왔다.

그러다가 부엌에서 그릇 부딪치는 소리가 들려왔다. 엄마의 하루가 시작되는 소리였다. 잠시 후 할머니의 고함소리가 들려왔다. 할머니가 하루를 경영하는 포석이었다. 자신이 살아있다는 것을 세상에 알리는 수단이었다. 그래야 헤게모니를 잃지 않는 것을 알기 때문에. 그 사이를 비집고 드는 것이 누나가 틀어 놓은 비틀즈의 'Let It Be'였다. 그녀는 반복 재생으로 그 곡만 들었다. 가을 소풍 때 장기 자랑으로 부른다고 했다.

난 이불 속에서 노래 가사를 음미해 보았다. '순리대로 내버려두어라'가 반복적으로 들렸다. 누나가 왜 그 노래를 선택했는지 알 수는 없었다. 그녀는 순리가 뭔지 역리가 뭔지 생각하지 않는 무책임한 고등학생이었다. 더욱이 가식적이고 위선적이며 가증스러웠다. 꿈속에서 엄마의 말을 들을 정도로 착하거나 공손하지도 않았다. 그녀는 단지 자신의 삶의 이익을 위해서 순리를 선택하며 나아가는 것이었다.

난 비틀즈를 누나에 의해서 들었고 알았다. 나에게는 선망의 대상이거나 충격적인 형태로 다가오지는 않았다. 단지 그 리듬이 삶의 우울을 일시적으로 벗어나게 했다. 번민하고 절망하는 현실의 참담함에서 위안을 던져주는 구원투수가 되었다. 그러다가 노래가 끝나면 나도 모르게 반복적인 노래 가사를 흥얼거렸다. 난 이불 속에서 비틀즈를 만나고 있었던 것이다. 자유분방하고 삶의 구속이 없어 보이는 그들의 음악 속에서 잠시나마 내 가족의 지저분하고 불규칙적인, 가혹하고 잔인한 삶의 일반적인 형태를 풀어놓고 휴식을 취하는 것인지도.

그러는 사이 할머니의 고함소리가 우렁차게 들렸다. 할머니가 엄마를 닦달하는 것이 분명했다. 늘 할머니는 이유를 만들어 엄마를 공격했다. 그러면 부엌에서 엄마의 설거지 소리는 더욱 요란해졌다. 하지만 할머니에게 큰소리로 대항하지는 않았다. 늘 억세게 당하며 살아왔음에 할머니에게 삿대질을 하거나 격앙된 말을 쏟아놓지는 않았다. 난 항상 그것이 이상했다.

갑자기 밖이 정적으로 가라앉았다. 난 이불 속에서 간신히 얼굴을 내밀었다. 난 이럴 때가 제일 초조하고 불안했다. 한국전쟁이 벌어지던 새벽의 고요처럼 안이하게 다가오지 않았다. 뭔가 거대한 탱크의 궤도가 우리 집으로 향하고 있는 것이 분명했다. 강하게 억누르며 찌르고 후비고 짓밟고 물어뜯을 것이 자명했다. 난 나의 몸이 민감하게 반응하는 것으로 보아 무슨 일이 벌어지고 있다는 것을 온몸으로 느낄 수 있었다.

"아범이 젊은 여자를 데리고 들어오는 것도 다 이유가 있지."

난 누워서 작은방 문을 열었다. 나의 시선이 제일 먼저 머무는 곳이 할머니였다. 그녀는 방문을 연 채 담배연기를 밖으로 뿜으며 거만히 앉아 있었다. 그녀의 시선은 거름더미가 있는 마당 쪽이었다. 그 곁에 고모와 누나가 엉거주춤 일어서서 마당 쪽으로 보는 곳은 동일했다. 그 다음은 부엌문 앞에 멍하니 서 있는 엄마였다. 그녀는 망연자실한 표정을 한 채 마당 쪽에서 시선을 거두어들여 빗물이 배어드는 척박한 마당 바닥으로 옮겼다. 난 그들이 집중하는 그 지점을 보기가 무서웠다.

나의 가족은 늘 비현실적이고 비상식적인 삶을 살기에 난 용기를 내어 기어서 대청마루로 나왔다. 그러고는 마당 쪽으로 시선을 던졌다. 미친개와 그녀였다.

미친개가 곡식을 팔아서, 그 돈을 그녀를 위해서 쓰곤 했던 것 같았다. 그녀의 친절한 행위는 그것을 설명했다. 아마도 열렬한 섹스 속에서 얻어지는 육체적인 차분한 여유일 것이다. 그녀의 온몸에서 은근하게 풍겼다. 서먹하다는 생각이 들지 않을 정도였다. 미친개의 팔에 들러붙어 있는 것이 자연스러웠다. 각자의 몸을 많이 허락한 것이리라. 그들은 스스럼없이 애정행각을 드러내었다. 우산을 하나만 쓴 채.

여전히 비는 내렸다. 가을의 더 깊은 곳으로 향하는 걸음걸이였다. 비는 이슬비로 변해서 더욱 애절하게 내리는 것 같았다. 바람이 기웃거리지 않아서 일정한 리듬을 타고 마당을 적셨다. 고요하게 내리는 비는 더욱 내밀한 깊은 곳에서 서식하는 우울과 슬픔을 끄집어내는 것 같았다.

엄마는 부엌문을 간신이 부여잡고 있었다. 스러질 듯 스러지지 않았다. 그러더니 자신의 공간인 부엌으로 들어갔다. 그런 참담한 표정을 드러내는 것은 이번이 처음이었다.

미친개에게 얻어맞고 밟히고 무시당해도 그런 당혹스러운 표정은 아니었다. 그녀는 그것을 삶의 거친 과정으로 받아들이고 천천히 자신의 페이스를 찾는데 신경을 집중하며 살아왔었다. 하지만 당면한 현실은 달라 보였다.

그에 비하면 할머니는 여유 있는 미소를 담고 있었다. 엄마의 비참함과 당혹스러움이 오히려 신선하게 다가와서 자신의 위안거리라도 되는 양 넉넉한 표정을 지었다. 그러고는 반쯤 피우던 담뱃불을 끄고 먼 산을 올려다봤다. 눈치빠른 누나는 상황을 빠르게 인식하고 자신이 하던 일을 했다. 그 애매한 상황을 벗어나기 위해서 그런 것인지 비틀즈의 'Let It Be'가 흘러나왔다. 그것을 따라 부르기까지 했다.

마당 한가운데 우두커니 서 있던 미친개와 그녀는 대청마루에 걸터앉았다. 난 그제야 어젯밤에 미친개가 들어오지 않은 것을 알았다. 그래서 그런지 달콤한 잠을 잔 것이었다. 평소에는 억압당하고 눌리고 걷어차이는 악몽에 제대로 잠을 이룰 수가 없었다. 늘 새벽녘까지 쫓기고 쫓기는 것이었다.

난 그들을 비켜선 채 미친개의 얼굴을 내려다봤다. 밝고 건강한 표정이었다. 처음이었다. 늘 썩은 음식 냄새와 더러운 술 냄새를 풍기며 나에게 다가오던 그였기에 새삼스러웠다. 그의 맞은편에 앉아 있는 그녀는 현정이라고 했다. 미친개가 부드럽게 부르는 이름을 들었다. 그녀의 몸에서는 남자를 유혹할 만한 향수 냄새가 났다. 은밀하게 자극했다.

현정이란 그녀는 말이 없었다. 미친개가 곁에서 말을 다 했다. 난 원래 미친개의 말수가 저렇게 많았는지 의문이 들 정도로 말을 많이 했다. 술을 처마시고 작은방에서 누워 자고 거칠게 고함을 지르는 소리만 들었기에 그렇다. 어린 아이를 다루듯이 사랑과 조심성이 배어나는 말투였다.

그의 행위 속에 은근한 자애로움이 묻어났다. 첫날밤을 치르고 엄마에게 한 행동이 아마도 저런 행위일 것이다. 어딘지 어색하고 서툴러 보여도 풋풋한 터치로 다가가서 욕구를 채우는 단순한 행위 말이다. 행복한 미소가 얼굴에 피어 올랐다. 엄마의 아픔은 안중에도 없는 파렴치한 난봉꾼의 면모를 여실히 드러내었다.

그런 와중에 현정은 누나가 반복적으로 틀어 놓은 'Let It Be'를 흥얼거렸다. 그녀는 자신이 좋아하는 노래에 대한 호감을 보이며 노랫소리가 들리는 큰방으로 시선을 돌렸다. 환경에 대한 어색함을 희석시켜주는 것 같았다. 얼굴에 윤기가 돌고 시선 처리도 명확했다. 자신도 가끔씩 그 노래로 삶의 비탈길에서 위안을 찾는 것 같았다.

현정은 고운 자태를 가지고 있었다. 아담한 신장에 아담한 육체를 소유하고 있었다. 긴 머리칼은 단정하게 어깨 위까지 닿았고 머리를 움직일 때마다 찰랑거리며 싱그러운 뉘앙스를 풍기는 것이었다. 그럴 때면 한 번씩 귀 주위로 비집고 나온 머리칼을 가는 손가락으로 쓸어올리며 정돈했다. 의식하지 않은 행동이 더욱 섹시하게 다가오는 것이다. 그녀가 그랬다. 얼굴을 가로 지르는 콧날은 날선 칼날이었다. 이마 아래쪽 콧부리에서 뻗어나와서 코끝으로 마감되는, 정갈한 형태를 잃지 않았다. 콧방울은 미약하게 존재할 뿐이었고 그래서 안정적이지는 못했다. 바람이 강하게 불면 위태위태 쓰러질 것 같기도 했다.

 그 코끝 비스듬한 곳에 검은 점이 날렵하게 착지해 있었다. 언밸런스했다. 하지만 그것이 이상하게 매력적이었다. 아마도 미친개가 그것 때문에 그녀를 좋아했는지도 모를 일이었다. 엄마에게 없는 소실점 너머에 아늑한 그리움 같은 것이었다. 밭일에 그을리고 그래서 투박해 보이는 엄마의 코끝에서는 볼 수 없는 잔잔한 여울이었다.

 그녀는 피부도 고왔다. 하얀 종이를 피부에 덧입혀 놓은 것처럼 깨끗했다. 파리가 그 위에 앉으면 미끄러질 정도로 반질거렸다. 그래서 검은색 반팔 티가 더욱 돋보이는 것 같았다. 그럼에도 흠결이 있었다. 여자의 상징인 가슴이 메밀라 거의 바닥이 보일 정도였다. 따스하고 풍성한 모유는 나올 것 같지 않았다. 사하라사막 위를 걸을 때 모래언덕도 없는 황량하고, 평평한 척박함이었다. 공기 입자 속에는 촉촉한 수분이 사멸의 우리 속에 갇혀 있는 것이 자명했다.

브라는 그 상황에서도 단단한 형태를 유지하기 위해 무던히도 애를 쓰며 간신히 버티고 있는 것이 역력했다. 그녀 자신도 그것이 핸디캡인 것을 아는지 무의식적으로 한번씩 밍근한 공터를 내려다보는 것이었다.

미친개는 현정이 비틀즈의 노래를 흥얼거리는 것이 대견한지 팔뚝 위의 투명한 피부를 손가락으로 간지럽혔다. 그러더니 어깨 쪽으로 서서히 올라갔다. 급기야 옷 속으로 손가락을 가져가는 것이었다. 자연스럽게 유방으로 이어졌다. 미친개는 조그마한 삶은 감자를 반으로 잘라 놓은 것 같은 유방을 더듬고 만지며 흐뭇한 표정을 지었다. 그녀도 못 이긴 척 가만히 즐기고 있었다. 애써 밀쳐내는 몸짓은 해도 교태 섞인 간드러진 목소리를 흘리는 것은 잊지 않았다.

때마침 아침 식사 시간이었다. 엄마는 대청마루에 상을 폈다. 할머니는 아범에게 밥상을 따로 차려주라고 했다. 그것이 손님에 대한 예의라고 했다. 엄마는 말대꾸도 하지 않은 채 개다리소반에 음식을 차려왔다. 밥 두 그릇에 김치와 된장이 다였다. 현정은 숟가락을 쥐지 않고 물끄러미 쳐다만 봤다. 그러더니 몸을 비스듬히 돌려 밥을 먹고 있는 내 쪽으로 시선을 고정했다. 그녀의 시선이 나에게로 향하는 것이라 생각했다. 오판이었다. 내 곁에 있는 형을 섬세한 시선으로 들여다보고 있었다. 미친개는 현정에게 숟가락을 쥐어주며 밥을 먹으라고 권했다. 숟가락은 겉돌았다.

 이상하게 형도 그녀의 시선에 반응했다. 보이지 않는 서로의 교감이 흘렀는지는 확신할 수는 없었다. 그렇지만 뭔가 은근하고 오묘한 그리고 끈적거리는 액체가 고여 있는 것만은 느낄 수 있었다. 다가올 미래에 그것이 어떤 형태로 여물어 속을 채우고 껍질을 만들지 아무도 모르는 것이었다.

 미친개는 현정이 숟가락을 자유롭게 움직이지 않자 반찬이 없는 것으로 생각하고 일어나서 부엌 쪽으로 갔다. 그는 한참을 부엌에서 지체하더니 누나의 점심 반찬을 들고 나왔다. 그곳에는 달걀 프라이가 정돈되어 있고 멸치볶음도 정돈되어 있었다. 엄마가 신경 쓴 흔적이 고스란히 남아 있었다. 미친개의 행동에 엄마는 눈을 부라리며 쳐다볼 뿐이었다. 거칠게 대항하지 않았다. 그녀는 먹던 밥숟가락을 놓고 부엌으로 들어갔다.

 엄마는 유독 누나의 점심반찬은 신경을 많이 썼다. 가끔씩 싸 가는 나의 반찬에는 없는 것이 많았다. 난 상관하지는 않았다. 누나에겐 엄마 자신의 삶처럼 처량하고 낭비적인 삶을 살지 않았으면 하는 마음이 있었던 것 같았다. 형의 반찬도 누나에 비하면 다소 초라했다.

 엄마는 부엌에 가서 다시 달걀 프라이를 하고 있을 것이 자명했다. 고소한 냄새가 부엌에서 흘러나왔기에 알 수 있었다. 그녀는 아까보다 정성을 들여 먹음직하게 만들 것임에 틀림없었다. 그것이 초라해진 자신의 마음을 북돋아주는 것을 알기 때문이었다. 여자로서 누려야 하는 사랑의 달콤함을 상실해버렸기에, 그 반찬을 만들면서 누나의 행복한 모습을 생각하며 겨우 현실의 자신을 부여잡을 수 있기 때문에 그럴 것이다.

현정은 누나의 반찬을 개다리소반 위에 올려놓자 순식간에 밥을 비우는 것이었다. 지금까지 기다리고 있었다는 듯이 집요하게 파고들었다. 꿀벌이 촉수를 길게 늘어뜨려 엉겅퀴 꽃에 깊이 박아 꿀을 빨아들이 듯이 말이다. 그런 모습을 보고 있던 미친개는 흐뭇하고 대견한 미소를 띠며 그녀의 머리를 쓰다듬어주었다.

난 먹는 둥 마는 둥 현정의 일거수일투족을 살폈다. 그녀는 밥공기를 비우고서야 머리를 들고 물을 길게 들이켰다. 배가 부른지 대청마루 기둥에 몸을 기대었다. 그러고는 청바지 호주머니에 손을 찌른 채 휴식을 취했다. 아까 누나가 틀어 놓은 비틀즈의 노래를 흥얼거리는 것이었다. 미친개는 그런 그녀의 손을 잡고 작은방으로 데리고 들어갔다.

하루 종일 비는 내렸다. 내가 학교에서 집에 올 때까지 그치지 않고 하염없이 내리는 것이었다. 교실에 있을 때는 굵은 비가 요란하게 쏟아지더니 집에 올 즈음에는 다시 이슬비로 변하는 것이었다. 오늘은 비가 와서 학교에 남아 있지 않아도 되었다. 여선생은 몇몇의 열등한 아이들에게 선심이라도 쓰듯이 풀어주었다. 나 또한 그 속에 있었다. 늘 보이지 않는 올무가 나의 모가지를 두르고 있는 느낌이었다. 언젠가는 누군가가 힘껏 당겨서 숨통을 조여올 것을 대략이나마 느끼고 있었다.

 난 교실에서 말없이 나왔다. 미루를 피하기 위해서 아이들이 다 빠져나가고 난 후에 슬그머니 뒷길로 길을 잡았다. 그녀는 길모퉁이에서 나를 기다리고 있었다. 난 모른 척 고개를 숙인 채 계속 걸었다. 요즘 가끔 미루가 무서워지는 것을 느꼈다. 언제부터인지는 확실히 말할 수는 없었다. 그 예쁘고 귀여운 것이 갑자기 근엄한 모습으로 우두커니 서서 나를 내려다보는 것 같았다. 여선생이 차가운 시선으로 엄마의 입성을 주도면밀하게 관찰하는 것처럼.

 난 잰걸음으로 미루와의 거리를 만들었다. 그리고는 뒤를 힐끔 보고 안심을 하고 길가에 있는 문방구에 들어갔다. 나이 든 깡마른 할머니가 있었다. 거동이 불편하고 계산이 서툴러서 평소에 속여먹기 좋은 곳이었다. 난 늘 주머니에 돈이 넉넉하지 않아서 몰래 훔쳐서 나오곤 하던 곳이었다. 오늘도 풍선껌 하나 살 돈밖에 없었다. 먼 선반에 있는 물건을 할머니에게 시켜서, 등을 돌려서 되돌아오는 그 짧은 시간에 물건을 훔치는 것이었다. 가끔씩, 스릴도 있었고 재미도 있었다.

오늘도 껌 한통 값으로 세 통을 훔쳤다. 할머니에게 셈을 치르고 유리문을 밀치고 나올 찰나에 미루가 밖에서 지켜보고 있었다는 것을 알았다. 내가 밖으로 나가자 그녀는 우산을 쓴 채 오른손을 내밀었다. 난 그녀의 표정을 들여다봤다. 얼굴에 미소가 가득했고 난 그녀가 뭘 원하는지 알 수 있었기에 호주머니에서 풍선껌 한 통을 내밀었다.

"이젠 우린 공범이네."

그녀는 웃음기를 머금으며 말했다.

우리는 우산을 쓰고 나란히 걸었다. 그녀는 풍선껌을 곱게 씹으며 걸었고 난 호주머니에 있는 껌을 만지작거리며 걷기만 했다. 난 조금 전까지 미루에 대한 두려움이 흐릿하게 사라지는 것이 이상했다.

우리는 그렇게 유전교에 이르렀다. 하천이 무시무시한 소리를 지르며 아래로 흘러내렸다. 급하게 넘실거리며 억세게 깨지고 찢어지며 엉키고 풀어지고를 반복하며 나아갔다. 더욱이 속을 들여다볼 수도 없는 황톳물이 거대한 괴물처럼 쉬지 않고 다가왔다가 사라지는 것이었다. 아주 가끔씩 새끼염소가 거친 물속에서 공포에 내몰린 채 발부둥치며 생존의 버거움에서 벗어나기 위해 목이 터져라 울어대며 하염없이 쓰러져 멀리 사라지는 것이었다. 미루는 눈가에 눈물을 적신 채 그 광경을 보고 시선을 떼지 않고 따라가는 것이었다. 아주 멀리 이슬비 속으로 소멸될 때까지 그녀는 시선을 거두지 않았다. 무연한 삶의 일상을 보내는 자신의 삶을 감사하는 것으로는 보이지 않았다. 내가 모르는 그녀의 해맑은 웃음 뒤에 숨어 있는 어두운 일상으로 인한 것이 분명했다. 아직도 그녀를 모르기에 속단할 수는 없었다.

난 그때 누나가 부르는 'Let It Be'를 흥얼거렸다. 미루도 아득하게 멀리 점으로 사라진 그곳을 응시한 채 따라 불렀다. 그녀도 알고 있는 곡이었다. 난 그녀와 더 가까워지는 것을 느꼈다. 그녀도 어쩌면 유실되어 떠내려가는 새끼염소와 엇비슷한 삶을 겪는지도 모른다는 생각이 문득 들었다. 그래서 새끼염소의 격한 생존의 울음소리에 눈물을 글썽거리며 시선을 거두지 않는 것인지도 모를 일인 것 같았다.

난 그런 어둡고 칙칙한 분위기를 깨뜨리기 위해 우산을 땅바닥 내던지고 다리난간 위를 올랐다. 콘크리트로 일정하게 뻗어 있는 곳이었다. 폭은 아이들의 어깨 넓이 정도밖에 되지 않았다. 그 난간은 세월의 때가 묻어 남루하고 지저분하게 얼룩이 져 있었다.

난 'Let It Be'를 흥얼거리며 아래를 보지 않고 천천히 나아갔다. 나의 용기에 미루는 경의를 표했고, 다른 한편으로는 걱정을 하고 있는 표정이 역력히 드러났다. 난 미루에게 잘 보이고 싶은 마음도 없지 않았다. 그래서 평소에도 잘 오르지 않는 곳이었다. 느티나무 곁에 어른들이 있어 그럴 기회도 없었다.

난 앞을 보고 천천히 걷다가 다리 아래로 시선을 떨구었다가 들었다. 호기심이었다. 일순간 걷잡을 수 없는 물결이 거친 울음소리를 내며 쏟아져내리는 것을 본 것이다. 발톱이 빠진 황소가 고통과 아픔에 억세게 울고 날뛰며 허덕이는 것 같았다. 그래서 더 나아갈 수가 없었다. 난 미루를 내려다보며 어설픈 미소를 지으며 엉거주춤 자세를 낮추었다. 미루는 빨리 내려오라고 손짓을 했다. 난 흐르는 코를 손등으로 훔치고 다시 한번 일어섰다. 그녀에게 불굴의 용기를 보여주고 싶었다. 하지만 나의 의지와는 달리 육체는 이미 주눅이 들어 있었다. 아랫도리에 힘이 빠지고 어깨에도 힘이 빠졌다. 그래서 미루에게 멋쩍은 웃음을 던지며 그녀 앞에 뛰어내렸다. 그런 나에게 미루는 우산을 건네주었다.

 미루는 나에게 풍선껌 하나를 건넸다. 난 그녀가 건네는 것을 받다가 땅바닥에 떨어뜨렸다. 서로 줍기 위해 엉거주춤 앉다가 우리는 서로 머리를 부딪치고 말았다. 재차 주우려다가 난 그녀의 손을 잡았고 그러던 중에 그녀의 눈동자를 응시했다. 따스했다. 처음 느끼는 이상한 따스함이었다.

 그 짧은 순간 난 그녀의 모든 것을 본 것 같았다. 꽃무늬가 하늘거리는 원피스를 입고 이슬비에 촉촉하게 젖은 해맑은 얼굴을 보며 그녀를 끌어안고 싶은 욕구가 생겼다. 아직까지 표면에 드러나지 않은 원초적인 감각이 기저에서 솟구처 오르는 것을 느낀 것이다.

"다음 주 토요일에 집에 놀러와. 할머니밖에 안 계셔."

우리는 그렇게 헤어졌다. 다음 주 토요일 해기름에 여기서 만나기로 하고 말이다. 난 아직도 사라지지 않은 그 알 수 없는 욕구를 간신히 누르며 유전교를 건너서 집으로 향했고, 그녀는 학교 근처에 있는 자신의 집으로 향했다. 난 멀찌감치 떨어져서 그녀가 사라지는 우산을 보며 해맑게 웃었다.

이슬비는 계속 내렸다. 안개가 황매산 깊은 골짜기에서 한 무더기 머물러 있었던 것이 차츰 세력을 넓혀나가는 것이었다. 처음에는 다소 머뭇거리며 주위를 맴돌며 주저주저했지만 시간이 지나자 자신의 본성을 여실히 드러내는 것이었다. 소리 없이 희뿌연 형체를 반복적으로 움직이며 꼬리를 물고 놓아주지 않는 집착도 보였다. 일정한 패턴도 없이 헝클어지고, 궤도의 일정한 움직임도 없이 나아가고 멈췄다가 또 나아가는 것이었다. 그와 동시에 어둠까지 침윤되어 있어 더욱 음침하고 무서운 분위기를 조성했다. 어떤 때는 아가리를 벌리고 다가오는 거대한 악어 같기도 했고, 어떤 때는 관념으로 만들어 놓은 귀신의 형체 같기도 했다. 거기에 바람까지 기웃거리면 음향까지 가세하는 것이라 더욱 무시무시하고 음험한 분위기를 조성하는 것이었다.

내가 동네 어름에 이르렀을 때 갑자기 변한 환경이었다.

하금천에서 흘러내리는 요란한 물소리도 한몫했다. 급하게 지속적으로 꾸준히 내린 비로 은근하게 물줄기를 유지하며 내지르는 변화무쌍한 굉음이었다. 멀리 아득한 곳으로 흘러내리고 나아가며 뻗어나가는 모습이 꿈틀거리는 거대한 뱀의 무리 같았다.

난 마을 초입에 서서 우산을 접고 멍하니 주위의 사물들을 깊이 관조했다. 모든 것이 멈춰 있는 것 같았다. 하지만 자세히 들여다보면 끊임 없이 서로 일정한 관계를 맺고 움직이는 것이었다. 거친 하천의 물줄기와 그것을 용인하는 모래와 자갈이 그러했고 한없이 먹이를 찾는 산새와 깃들 수 있는 우거진 숲이 그러했다. 더욱이 들판에 자라는 식물이 움트면서 땅과 관계를 맺고, 성장하고 꼬꾸라지면서 땅과 관계를 맺고 사멸하는 것이었다. 그것이 순리인지 알 수는 없었다. 그렇지 않으면 광활하게 떠도는 소행성처럼 우주의 외톨이가 되어 소용 없는 나날만 보낼지도. 무려하고 고독한 나날만 보내며 어느 이름도 없는 위성에 충돌할지도 알 수 없는 일이었다. 그것이 생존의 필연성인지 난 아직 모른다. 난 할머니와 엄마의 관계도 그럴 것이라 생각했다.

내가 집에 이르렀을 때 사위는 어둑어둑했다. 시간은 아직 밤의 근엄한 성문을 노크하기에는 일렀다. 두터운 구름에 에워 싸인 태양은 제대로 된 구실을 하지 못하고 한없이 초라한 모습으로 먼 발치에서 서성거리고 있을 것이다. 평소의 모습은 온데간데 없었다. 대지의 축축한 입술을 받으며 한가로이 황혼을 맞이할 수도 없었다. 그것이 삶의 단조롭고 일상적인 모습이었다. 그렇지만 오늘은 그런 태양의 주기적인 득의양양한 모습은 볼 수 없었다. 차갑고 음산한 기운이 그런 태양의 일상적인 모습을 강하게 밀쳐냈고 그 자리를 눅진하게 깔고 앉아 여유를 부리고 있는 것이다.

난 풍선껌을 한 통 씹으며 동네를 몇 바퀴 돌고 대청마루에 걸터앉았다. 집에는 아무도 없었다. 할머니도 없었고 고모도 없었다. 엄마는 아직 밭에서 오지 않은 것 같았다. 미친개만이 작은방에서 코를 골며 자고 있는 것이었다.

난 몸에 밴 동작으로 작은방 문을 당겨서 열었다. 가방을 윗목에 던져놓기 위함이었다. 그때까지 난 현정이 작은방에 있는 것을 깜박 잊고 있었다. 그녀는 미친개와 자고 있었다. 각자 억세게 깊이 얼싸안고 있었다. 브라도 풀어지고 팬티도 풀어져 있었다.

작은방 공기는 탁하지 않고 훈훈했다. 다방에서 거칠고 투박한 뭇 남성들에게 풍기는 보편적인 향수가 머물러 있었다. 현정과 함께 밀생하는 향수는 작은방의 공기를 더욱 몽환적이고 자극적으로 만들어놓았다. 사물과 사물의 경계를 풀고 사람과 사람의 경계를 푸는 역할을 했다. 스스럼없이 다가와서 굳게 닫힌 문을 열 수 있는 힘을 갖고 있었다. 나도 처음에는 그 향수에 정신이 모호하고 흐릿하게 물들어버릴 것 같았다.

 미친개와 얼싸안은 현정은 알몸이었다. 주위가 어둡고 칙칙했다. 그래서 더욱 선명했다. 뽀얀 살결이 야광찌처럼 선명하게 드러났다. 잘록한 허리에서 아래로 탐스럽게 영근 엉덩이가 유난히 도드라져 있었다. 잘 익은 살구처럼 윤기가 났다. 뭇 남성이라면 한번 베어 물고 싶은 욕구가 생길 만 했다. 더욱이 그 엉덩이부터 시작해서 어깨까지 타고오르는 형체가 가물가물 드러나는 것이었다. 다소 어둠이 겹쳐서 어설프게 보였고 흐릿하게 보였다. 반쯤 열린 문으로 그 어둠을 적절하게 조절할 수 있었다.

 타투였다. 그녀의 협소한 등판에 덩굴장미가 화사하게 피어 있었다. 강렬한 붉은 장미였다. 푸르른 들판에서 아침햇살을 기다리며 맑고 평온한 삶을 갈구하는 모습이었다. 꽃송이는 벌레가 갉아먹은 흔적도 없이 매끈하고 싱싱했다. 지금이라도 매혹적인 향기를 발산하여 근거리에 있는 나비며 꿀벌 들을 한없이 끌어모을 것 같았다. 갑자기 짙은 구름이 층층이 쌓여 소나기가 쏟아져도 꽃잎 하나 떨어지지 않을 정도로 풋풋하고 건강했다. 아마 겨울을 앞당기는 된서리가 내려도 고사하거나 소멸할 것 같지 않았다. 늘 푸르고 청명한 하늘 아래서 적당한 온도와 습도를 머금으며 5월의 끝자락을 물고 있을 것 같았다.

 그리고 그 덩굴장미 사이에 둥지를 틀고 있는 새 한 마리가 있었다. 알을 품고 있는 어미의 모습이었다. 생명을 잉태하는 거룩한 본능을 여실히 드러내었다. 그 둥지 주위로 휘광이 잔잔하고 은은하게 새어나오고 있었다. 곧이어 알에서 새끼를 깨우는 일에 이르렀음을 알리는 것이었다. 여전히 어미는 흐뭇한 모습을 드러내었다.

난 현정의 등판에 자라고 있는 그녀의 꿈을 본 것이다. 그녀는 타투 속에 자신의 미래의 평화로운 삶을 그려놓은 것이다. 그것을 등판에 새겨 다가올 미래를 염원하고 있었던 것이리라. 어쩌면 그녀도 현실의 무료함과 아픔을 잊기 위해 미래의 꿈을 가져와서 간신이 참아내는지도 모를 일이었다.

그렇다고 난 그녀를 동정하지는 않을 것이다. 그녀는 엄연히 엄마의 공간과 나의 공간을 침범한 무뢰한일 뿐이다. 선전포고도 없이 남의 땅에 들어서면 어떤 고통을 당하는지를 보여주고 싶었다. 그래서 난 씹고 있던 풍선껌을 그녀의 머리칼에 묻어버리기로 했다. 그것도 여러 곳에 매설한 지뢰처럼 은밀하게 말이다.

난 코를 고는 미친개는 신경 쓰지 않았다. 그는 깊은 잠으로 들어서면 둔해졌다. 문제는 현정이었다. 그녀의 습성과 신체적 반응을 잘 모르기 때문이었다. 지뢰를 매설하는 데 갑자기 일어나버리면 얼마나 황당하겠는가. 그래서 난 까치발을 해서 그녀 곁에 다가가서 매설하기 시작했다. 길게 늘어진 머리칼 깊숙한 곳에 하나씩 묻고 묻었다.

처음 두 곳은 성공했다. 세 번째 포인트로 잡고 있는 이마 쪽으로 머리칼을 잡고 매설하려는 순간에 그녀는 몸부림을 쳤다. 그때 난 그녀의 육체의 앞부분을 봤다. 유방이 여실히 드러났다. 작고 메말라 있었다. 유두가 안쓰러워 보였고, 가파른 절벽이었다. 난 의식적으로 피했고, 그럼에도 불구하고 호기심이 발동해서 어느새 그녀의 아랫부분 깊은 곳으로 머물러 있었다. 그때 이상한 욕구가 치밀어 오르는 것을 느꼈다. 미루에게서 느낀 그런 것이었다. 일순간 난 그곳에 손가락을 밀어 넣고 싶은 충동이 생겼다. 그래서 은밀하게 천천히 그곳 깊은 곳에 여린 손가락을 뻗어서 넣었다. 한참 멈춰 있다가, 서서히 움직였다. 그러다가 난 손가락을 거두어드릴 생각이었다. 그렇지만 손가락은 미지의 깊은 골짜기를 염탐하기에 바빴다. 우선 왼손 검지와 중지를 서서히 쓰다듬으며 밀어 넣었다. 그녀는 무반응이었다. 그것도 잠시뿐이었다. 그녀는 나의 손가락 움직임에 천천히 쾌락의 젖줄을 빨기 시작했다. 그녀는 자신의 리듬을 깨뜨리지 않으려고 무던히 애쓰는 모습이었다. 눈을 감은 채 기어들어가는 신음소리를 내며 나아가는 것이었다. 그 이어진 끈은 그녀 자신이 끊을 것 같지는 않았다. 끊임없이 나아가기를 바라는 신음소리였다. 자신의 구겨지고 얼룩진 삶을 일시적으로 잊고 싶어서 그런 것 같았다. 등판에 선명하게 드러나는 덩굴장미도 같은 입장일 것이다. 비루한 삶에서 잠시나마 위안이 되는 곳 말이다. 어쩌면 그곳이 G-spot인지도.

난 그녀의 리듬에 호응하지 않았다. 난 아직도 사지에 있고 지뢰를 매설해야 하는 책무가 남아있었기 때문에. 그녀는 더 치열한 손가락의 움직임을 원하고 있었던 것 같았다. 난 그녀의 바람에 충실하고 싶었다. 나 또한 나쁘지 않은 열기를 느꼈기 때문이었다. 아직도 내가 가보지 않은 영광스러운 영지에서 나를 유혹하는 것이었다.

갑자기 미친개가 현정의 몸을 밀치며 돌아누웠다. 그래서 나의 손가락 향연은 끝나고 말았다. 그녀와 나의 달콤한 섹스의 율동이 자연스럽게 끊어진 것이다. 그녀도 입맛을 다시며 돌아누웠다. 그때 난 그녀의 등판에 장미 송이들을 보았다. 아까보다 더욱 화사하고 은은하게 빛나는 것을 볼 수 있었다. 이슬을 마음껏 머금은 꽃송이가 아침햇살의 금가루를 흠뻑 빨아들인 싱그러움이었다. 더욱이 잎사귀도 줄기도 공간 쪽으로 더 자라서 나아갔고, 둥지의 알도 부화한 것 같았다.

난 그녀의 머리칼에 지뢰를 몇 군데 더 매설하고 작은방을 나왔다. 그러고는 우산을 쓰고 집을 나섰다. 이슬비는 집요하게 대지를 적시고 있었다. 무쇠도 녹슬고 꿋꿋하게 자라는 큼직한 소나무도 싫증낼 정도였다. 나는 갈 때가 없었다. 길을 잃어 먼 산만 보고 걸을 수도 없었다. 내 마음의 등대가 없는 삶 속에서 난 늘 힘겨웠고 그런 내 모습이 괴로웠다. 좌표를 잃어 파도에 떠도는 조그마한 배를 타고 무인도를 찾는 것이 오히려 행복할 것 같았다. 그 무인도에 도착하면 목마른 갈증은 식혀 줄 것을 알기에 그렇다. 어쩌면 사람들도 삶의 거친 바다에서 무인도를 찾는 것인지도 모를 일이었다. 그곳에서 늘 빛나는 등대는 없지만 자신을 밀어내지는 않을 것을 알고 있기에.

그렇게 시간을 죽이며 하염없이 방황했다. 그러다가 갈 곳이 없어 집 앞에서 멈췄다. 밤을 기다린 것이다. 이젠 밤과 낮 사이 애매한 어둠은 아니었다. 확실히 밤의 어둠이었다. 주먹만한 전구의 불빛이 자연스럽게 다가왔다. 난 그때 돌담의 담쟁이 잎사귀를 하나 꺾으며 집안 분위기를 살폈다. 조용했다. 가끔씩 사소한 소음이 물기를 머금은 담쟁이 잎사귀에 맺히기는 해도 밥그릇을 집어던지고 고함을 지르는 소리는 들리지 않았다. 이슬비는 계속 내렸고 안개도 그 사이사이 오밀조밀하게 스며들고 있었다.

난 배가 고팠다. 그래서 주머니에 있는 하나 남은 풍선껌을 마저 씹었다. 그것도 오래 씹지는 못했다. 풍선껌 두 통을 씹었기에 턱이 욱신거렸다. 단물만 빨아먹고 말랑거리는 껌을 어둠 속으로 쏘아버렸다. 그리고 난 사랑방으로 시선을 옮겼다. 그곳에서 아늑한 불빛이 창호지를 통해서 누르스름하게 배어나왔다. 그 아슴푸레한 불빛이 두 켤레의 신발 위에 고이 앉아 있었다. 하나는 형의 검은 운동화였고 하나는 굽이 있는 여자의 구두였다. 난 가까이 다가가서 방문에 귀를 가져갔다. 안에서 이상한 남녀의 간지러운 소리가 들렸다. 연인이 내는 짝짓기 소리 비슷했다. 난 호기심이 발동해서 찢어진 창호지 사이로 밀착해서 들여다봤다. 서로 마주보며 내가 붙인 껌을 떼느라 여념이 없었다. 할머니가 쓰는 라이터기름을 껌에 묻혀서 떼어내고 있었다. 형은 의자에 앉아서 그녀의 머리통을 내려다보며 작업을 했다. 형의 시선은 껌에 있지 않았다. 그녀의 헐렁한 옷 안에 배어나오는 잔잔한 육체에 있었다. 살결 냄새가 더욱 알싸하게 부추기는 것 같았다. 형의 혈색은 이미 충만하게 영글어 있어 가볍게 누르면 터질 것 같았다. 속에서 알알이 박혀서 익은 석류 알맹이 같았다.

이젠 형의 시선은 목선으로 옮겼다. 뽀송하게 난 솜털을 유심히 바라보다가 단추 두 개가 풀어진 가슴 쪽으로 나아갔다. 그곳에서 한참을 머물렀다. 형의 시선은 그 틈을 비집고 들었다. 브라의 유혹이 형의 시선을 잡아뒀다는 말이 어울렸다. 그러더니 형은 한곳에 집중했다. 나아가지도 돌리지도 않았다. 젖무덤이 없는 골짜기에서 높은 곳을 찾기는 쉽지 않아 보였다. 그 실상을 알고 있음에도 그곳이 은근히 마음에 드는 모양이었다. 보드랍고 감미로운 촉감은 느낄 수는 없어도 브라 속의 유방이 자리를 잡고 있어 충만한 마음이 식지 않는 것 같았다. 야트막한 그 중앙에 낮게 주저앉은 유두를 깊이 빨아들일 수 있는 것도 매력인 것 같았다.

형은 무의식적으로 그 벌어진 틈 사이로 손을 밀어 넣었다. 그러자 머리를 숙이고 있던 현정은 고개를 들어 형에게 고정했다. 잠시 동안 두 개의 시선이 마주쳤다. 형은 무안한지 가슴골 깊은 곳에 밀어 넣어 거칠게 움직이고 있는 왼손을 멈췄다. 그것도 잠시 뿐이었다. 서로의 시선 속에서 형은 현정의 인정을 받아냈는지 더욱 과감하고 집요하게 애무했다. 현정도 바라만 보지 않았다. 고요한 바다 속에 거친 파도가 숨어서 때를 기다리고 있었던 것 같았다. 열정적으로 받아냈다. 굶주린 허기를 채우는 거지의 행위 같았다.

그녀는 형의 반바지 속으로 손을 집어 넣어서 페니스를 강하게 쥐었다. 은근하면서도 거침이 없었다. 이미 치솟아 오를 대로 올라 그녀의 터치만을 기다리고 있었던 것이다. 그녀는 천천히 손가락으로 형을 자극했다. 여자의 섬세한 터치를 요하는 시기였다. 격앙된 욕정의 끈을 놓지 않으려면 성실하게 나아가야 한다는 것을 그녀는 이미 알고 있었던 것이다. 다방에서 뭇 사내들에게서 체득한 것이리라.

갑자기 형이 의자에서 일어났다. 그러더니 반바지를 벗었다. 자신의 모든 것을 그녀에게 보여주기 위함인 것 같았다. 격하게 뻗어서 나아가는 페니스의 열정을 확인시켜 주고 싶은 것도 있는 것 같았다. 그런 형을 끌어서 의자에 앉히더니 더욱 거세게 손가락을 움직였다. 오럴을 위한 사전 작업인 것 같았다. 무르익기를 기다리는 것도 섹스의 묘미인 것이다. 그 과정이 오르가즘으로 나아가는 길인 것을 알기에 그녀는 흐뭇한 미소를 머금으며 하던 일을 계속했다. 입술과 혀로 무릎과 넓적다리를 올라갔다 내려갔다 하며 충만한 정욕을 더욱더 채우는 것도 잊지 않았다.

오럴로 나아갈 무렵 형은 갑자기 인상을 쓰더니 사정해버렸다. 아주 미숙한 열정이 드러나는 것이었다. 아직 다듬지 않아 세련되지 않은 모습이었다. 그녀는 그것이 더 귀여운지 자신의 얼굴에 묻은 끈끈한 액체를 닦으며 밝은 미소를 머금었다.

내가 그런 광경을 보고 있을 때 엄마는 부엌에서 불이 붙어있는 부지깽이를 들고 사랑방 불빛이 고여 있는 곳에 이미 와 있었다. 내가 오랫동안 유심히 들여다보는 것이 궁금해서 다가온 것 같았다. 난 엄마가 와 있는 것도 몰랐다. 넋을 놓고 보고 있었기 때문에 길고양이가 나를 힐끔 보고 지나가는 것도 의식하지 못한 것이었다.

엄마는 가볍게 나를 밀쳐내더니 사랑방 안을 들여다봤다. 형이 사정을 하고 미숙한 자신을 자책하고 있을 즈음이었다. 현정은 그런 형의 마음을 어루만져주는 것 같았다. 반바지를 내린 채 앉아 있는 형을 말이다. 마치 미친개의 어깨를 부드럽게 감싸듯이.

엄마는 사랑방 문을 거침없이 열었다. 고여 있던 정욕의 향기가 일순간 퍼져나왔다. 엄마는 부지깽이를 들고 그녀의 탐스러운 머리칼 속을 쑤셨다. 엉거주춤 앉아 있던 형은 바지를 올리는 것도 잊고 현정을 보호하기 위해 끌어안았다. 현정은 멍하니 앉아서 넋을 잃고 앉아 있었다. 어떠한 방어도 못한 채 엄마가 휘두르는 연기가 나는 부지깽이를 받았다. 처음에 무기력하게 당하더니 시간이 지나자 일어서서 대항했다. 처음에 엄마가 머리칼 속으로 쑤셔 넣은 부지깽이로 인하여 풍만한 머리칼이 그을려서 냄새가 났기에 그러했는지 모른다. 자신이 가장 아끼는 신체 부위 중에 하나이기에 그럴지도 모르는 일이었다.

아무튼 엄마는 말을 더듬으며 격한 욕설을 쏟아부었다. 처음 보는 면모였다. 가혹하게 할머니에게 멸시 당하고 가혹하게 미친개에게 얻어맞아도 참고 인내하며 살아오던 그녀였기에 처음에는 당황스러웠다. 아니다. 엄마도 자신의 비루한 삶과 고통을 쏟아부을 대상을 찾지 못해서 나에게 그렇게 비쳤는지 알 수 없는 것이다. 현정이 그 대상으로 다가와서 그 자리에 눌러앉아 있는 것이다. 그것도 자신의 삶의 가치와 지향점을 엉망으로 만들며 말이다.

그런 몸싸움 끝에 엄마가 들고 있던 부지깽이에 붙어 있던 불이 그녀의 머리칼과 엉겨 있던 껌의 휘발성 기름을 더욱 자극해서 불을 지핀 것이다. 순식간에 벌어졌다. 현정은 살려달라고 큰소리를 외치며 엄마를 밀치고 사랑방 문을 박차고 나가 수돗가에 가서 머리를 깊이 담갔다.

그때 누나는 우산을 받쳐 쓰고 하얀 교복을 입고 비틀즈의 'Let It Be'를 부르며 집으로 들어왔다. 아주 해맑은 얼굴이었다. 그러고는 아무 걱정도 없다는 듯이 큰방으로 들어갔다. 난 누나의 그런 모습을 평소에 못마땅하게 여겼다. 하지만 오늘은 그녀의 그런 모습을 다소나마 이해할 것도 같았다. 비틀즈의 노래처럼 그녀에게는 그것이 순리인지 모른다. 자신의 힘으로는 바꿀 수 없는 거대한 가족의 굴레를 회피하며 나아가는 삶 말이다. 할머니의 압제와 미친개의 거칠고 무모한 행동, 그리고 엄마의 피학적 가족애와 음험하고 뒤숭숭한 가족 분위기를 온전히 받아낸다는 것도 우스운 일이었다. 그래서 그녀는 적당한 선에서 자신을 보호하며 사는 것 같았다. 선택적으로 아픔과 고통을 받아들여 한번에 허물어지지 않으려는 자기방어 기제가 숨어 있는 것을 이제야 알 것 같았다. 하지만 난 아직 성숙하지도 않았고 어려서 그런 여과기가 없는 것이었다.

큰방 쪽에서 누나가 틀어놓은 'Let It Be'가 들렸다. '순리대로 내버려두어라'가 반복적으로 들렸다. 그것이 이 상황에 이상하게 어울린다는 생각이 들었다. 현정도 그렇고 엄마에게도 그렇다. 그들 각자의 행위는 그들 각자의 순리인지도 모를 일이다. 그것도 자신이 설정하고 자신이 선택한 순리 말이다. 어둠 속에서 가을을 앞당기는 이슬비는 여전히 내렸고, 그 사이로 비틀즈만이 자유로운 것 같았다. 어쩌면 그것이 삶인지도.

할머니와 옆집 할아버지

 다음날 아침 형과 현정은 사라졌다. 야반도주를 한 것이다. 난 그들이 처음 만났을 때 서로에게 보낸 이상야릇한 시선 속에서 대략이나마 느낄 수 있었다. 머지않아 그들만의 세계를 구축할 것 같은 불길한 예감이 들었기 때문이었다. 그 예감이 그 다음날 곧바로 눈앞에 나타나자 나 또한 당황스럽기 그지없었다.
 그날 밤은 현정이 작은방을 차지했기 때문에 엄마와 난 사랑방에서 잤다. 난 사랑방이 생소해서 잠을 제대로 청하지 못했다. 그래서 형이 새벽에 일어나 밖을 나가는 것을 볼 수 있었다. 소변을 보러 가는 것으로 생각했다. 재차 눈을 감고 눈을 떴을 때 형은 사랑방에서 볼 수 없었다. 그는 제대로 된 옷을 걸치지 않았고 현정과 함께 멀리 떠난 것이었다. 난 내색하지 않았고, 그대로 방바닥에 누워 있었다. 그 낌새를 제일 먼저 알아차린 것은 엄마였다. 엄마도 불안해서 그런지 그 전날 밤에 형 곁에 붙어서 잤다. 엄마는 늘 육체적인 격한 노동에 노출되어 있어 자리에 누우면 곧 새근거리며 잠이 드는 것이었다. 그런 엄마의 긴장의 끈이 느슨할 때 형은 떠난 것이다. 현정의 손에 이끌려서.

엄마는 일어나서 형을 찾았다. 운동화와 지갑밖에 없어진 것이 없었다. 그래서 다소 안심이 되었는지, 그것도 잠시뿐이었다. 그녀는 불길한 뭔가를 느꼈는지 작은방으로 가서 현정을 찾았다. 그녀도 없자 엄마는 넋을 놓고 대청마루에 주저앉고 말았다. 그런 와중에도 미친개는 여전히 악취를 풍기며 코를 골며 태평스럽게 자고 있었다.

새벽부터 집안이 어수선했다. 엄마는 첫차가 들어오는 건넛마을에까지 뛰다시피 다녀온 것이다. 그녀는 우산을 쓸 겨를도 없었다. 이슬비가 줄지어 계속 내려도 그녀는 대수롭지 않은 듯 미친 듯이 달리고 달린 것이다. 그곳에도 없자 면소재지까지 들렀다 온 것이다. 엄마가 집에 돌아왔을 때는 이미 새벽을 벗어나 아침에 안착하고 있었다. 이슬비는 여전히 내렸다. 엄마는 온몸이 늘어진 채 사랑방으로 들어와 넋 놓고 바람벽에 기대어 주저앉았다. 머리칼도 젖었고 옷도 젖었다. 마른 수건으로 닦을 생각도 하지 않은 채 숨죽이며 앉아있었다. 난 그런 엄마의 얼굴을 닦아주고 싶었으나 그러지를 못했다.

큰방 쪽에서 할머니의 고함소리가 들렸다. 부엌에서 그릇 부딪는 소리가 나지 않자 짜증이 나는 모양이었다. 현정이 미친개를 내버려두고 형을 데리고 집을 떠난 것을 알면서도 할머니 자신의 배고픈 것만 생각나는 것이었다. 그래도 엄마는 미동도 하지 않았다. 평소에는 할머니의 고함소리 한

번이면 주눅이 들어 어쩔 줄을 몰라 눈동자가 불안했었다. 하지만 현시점의 엄마는 그런 사소한 것에 정신을 팔 시간이 없었다. 오직 자식의 행방과 안위에 대한 생각에만 골몰해 있었다. 아침밥을 먹고 있는지, 다가올 추위에 옷은 얇지 않은지.

엄마는 소금물에 빠져 허우적거리는 늘어진 배추포기 같았다. 풋풋함과 싱싱함을 잃은 채 자신이 자신을 주체하지 못하는 상황이었다. 바닥에 무겁게 가라앉은 의식은 자제력을 잃어 더 깊은 무의식의 구덩이 속으로 빨려들어가는 것 같았다. 난 그런 엄마를 보며 측은하고 괴로웠다. 의식의 이쪽에서 긴 줄을 던져서 끌어당겨주고 싶었지만, 그것마저 되지 않을 것 같았다. 엄마가 그 줄을 잡을 힘조차도 없어 보였기 때문이었다.

갑자기 엄마는 일어나서 작은방으로 갔다. 그녀는 장롱 문 한쪽이 달아난 곳으로 손을 집어 넣었다. 옷가지 속을 뒤지고 또 뒤졌다. 그 깊숙한 곳에서 그녀는 뭔가를 찾고 있었다. 난 엄마가 뭘 찾는지 처음에는 알지 못했다. 하지만 그녀는 그 자리에 넣어둔 그것의 부재로 마음이 편안해지는 것을 얼굴 표정으로 느낄 수 있었다.

"그래도 밥은 굶지 않겠구나. 지은이가 시집가면 손가락에 끼워주려고 했는데."

엄마는 말을 더듬으며 혼잣말을 했다. 난 그것을 정확하게 들었기에 알 수 있었다. 현정이는 엄마가 장롱 깊숙이 숨겨놓은 반지를 훔쳐 달아난 것을 말이다. 아무래도 그것은 엄마의 엄마에게서 물려받은 유일한 것 같았다. 미친개를 피해서 지금까지 지켜오던 것을 현정이 여자의 민감하고 간특한 감각으로 찾아서 도망간 것이다. 그것도 장롱 속을 어지럽히지 않고 반지가 있는 그곳만 손을 뻗어서 말이다.

여전히 미친개는 방구석에서 이불을 말아서 자고 있었다. 그는 아직도 현정과의 진한 섹스의 여운을 잊지 못했는지 자면서도 행복한 미소를 머금고 있었다. 그의 몸에서 사체 썩는 냄새가 나서 난 사랑방으로 발걸음을 옮겼다. 엄마는 여전히 그 자리에서 주저앉아 미동도 하지 않았다. 아마도 온갖 감정이 뒤섞여 눈물을 흘릴 것이 분명했다. 난 마당으로 나와서 하늘을 올려다봤다. 이슬비는 여전히 끈질기게 내렸다. 엄마 곁에 엉겨붙은 굴레의 사슬처럼 차갑고 냉정하게 말이다.

할머니는 형이 가출한 것에 대한 아무런 생각과 반응이 없었다. 오직 옆집 할아버지에 대한 갈구로 몸둘 바를 몰라 자제력을 잃어 거의 미쳐 있었다. 마지막 타오르는 불꽃인 것을 직감적으로 느끼고 있었던 것이다. 몸의 형태와 얼굴의 탄력이 더 주저앉거나 허물어지기 전에 그와의 뜨거운 육체적 공유를 더욱 공고히 유지하고 싶었던 것이다. 그래서 사람들의 시선을 아는지 모르는지 자신이 원하는 삶의 질감만 받아들이는 것이다. 아랑곳없이 무절제하고 무질서한 행동으로 오고가고를 반복했다.

  옆집 할아버지는 자신보다 다섯 살 위인 아내가 있었다. 그래서 얼굴에 주름이 옆으로 아래로 길게 그어져 있는 것이 자연스러웠다. 사지도 휘고 꺾이고 여위어져 있어 여자로서의 매력도 없었다. 젊었을 때의 고혹적인 자태는 늘어질 대로 늘어진 피부에 덮이고 눌려져 더 이상 발산할 수 없었다. 빛을 온전히 받아내지 못하고 아주 음침하게 받아들였다. 그래서 더욱 살아있음이 추함으로 드러났다. 더 나아가서 활동적인 삶의 보편을 영위하는 것보다 주저앉아 좀스럽게 움직이며 언제나 그 자리에 앉아서 기다리는 죽음의 아가리를 향해 나아가는 것이 편하다고 생각하는 것 같았다. 그래서 옆집 할아버지는 자신의 아내에게 흥미를 느끼지 못하고 한눈파는 지도 모를 일이었다.

  할머니는 그런 옆집 할아버지를 곱게 안아주고 때때로 억세게 안아주는 것으로 무력한 삶을 달래주곤 했다. 난 그들 사랑의 추잡함을 살피며 기억의 태엽을 감아두었다. 처음에는 가족들의 시선이 두려워서 그런지 은밀하게 자행되어지는 것이었다. 난 그 은밀한 곳을 따라가서 보고 기억해 두었다. 하지만 차츰 자신들의 행위에 대한 뻔뻔한 긍정으로 대범해 지는 것이었다. 집에 찾아와서 마당에 기웃거리거나 아무도 없는 집에 들어와서 대청마루에 걸터앉아 누워보기까지 했다. 나의 타격 목표물이 할머니이기에 그 곁가지에 붙어 섹스를 나누는 옆집 할아버지도 관찰 대상이었다.

현정이 형을 유혹해서 가출해 나간 것으로 큰방에 동거하던 고모와 누나가 사랑방으로 옮겼다. 할머니의 권유로 이루어진 것이지만, 그 속에는 음흉한 내막이 싹트고 있었다. 할머니가 옆집 할아버지를 끌어들이기 위한 공간을 만들기 위함이었다. 고모와 누나는 기쁠 뿐 모르고 있었다. 엄마는 대략은 알고 있었고 난 평소에도 주도면밀하게 관찰하고 있어서 확실히 알고 있었다.

그들은 사랑방으로 옮겼고 난 여전히 작은방에 머물러 있었다. 동해 한가운데 독도가 외롭게 머물러 있듯이 말이다. 언제라도 무뢰하게 침범할지도 모르는 일본의 비평화적인 행위에 나아가지도 물러설 수도 없는 상황이었다.

그렇게 큰방에 할머니만 남자 그날 밤 옆집 할아버지는 무엄하게 큰방에서 자고 새벽에 빠져나갔다. 난 새벽에 일어나서 변소에 가다가 본 것이다. 할머니가 주의를 살피며 방문을 열어주고 옆집 할아버지는 신발을 들고 나가며 주위를 살폈다. 그러더니 쏜살같이 마당을 가로질러 달아나는 것이었다.

그제야 엄마는 인기척을 내며 작은방 문을 열고 나오는 것이다. 옆집 할아버지를 보내기 위해서 기다리고 있었던 것이 분명했다. 그 길로 엄마는 어스름을 뚫고 집 밖으로 나가서 한참을 걸어서 느티나무 사이에 촛불을 피워 놓고 빌었다. 난 엄마를 따라가서 하늘과 땅을 감동시켜 형을 돌아오게 하는 기도를 들었다. 대강 이러했다.

천지신명이시여.
굽어살피시어
혼탁해질 대로 혼탁해진 삶의 거친 탁류 속에서
저희 가족이 표류하지 않도록
어둠 가운데 빛을 길게 드리워서 나아갈 수 있도록
허락하여주십시오.
저에겐 자식이 있습니다.
그중에 큰 아들이
간악한 여자의 간교한 손길에 이끌려
간간이 허락하는 감미로운 섹스에 한없이 녹아내리어
그 나이에 어울리는 열정과 투지는 시들어버리고
음욕을 채우기 위한 그 단순한 목적으로
인생을 소비하며 마소처럼 끌려다니고 있습니다.
천지신명이시여.
현정, 그녀를 벌하여주시어
아버지와 아들을 동시에 범하고
그것도 모자라
아들을 끈끈한 교태의 구속력으로 흡입하여

자신의 가랑이 안에 두어
삶이 무료하고 싫증이 날 때마다
한번씩 꺼내어
거친 숨소리를 토해낼 때까지
탐닉하며 나아갈 것이고
분명, 그것은 자신을 위한 삶의 일락일 겁니다.
아들은 그것도 모르고
그녀의 한없이 갈구하는 신음소리가
오직 자신을 위한 것으로 착각하고
열정적으로 육체를 흐느적거릴 것입니다.
천지신명이시여.
현정, 그녀는 천박하고 악랄한 년입니다.
그녀의 가랑이를 찢고
온몸을 잘게 찢어
삶의 잔혹한 살벌함을 보여주십시오.
그것이 그녀 자신이 행한 업보이며
삶의 보편적 가치와 도덕성을 무시하고
천하게 내돌린 창녀에 대한 천벌일 것입니다.
긍휼히 여겨
아량을 베푼다든지
자비를 베푼다든지
사랑을 베푼다든지

이런 일은 추호도 없어야 할 것입니다.
그것은 삶의 배신이고
하늘과 땅의 배신입니다.
단테도 배신자를 가장 무서운 죄로 다스리지 않았습니까.
천지신명이시여.
지금껏 제가 삶을 부여잡고 있었던 것은
자식에 대한 측은함 때문일 것입니다.
가혹한 시어머니의 냉대와 멸시,
가혹한 남편의 폭력과 몰인정을,
그 모든 것을
참고 인내하며 나아갈 수 있었던 원천은
그들이 있어, 그들의 해맑은 미소를 볼 수 있어
가능한 일이었습니다.
아무쪼록,
자식의 무사귀환을 바라고 있사옵고
그렇게 되도록 도와주십시오.
그것이 저를 살리는 일이고
저희 가족이 흩어져버리지 않는 길일 것입니다.
부디 영명하신 손길을 바라고 있겠나이다.

 엄마는 한없이 머리를 조아리며 애원했다. 그 사이 촛불은 많이도 허물어져 있었다. 엄마의 흐르는 눈물이 촛불에 떨어졌는지 유별나게 소리를 지르며 많이 흘러내려 일그러져 있었다. 엄마는 집으로 향했고 난 엄마의 자리에 서서 우두커니 있었다.

검게 그을린 심지를 중심에 두고 흉물스럽게 내려앉아 있었다. 새벽을 깨우는 새소리와 청명한 하늘이 뉘엿뉘엿 드리우자 더욱더 초라하고 흉물스럽게 보였다. 난 그것이 엄마의 육신과 많이 닮아 있다는 것을 알았다. 맹렬한 지옥의 업화를 간신이 받아넘기는 초췌한 모습이 이런 모습 같았다. 참고 인내해서 밝힐 수 있는 불빛은 자식의 밝은 눈망울일 것이다. 그 불빛을 꺼뜨리지 않기 위해 관절의 연골은 닳고 닳아서 가루가 되어 사라졌고, 젊었을 때 유난히 고운 피부는 강렬한 햇살과 삶의 거친 파고에 삭히어 많이도 늘어져 있었다. 더욱이 흙속에서 위안을 찾던 거칠고 투박한 손가락은 매니큐어도 받아내지 못할 정도로 거칠었다.

그리고 난 하늘을 올려다봤다. 엄마의 기도 소리를 들어서 그런지 느티나무의 굵고 길게 뻗은 가지들이 엄중했다. 마치 경계를 서는 병사처럼 일정한 거리를 두고 움직이지 않았다. 정연했다. 바람도 가지에 눌어붙어서 숨을 쉬는 나뭇잎들을 위협하거나 간질이지 않았다. 그것이 공존하는 이웃에 대한 예의인지도 모른다. 충만한 기도를 안으로 깊이 품어서 더 높은 곳으로 보내기 위한 준비자세인지도. 엄마의 진솔한 소망과 격한 절망의 목소리를 듣고 감동이 되어 그런 자세를 취하는 것 같았다.

잠시 후 햇살이 하나씩 길게 뻗어서 느티나무 잎사귀들을 하나씩 깨우자 그제야 바람도 온화하게 다가왔다. 비를 맞아 축축하게 젖은 잎사귀들이 움츠리고 있던 어깨를 천천히 펴며 말리는 것이었다. 겨울로 다가가는 비로 인해서 나뭇잎들은 더욱 쇠약해지고 삶의 갈증을 느끼고 있다는 것을 나는 이미 알고 있었기 때문이다. 여름으로 향하는 비와는 상이했다. 그것은 충만한 열정을 불어넣기에 여념이 없었던 것이다. 뿌리에서 가지와 나뭇잎 그리고 열매로 이어지는 끊임없는 지속적인 펌프질.

난 집으로 향했다. 엄마가 느티나무에게 한 기도 소리가 솟구쳐 더 높고 넓은 곳으로 나아가기 전에 발걸음을 옮겼다. 그것은 느티나무의 일이기에 내가 일일이 관여할 일이 아니었다. 100년 가까이 살아온 삶의 부피와 질량을 어림짐작할 수는 없었기에 느티나무의 내공을 믿고 의지 할 수밖에 없는 것이었다. 만약에 엄마의 간절한 기도를 들어주지 않으면 그때 가서 도끼로 찍어버리거나 뿌리 가까이 불을 지르면 되는 것이다. 느티나무는 나의 마음을 알고 있었기에 섣부른 짓은 하지 않을 것이다. 그것이 내가 바라는 일인 것을 알고 있었기에 더욱 힘을 낼 것이다. 난 걷다가 멈춰서 느티나무를 한번 올려다봤다. 나뭇잎들이 바람에 나부끼며 화사하게 미소를 자아내는 것 같았다. 그래서 난 발걸음이 가벼웠다.

토요일 오전이었다. 비온 뒤 하늘은 맑고 높았다. 오늘은 학교 생일이라 임시공휴일이었다. 그래서 난 밥을 먹고 사랑방으로 향했다. 형이 가출하고 사랑방은 고모와 누나의 안식처가 되었지만, 그들이 없는 틈을 노려서 사랑방을 차지하고 싶었다. 예전 같으면 영철이의 움막에 가서 한나절을 보내곤 했다. 하지만 안나를 멀리 보낸 뒤로는 가고 싶은 마음이 생기지 않았다. 작은방에는 미친개가 술을 먹고 길게 누워 자기 때문에 얼씬도 하지 않았다.

누나는 학교에 갔고 고모는 잠시 밖에 나들이 나간 것이다. 난 사랑방 문을 열고 들어갔다. 조금 움찔했다. 형이 있을 때의 습관이었다. 평소에 형은 나를 억세게 쫓아내었기 때문에 그것이 몸에 밴 것이었다.

문을 여는 순간 다가오는 공기가 달랐다. 고급스럽고 세련된 독특한 향수를 뿌리는 것 같지는 않았다. 하지만 향긋한 향기가 나를 더욱 폭넓게 받아들였다. 형이 있을 때 발산하는 구린내와 고린내가 종적을 감춘 것이다. 그 공간을 샴푸 냄새와 여자의 속살 냄새가 혼합되어 이상야릇한 향기를 내는 것이다. 단 하루 만에 변화한 것이다. 방을 채우는 사람이 달라져서 그 속을 채우는 내용물이 달라져 보였다. 책상도 그러했고 의자도 그러했다. 우두커니 천장에 매달려 있는 전구도 그러했다.

난 형이 앉던 의자에 앉아 책상 위에 손을 올려놓았다. 편안했다. 학교의 길쭉한 책상과 의자에 앉았을 때의 옹색함과 저항감은 없었다. 늘 책상을 밀쳐내고 밖으로 뛰어나가고 싶은 충동을 애써 참아내던 내 모습은 보이지 않았다. 곁에 미루가 있어도 내면적으로 일어나는 상념의 거친 파도는 어쩔 수 없었다.

 난 책상에서 내려와 아랫목에 있는 얇은 이불 속에 몸을 뉘었다. 그리고 천장을 올려다봤다. 안온하고 차분했다. 빛바랜 벽지에 파리똥을 촘촘하게 갈겨놓아서 지저분하고 초라하게 보였다. 그래도 그것이 더럽게 다가오지 않았다. 난 이런 안정적인 마음의 출처를 찾고 싶었다. 외부적인 변화가 있어 가능한 일 같았다. 우연히 찾아와 아주 일시적이지만, 나를 평온하게 만든 실체를 찾고 싶었다. 난 몸을 뒤채고 골몰하다가 그것이 형이란 것을 알 수 있었다.

 형의 부재는 나를 편안하게 했다. 늘 나만 보면 짜증을 내고 그렇지 않으면 꼬투리를 잡아서 때렸다. 내가 자신보다 힘이 모자라 그러는 것이었다. 그것으로 인하여 누나에 대한 콤플렉스와 외부적인 압력을 다소나마 경감시키는 것 같았다. 때로는 말을 더듬으며 격앙된 목소리로 나를 걷어찼다.

 어쩌면 형의 가출은 현정의 교태가 요인이 아닌지도 모른다. 형 자신의 초라한 모습을 현정이 알고 보듬어준 것 같앉다. 그것이 위안이 되어 그녀를 충동질하여 함께 달아나 버린 지도 모르는 일이다. 그리고 그렇게 꿈꾸던 섹스에 대한 해갈도 한몫했을 것이다. 늘 대상을 바꿔가며 자위를 하던 자신이 한심했는지도 모른다. 그 대상 속에는 누나도 한 번씩 다가와서 위무해 줄 것 같은 생각도 들었다. 도도하고 위선적으로 다가왔으므로, 그것이 오히려 자신의 욕정을 부채질하는 촉매제로 다가왔는지, 그 다가옴 속에는 부드러운 애무가 있고, 오럴이 있고, 열정적인 섹스가 있었을 것이다.

그러다가 난 스르르 눈이 감겼다. 사지가 풀어지는 것을 느꼈다. 늘 긴장감에 내몰려 온몸은 경계의 눈초리를 놓지 않고 있었다. 그러던 육체에 단순한 온유가 다가옴을 느꼈다. 형의 부재는 나를 달콤한 낮잠으로 인도하는 것이었다. 아주 깊고 넉넉한 공간 속으로 말이다. 악몽도 얼씬거리지 않는 곳에서 솜사탕을 밟고 나아가듯이 달콤하게.

난 점심때 쯤에 깨어났다. 큰방 쪽에서 고함소리가 들렸다. 간만에 꿈속에서 감미로운 과일을 맛보고 있을 때였다. 그리고 먼발치에서 나를 온화하게 바라보는 미루가 있어 더욱 향긋하게 다가오고 있었다. 그녀는 풀밭에서 조그마한 말티즈를 안고 있었다. 순백의 털과 까만 눈동자를 한 귀엽고 발랄한 성격을 소유하고 있었다. 손아귀에 넣을 수 있을 정도로 작고 앙증맞았다. 하지만 내가 미루에게 다가가면 미루도 내가 다가간 만큼 뒤로 물러나고 있었던 것이다. 몇 번을 반복했다. 더 가까이 다가갈 수 없는 아쉬움이 밀려들 때 현실에서 꿈속으로 고함소리가 거칠게 침입한 것이었다. 이웃집 할머니었다.

이웃집 할머니가 마당에 서서 큰방 문을 열고 담배를 피우는 할머니를 보고 삿대질을 하는 것이었다. 고모는 대청마루에 서 있다가 겁이 났는지 큰방으로 들어갔다. 평소에 이웃집 할머니에게서 볼 수 없는 행동이었다. 늘 부끄럽고 쑥스러운 표정으로 자신의 의사를 잘 들어내지 않는 분이었다.

할머니는 담배를 끄고 큰방 문을 닫아버렸다. 그러자 이웃집 할머니는 자신을 업신여기는 것 같았는지 대청마루 위에 비스듬히 눕더니 큰방 문고리를 잡고 강하게 당겨서 밀어붙였다. 그러자 방문이 벽에 부딪치는 소리가 우렁차게 들렸다.

"어디 몸 팔 때가 없어 남의 영감을 가로채어 수작을 부리고 있어."

"늙어서 제대로 욕구도 채워주지 못하니 영감이 저 모양이지."

"늙어서 추잡하고 더럽다. 그러니까 아들이 저 모양이지, 맨날 술만 처마시고 일도 안하고 마누라나 때리고, 그리고 또 술 처마시고."

그래도 그때까지 할머니 자신이 한 일이 있어 어느 정도 저자세였다. 하지만 자신의 아들을 건드리자 방에서 일어서더니 대청마루에 나와서 발로 걷어찼다. 이웃집 할머니는 몸을 살짝 틀어서 일어났다. 그래서 강하게 까이지는 않았다. 그 나이에 볼 수 없는 가벼운 몸동작이었다. 이웃집 할머니는 치마를 입은 할머니를 강하게 당겼다. 그러자 길게 늘어진 치마가 벗겨지며 대청마루에 쓰러졌다. 그 순간을 놓치지 않고 이웃집 할머니는 하얀 내의 속으로 비치는 세련된 빛깔을 자아내는 브라를 억세게 잡아챘다. 다소 늘어진 유방이 드러났다. 브라는 유방의 따스한 촉감에 버림받아 일그러져 있었다. 그런 초라한 모습을 봤는지 할머니는 강하게 저항했다. 벌떡 일어서서 이웃집 할머니의 머리채를 끌어당겼다. 일순간 이웃집 할머니는 대청마루에 깔려버리고 말았다. 할머니는 위에 걸터앉아 이웃집 할머니를 때리고 꼬집고 할퀴었다. 그때까지 고모는 지켜보고만 있었다. 잠시 후 자신의 엄마가 본전은 찾은 것 같았는지 그제야 서둘러 싸움을 말렸다.

이웃집 할머니는 브라를 놓지 않았다. 적지 않은 나이에 머리칼도 헝클어지고 얼굴에 피멍이 들어 몰골이 말이 아니었다. 하지만 그녀는 할머니의 유방에서 벗겨진 브라에 집착했다. 할머니도 그것을 빼앗기고 싶지 않은 눈치였다. 그래서 이웃집 할머니의 손목을 잡고 지구전으로 돌입할 작정이었다.

그때 집밖에서 고함소리가 들렸다. 옆집 할아버지였다. 일순간 그들은 몸싸움을 멈추고 그 자리에 멍하니 서서 서로를 잡아 죽일 듯이 으르렁거렸다. 둘 다 몸가짐이 엉망인 채 말이다.

옆집 할아버지는 다급히 다가와서 서로 강하게 쥐고 있는 손을 떼어놓고 나이 든 자기 아내의 뺨을 강하게 때리고 또 때렸다. 이웃집 할머니는 처참한 폭행에 피눈물을 흘리며 악다구니를 했다. 그러자 옆집 할아버지는 거름 더미 곁에 있는 지겟작대기를 가져와 한없이 휘둘러 때렸다. 지겟작대기는 음울한 바람소리를 내며 정확하게 이웃집 할머니의 어깨를 파고들었다. 멈추지 않는 매타작에 이웃집 할머니는 '억' 소리만 낼 뿐 더 이상 말을 하지 못했다. 아무 소리도 못하자 옆집 할아버지는 만신창이가 된 자기 아내의 머리채를 끌고 자기의 집으로 갔다. 늘어진 사지가 땅에 큼직한 흔적을 남기고 사라지는 것이었다.

난 옆집 할아버지가 자기의 아내를 몽둥이찜질할 때 할머니의 얼굴을 살폈다. 그녀는 옆집 할아버지가 자신의 편이 되어준 것에 대한 깊은 고마움이 얼굴에 배어났다. 그리고 칼로 고기를 다지듯이 자신의 아내를 몽둥이로 다지는 것을 보며 희열을 느끼는 것도 볼 수 있었다. 감히 자신을 업신여기는 것에 대한 응징을 제대로 해준 것 같아 대견하기까지 한 것이다. 더욱이 자신이 가장 아끼는 브라를 허락도 없이 강제로 벗기는 몰상식한 행위는 용서할 수 없는 것이다. 그래서 더 고소한 표정으로 바라본 것인지 모른다.

할머니는 큰방으로 들어갔다. 대청마루에 떨어진 은비녀를 주워서 자신의 고유한 영역으로 들어가 또 옆집 할아버지의 거친 행위에 대한 보상으로 옷매무새를 가지런히 하고 밤을 기다릴 것이다. 희미한 불빛 아래서 발랄한 브라로 유방을 가린 채 은근한 미소로 그를 애무하고 사랑해줄 것이 분명했다. 아무래도 그녀는 에널 섹스도 허락할지도 모른다. 이제까지 오매불망 허락만 기다리고 있던 옆집 할아버지를 위해서.

난 사랑방에서 나와 이웃집 사랑채를 눈여겨보았다. 이웃집 할머니는 윗목에 끌어다 놓은 자루처럼 미동이 없었다. 죽은 것인지 살아 있는 것인지 알 수가 없었다. 더 가까이 다가가서 볼 수 없었기에. 그런 와중에도 옆집 할아버지는 화가 덜 풀렸는지 할머니를 몇 번 걷어차고 방에서 나와 대청마루에 걸터앉아 막걸리를 들이켰다. 큰 대접에 몇 잔을 마시고 옆집 할아버지는 그 자리에 드러누워서 잤다.

난 이웃집 할머니가 궁금했다. 그래서 옆집 할아버지가 코고는 소리를 듣고 가까이 가서 보기로 했다. 이상하게 겁이 났다. 알 수 없는 곳을 걸을 때의 두려움이었다. 새로운 환경을 받아들일 때의 어색함도 있었다. 그래도 할머니의 상태를 보고 싶었다. 평소에 인자하게 웃던 모습이 뇌리를 파고들었던 것이다.

이웃집 할머니는 죽지 않았다. 가늘게 몸을 움직이는 것을 볼 수 있었다. 그럼에도 불구하고 거친 숨소리는 들리지 않았다. 고통을 간신이 참아 안으로 감아들이는 것 같았다. 얼레에 실을 감듯이 분노를 감아서 두는 것이 분명해 보였다. 어느 순간에 그것을 터뜨려버릴 것 같은 불길한 예감이 들었다.

난 집으로 왔다. 그때 엄마도 집에 와있었다. 파출소에 가서 형의 가출신고를 하고 온 것 같았다. 오다가 밭에 들러서 무를 뽑아 온 것 같았다. 집에 이상한 분위기가 조성되어 있자 고모에게 물었다. 고모가 재미있다는 듯이 장광설을 늘어놓았다. 그것이 고모의 장기였다. 그럴 때면 고모의 눈동자에는 윤기가 돌았다.

요즘 고모는 말을 할 때 늘 나의 눈치를 살피며 말했다. 안나의 죽임에 대한 병적인 모습도 많이 소멸된 것 같았다. 그래도 나에 대한 두려움은 사라지지 않고 있는 것이 분명했다. 뚜렷한 윤곽을 드러내며 삶의 순간순간 찾아와서 자신을 일깨워주는 것 같았다. 내가 사랑방에서 자고 있어도 깨워서 쫓아내지 않는 것도 나를 피하고 싶은 것이다. 돌게의 불안한 행동거지와 초초한 눈초리를 하고 옆으로 조심스럽게 사라지는 것이었다.

한순간 집안이 조용했다. 태풍이 오기 전에 그 고요한 모습 같아서 나는 불안했다. 난 이럴 때가 제일 싫었다. 고요 속에 늘 치열한 갈등과 싸움이 내재되어 숨어있는 것 같아서, 그리고 그 불길한 생각이 어느덧 현실로 드러나는 것이었다.

그때 난 사랑방 댓돌에 앉아서 이웃집 감나무에 붙은 왕매미 소리가 거슬려서 손에 조그마한 돌멩이를 쥐고 있었다. 위치가 어딘지 찾고 거리를 재고 있었다. 엄마는 점심밥을 차리느라 여념이 없었다. 엄마도 알고 있었던 것이다. 이 불길한 정적을. 그 속에는 광포한 바람과 거칠고 굵은 빗줄기를 품고 있다는 것을. 잘못하면 걷잡을 수 없는 회오리 속으로 빨려들어가 형체도 찾을 수 없다는 것을 말이다.

대청마루에 점심밥이 차려졌다. 고모는 제일 먼저 밥상에 다가와서 앉았다. 숟가락과 젓가락을 쥐고 계란찜을 파고 들었다. 난 그런 고모를 바라보며 마구간에 길쭉한 코를 치열하게 들이미는 돼지의 거친 행위와 엇비슷하게 닮아 있는 것을 알았다. 독특한 소리를 내며 게걸스럽게 먹잇감을 장악하기 위한 투쟁도 마찬가지였다.

할머니가 밥상에 앉자 나 또한 댓돌에서 일어나 손아귀에 쥐고 있던 돌멩이를 던졌다. 돌멩이는 포물선을 그리며 나아가서 감나무에 맞았다. 그러자 왕매미는 조용했고 동시에 날아갔다. 안정적인 또 다른 나무를 향해서 날아간 것이다.

그것이 그들의 삶이기에 그럴 것이다. 난 엄마를 보며 그녀는 왜 그러지 않는지 알 수가 없었다. 매미처럼 나무만 옮기면 새로운 환경이 펼쳐지는 것을 모르는 것인가. 때때로 측은해 보이고 한심해 보였다.

내가 밥상 앞에 막 앉을 찰나였다. 갑자기 할머니는 밥상을 들어엎었다. 난 숟가락을 쥐어보지도 못하고 어정쩡한 자세로 할머니만 바라봤다. 그녀의 죽통에는 몇 가닥 무김치가 들어가 있었다. 자신의 입맛에 맞지 않는 모양이었다. 아니다. 엄마의 무김치는 자신이 충실히 일군 밭에서 나오기에 맛이 없을 수가 없었다.

무김치는 싱싱한 무와 충분한 양념이 들어가서 적당한 온도와 적당한 시간을 유지하면 알아서 맛을 낸다. 그것이 재료의 양심인 것이다.

할머니는 자신의 위치를 재확인하고 싶은 것이다. 권력의 수레바퀴가 구르는 것을 보고 싶은 것이다. 그리고 이웃집 할머니로 인한 손상된 인품을 곧추세우고 싶은 의도도 있는 것 같았다. 낭자하게 주저앉은 자신의 자존감을 북돋아주는 것은 가까이 있는 상대를 짓밟아야 다소나마 고양되는 것을 이미 알고 있었던 것이다. 그래서 그 상대를 엄마로 낙점한 것이다. 형의 가출로 그렇지 않아도 힘든 엄마를 잡아서 단물을 빨아먹기 위함이었다.

엄마가 대항하지 않고 마당에 떨어진 밥상과 그릇을 치웠다. 그러자 할머니는 재미가 없는 표정을 하고 큰방으로 들어갔다. 방바닥에 앉아서 필터도 없는 새마을 담배를 물고 담배연기를 길게 내뿜었다. 그러고는 혼잣말을 했다. 대상도 명확하지 않았다. 엄마도 아니었고 이웃집 할머니도 아니었다. '청상'이라는 딱지를 붙여놓고 간 죽은 할아버지에 대한 원망인 것 같기도 했다. 어쩌면 세상에 대한 원망인지도 모른다.

"썩을 년, 개 같은 년."

우리 집의 불길한 태풍이 지나가고 다소 평온한 안정을 찾았다. 이웃집은 사정이 다른 것 같았다. 불행은 전염성이 강한 것 같았다. 아니면 아무도 모르게 씨앗을 떨어뜨리고 사라지는 것인지도 모른다. 그것이 급속하게 자라서 줄기가 생기고 잎이 생기고 열매를 맺는지도.

이웃집이 시끄러웠다. 옆집 할아버지가 고통으로 난동을 부리고 있었던 것이다. 난 민첩하게 움직여 이웃집이 훤하게 보이는 돌담 뒤에서 세심하게 살폈다. 옆집 할아버지는 바지를 벗은 채 페니스를 잡고 날뛰었다. 선불 맞은 멧돼지처럼 갈피를 잡지 못하고 이리저리 뛰며 고통을 참아내는 것이었다. 페니스에서 피가 연이어 뿜어져나왔다. 일정한 세기와 굵기로 공간을 향해 거침없이.

그때 그의 아들이 마당으로 나왔다. 하얀 수염이 얼굴에 지저분하게 나는 것이 자연스러운 나이였다. 배가 나오고 앞 머리칼이 많이 빠져 어딘지 어색한 모습이었다. 세월의 흐름을 거부하지 못하는 그 나이에 어울리는 모습이었다.

그의 아들이 아버지의 행동을 보고 당황스런 표정을 감추지 못했다. 늙은이가 아랫도리도 입지 않고 페니스를 잡고 날뛰는 모습이 가관인 것이다. 그것도 손가락 사이로 비집고 나오는 피를 보며 할 말을 잃은 것이다.

그러다가 옆집 할아버지는 악을 쓰며 날뛰다가 마당에 쓰러졌다. 아무래도 피를 너무 많이 흘려서 쓰러진 것 같았다. 피는 대청마루에서 시작해 마당 구석구석을 난잡하게 적시고 있었다. 마치 끈끈한 붉은색 물감을 도화지에 아무렇게나 뿌려놓은 것 같았다.

아들이 쓰러진 아버지를 들어 올리려는 순간 난 옆집 할아버지의 페니스가 절단된 것을 알았다. 그곳에서 끊임없이 피가 뿜어져 나왔다. 페니스는 보이지 않았다. 그때 자신의 아들도 놀란 표정이 역력했다. 그래서 서둘러 안아서 방으로 옮겼다. 땅바닥에 피가 떨어지며 붉은색 굵은 점선을 그으면서.

난 그제야 이웃집 할머니가 궁금했다. 그래서 시선을 윗목으로 옮겼다. 그녀는 없었다. 사라지거나 소멸된 것 같았다. 난 궁금하고 걱정이 되어 주위를 살폈다. 이웃집의 안채와 부엌부터 살피고, 그리고 안채를 돌아가면 언제부터인가 있었던 텃밭도 살폈다. 그녀는 보이지 않았다. 그래서 난 돌담에서 벗어나 골목으로 나왔다.

이웃집 대문 앞에 마을 사람들이 몇몇 서성거리다가 이내 사라졌다. 그들은 옆집 할아버지의 부정한 행위를 이미 알고 있었다. 쉬쉬하고 살아왔기에 충격은 크지 않았던 것이다. 자업자득이라는 말도 있었다.

난 그만 세상사가 싫어졌다. 갑자기 우울하고 침울해졌다. 그래서 느티나무가 있는 너럭바위에 가서 누웠다. 한참을 그렇게 있었다. 한낮의 태양은 여전히 여름의 열기를 잃지 않고 있었다. 가을을 품은 바람이 불어와 잎사귀에 매달려 있는 후텁지근한 열기를 멀리 내쫓아도 온전히 가을을 뿜어내기는 시기상조인 것 같았다. 하지만 그 사이 나뭇잎들의 혈색이 많이 변한 것을 발견했다. 영원히 풋풋한 열정으로 강렬한 태양을 받아낼 것만 같았던 모습이 변화를 선택하고 있는 것이다. 그것은 분명 생존을 위한 변화일 것이다. 무뢰한 눈보라와 냉정한 추위를 대비한 그들만의 수고로움일 것이다. 그 수고로움이 또 다가올 봄을 기약하고 여름을 동경하게 하는 것이 분명했다.

난 소곤거리는 잎사귀들에 귀를 기울였다. 그들은 그들만의 이야기를 하고 있는 것이 분명해 보였다. 새벽녘에 엄마의 기도 소리로 인하여 놀라 잠을 깬 것으로 불평불만을 드러내는 것 같기도 했다. 엄마의 갈구는 그들에게 진솔한 음성으로 다가가지 않은 것 같았다. 자신들의 차분한 침묵과 명상을 방해하는, 더욱이 새벽이슬이 자신의 표피에 매달려 깊이 빨아들일 수 있는 여유를 깨뜨려버린 것으로 생각하고 있는 것 같았다. 어쩌면 그들은 엄마의 신실한 애씀을 의도적으로 방해하고 싶어 기도의 음성이 무한한 공간으로 날아가는 것을 방해하는 것인지도 모른다. 그 기도의 씨앗들을 자신의 공간 안에 가두어놓고 나아가지도 못하게 하고 면항해도 못하게 방해하는, 오히려 그것을 내려다보며 혈색이 변하고 늙어가는 자신을 위무하는지 모른다. 엄마의 간절한 기도는 아랑곳하지 않고 자신들 삶의 순간순간이 더 귀중한 것인지도.

난 배가 고팠다. 할머니가 밥상을 들어엎어서 음식을 제대로 먹지 못했다. 눈치를 보며 그 음험한 상황을 피하기만 했다.

그래서 난 일어나서 집으로 향했다. 어수선한 시간이 제법 지나서 온전한 시간이 다가와 있을 것 같기도 했다. 햇살이 따가워도 걷기에는 충분했다. 들녘에 알맹이를 품고 바람의 발길질에 뒤뚱거리며 초록색 물결을 이루는 벼들의 모습이 위태로워 보였다.

난 집 앞에서 멈췄다. 집안의 공기를 맡아보기 위함이었다. 마당에는 거름 더미만 덩그러니 그 자리를 차지하고 수증기만 뿜어내고 있었다. 마치 활화산의 두려움과 공포를 안으로 숨긴 채 말이다. 그러고는 아무도 없었다. 내가 슬며시 집으로 들어가려는 순간 돼지우리 쪽에서 사람이 기웃거리고 있는 것이 보였다. 이웃집 할머니였다. 깨끗하고 하얀 옷에 피가 낭자하게 묻어있었다. 옆집 할아버지에게 얻어맞을 때의 그 옷이 아니었다. 새 옷임에 틀림없었다.

난 뒤에서 이웃집 할머니가 손에 들고 있는 큰 가위와 조그마한 살덩이를 보았다. 안으로 급속하게 수축되어 있는 그 살덩이를 돼지에게 던져주는 것도 보았다. 돼지는 간만에 먹어보는 고기의 질감에 즐거운지 우는 소리가 우렁찼다. 난 그때까지 그것이 옆집 할아버지의 페니스인지 인식하지 못했다. 그것을 정확하게 인식한 것은 이웃집 할머니가 돼지우리 쪽에서 골목으로 나오며 나의 눈과 마주쳤을 때였다.

그녀는 나를 보며 희미하게 웃었다. 그 속에는 그녀의 힘들고 지친, 공허하게 지나간 삶이 온전히 녹아있는 것 같았다. 그녀는 나를 지나서 골목으로 나갈 때 나의 머리를 쓰다듬었다. 그녀 손의 촉감 속에는 따스함이 묻어났다. 페니스에서 나온 피가 말라서 엉겨 붙어 음험하고 괴기스러웠지만, 엄마의 손길에서와 같은 성질의 뭔가가 묻어나는 것을 느낄 수 있었다. 생존의 향기 같은 것이었다. 자신의 자리와 행복을 지키기 위해 안간힘을 쓰면서 배어나는 향기 같은 것이었다. 그래서 난 수척해 보이는 등을 보며 사라지는 이웃집 할머니가 더욱 마음이 쓰이고 애잔하게 다가오는지 모르겠다. 그녀 속에 엄마의 아픔과 고통이 고스란히 살아 숨 쉬고 있었기에.

누나는 용팔이의 육체를 얻고

 형이 현정에 이끌려 사라지자 영배는 나를 포섭했다. 영배 자신이 직접 나서지는 않았다. 용팔이라는 건달 친구를 내세워 나에게 다가왔다. 그는 힘깨나 쓰는 건달이었다. 신장은 적당했고 몸피도 적당했다. 다만 다른 아이들에 비해 유달리 상체가 발달해 있었다. 티를 입어도 근육이 발달한 어깨와 가슴이 팽팽한 긴장감을 불어넣을 정도였다. 그에 비하면 하체는 무난했고 안정감을 잃지 않을 정도였다. 그는 학교를 다니지 않아 콧수염을 기르고 다녔다. 담배 냄새를 풍기며 학생의 티를 벗어나려고 해도, 아직은 교복이 어울리고 책가방을 들고 다니는 모습이 어울리는 나이였다.
 그 용팔이가 내가 다니는 학교에 나타난 것이다. 3교시를 마칠 즈음에 큼직한 오토바이 소리를 요란하게 뿜어내며 운동장을 한 바퀴 돌고 있었다. 그러고는 제돌이가 누워있는 플라타너스 그늘 아래로 갔다. 그는 이미 제돌이를 알고 있는 모습이었다.
 제돌이가 누워서 일어나지 않자 그는 열쇠 꾸러미에 매달려 있는 제법 긴 손칼로 상처가 생기지 않을 정도로 쑤셔서 깨웠다. 제돌이는 간신히 눈을 뜨면서 인상을 찌푸리며 올려다보았다. 그러더니 재빠르게 몸을 일으켜 세웠다. 당황한 모습이 역력했다. 난 그 광경을 미루와 보고 있었다. 그들은 다소 흐릿한 모습으로 다가왔다. 그렇지만 제돌이의 평소 모습과 달라서 그가 겁을 먹고 있다는 것을 알 수 있었다. 그도 용팔이에게 호되게 당한 적이 있어보였다.

 난 그때까지 용팔이가 나를 기다리고 있었다는 것을 몰랐다. 이미 풍문으로 용팔이의 존재는 알고 있었다. 부풀리고 미화되어, 그렇게 나에게까지 왔을 때는 이미 한 나라를 좌지우지하는 영웅으로 다가와 있었다. 야당의 창당을 방해하는 그 용팔이의 위세와 엇비슷할 정도였다. 조직을 이끌고 쇠파이프를 휘두르며 용감무쌍하게 돌진하는 모습을 연상해도 하나도 이상할 것이 없었다.

 점심시간이 지날 즈음에 난 용팔이의 위세를 후광으로 받아들일 수가 있었다. 그가 당돌하게 교실로 들어와서 나를 찾는 것이었다. 그것도 겉모습과는 달리 친절하고 부드럽게 다가와서 머리를 쓰다듬고 기다리겠다고만 하고 밖으로 나갔다. 위풍당당하게 교무실을 거쳐서 나를 만나겠다고 온 것이다. 사촌 형이라는 명목상의 이유로 만났기에 난 이러나 저러나 그와 사촌이 된 것이다. 집에서 시집을 못간 고모가 바람을 피워서 낳은 자식이라곤 나이가 너무 많고 웃자라 있었다.

 그 이후 난 용팔이라는 후광을 얻은 것이다. 안경을 쓴 여선생도 나를 코나 흘리는 아이로 취급하지 않았다. 예전처럼 값싸고 지저분한 아이로 여기지 않았다. 아주 진지하고 성실한 몸가짐을 드러내는 것이었다. 친구들도 나를 반겼고 고학년들도 나를 경시하지 않았다. 더욱이 미루도 나에게 깊은 애정을 드러내는 것 같았다.

용팔이는 교문 앞에서 기다리고 있었다. 난 옆길로 새지 않고 그가 있는 쪽으로 책가방을 어깨에 메고 걸어갔다. 그는 제돌이와 함께 있었다. 제돌이는 낮잠을 자지 않고 그의 어깨를 주무르고 있었다. 처음 보는 이상한 광경이었다. 내가 가까이 가도 그는 눈을 감은 채 제돌이의 성실한 마사지에 온몸을 의탁하고 있었다. 하지만 제돌이는 그렇지 않았다. 나를 보자 얼굴이 붉게 달아오르는 것이었다. 애써 자신을 통제하고 있는 것 같았다. 하지만 그것이 언제까지인지 알 수가 없어 난 그와 일정한 거리를 두고 서있었다. 아직도 한낮은 강렬한 여름 햇살을 길게 드리우며 성질을 부렸다. 다혈질이었다. 가까이 하기에는 기세가 등등하고 난폭했다. 그래도 그 일정한 간격을 유지하는 것이 제돌이로부터 나를 지키는 일인 것을 알았기에 참고 있었다.

한참을 나는 그렇게 우두커니 서있었다. 앉아있는 용팔이를 응시하면서 그의 차분하게 가라앉은 숨결을 느낄 수 있었다. 그는 제돌이의 성실과 성의에 감사하는 흐뭇한 표정을 짓고 있었다. 플라타너스 그늘 아래서 가을을 즐기고 있는 것인지도 모른다. 10월을 향하는 가을의 그늘은 일정한 온도와 습도를 유지하는 곳이었다.

　난 기다릴 수밖에 없었다. 갑자기 그는 나의 우상처럼 다가왔기에 그가 깨어날 때까지 시립해서 기다리고 싶었다. 경외의 대상이지 경계의 대상으로 다가오지 않았다. 남영동의 수사관처럼 날카로운 눈매와 차가운 시선을 품고 있지도 않았다. 영철의 순진무구한 표정 속에서 이유 없이 다가오는 부드러운 신뢰 같은 것이 있었다. 아무래도 그것이 나의 경계의 문을 여는 열쇠인지도 모를 일이었다. 스스럼없이 다가와서 그 억세고 단단하고 견고한 적의와 증오의 문을 여는 열쇠 말이다.

　잠시 후 용팔이는 가늘게 눈을 떴다. 그러자 제돌이도 어깨를 주무르는 것을 멈췄다. 난 사람의 시선과 될 수 있으면 마주치지 않았다. 그 시선 속에 맺히는 입자 속의 성질을 대략은 알 수 있었기 때문이다. 때로는 시기와 질투를 불러들이어 음모 속으로 상대를 끌어들여 꼬집고 할퀴고 물고 밟았고, 그 속에서 빠져나오려고 발부둥치면 끈적거리는 액체를 분비하면서 사지를 결박하여 운신도 못하게 하는 것이었다. 그것으로 끝나지 않았다. 죽음의 낭떠러지 속으로 과감하게 밀어 넣어버리는 수도 있었다. 때로는 거침없는 분노의 화염을 여과 없이 뿜어내어 삶의 온기를 급작스럽게 빨아들이는 흡입력도 보였다. 하지만 그의 눈동자 속에서는

할머니 죽이기

그런 흉물스런 입자가 맺혀 있지 않았다. 은은하고 부드러운, 훈훈하고 따스했다.

용팔이는 나를 끌어당겨 안았다. 그러고는 일어나서 다짜고짜 오토바이에 태웠다. 순식간에 일어난 일이었다. 오토바이는 처음 타보는 것이라 무섭고 두려웠다. 그것보다도 타인이 나를 안은 것에 대한 육체적 반응이었다. 의외였다. 늘 경계의 눈총으로 상대를 밀쳐내며 안도의 한숨을 내쉬며 겨우 살아왔던 것이 나였다. 그러던 것이 다른 사람의 몸에 밀착해서 따스함을 느낀 것이다.

아직까지 난 가족을 깊숙이 안아본 적이 없었다. 형도 그랬고 미친개도 그랬다. 누나도 그랬고 고모도 그랬다. 난 그들의 따스한 체취를 느낀 적이 없었다. 그것이 가족의 온정을 느낄 수 있는 진솔한 모습일 것이다. 그래서 그런지 난 그 진솔한 모습이 어떤 윤곽으로 드러나는지 알 수 없었다.

난 이제야 안 것이지만 엄마의 윤곽도 제대로 알 수 없었다. 예전에 안아보긴 해도 먼 기억처럼 희미하게 떠오르고 있었다. 그것이 엄마에게서 흘러나온 것인지 또 다른 이미지의 파생인지 명확하게 말할 수는 없었다. 만질 수도 없는, 가까이 갈 수도 없는 그런 것이었다. 학교에서 아이들이 자신의 엄마에 대한 얘기를 진지하게 하면 난 그저 수긍하는 표정만 지을 뿐이었다. 내 차례가 되면, 난 그런 엄마의 흐뭇한 모습을 상상하면서 얘기할 것이 별로 없었다. 어쩌면 그것이 내 삶의 낭패인 것이다.

하지만 용팔이는 나에게 따스한 체취를 안겼다. 그리고 한 번도 타보지 못한 오토바이를 타고 운동장을 몇 바퀴 돌았다. 난 용팔이의 허리를 부여잡고 간신이 버티고 있었다. 스릴이 넘치는 무서움이었다. 시원했다. 머플러의 거친 소음이 나의 관념 속에 매달려 있는 깐깐한 의식을 충동질해서 내몰아버리는 것이었다. 일순간 청명한 하늘을 볼 수 있었던 것이다. 태풍이 거칠게 다가와서 지저분한 찌꺼기를 말끔히 씻어내듯이.

그리고 그는 운동장을 빠져나갔다. 제돌이는 이상하고 우스운 표정을 지으며 오토바이를 따라 뛰었다. 난 고개를 돌려 그가 따라오는 것을 지켜봤다. 뒤뚱거리며 한참을 뛰고 걸으며 반복하다가 나의 시선에서 사라졌다. 난 그가 사라지는 흐릿한 모습 속에서 그도 오토바이를 타고 싶은 마음이 있었다는 것을 느꼈다. 그 아쉬움 때문에 따라오다가 멈춰서 돌멩이를 날린 것인지도 모른다.

용팔이는 거칠게 오토바이를 몰았다. 집으로 가는 길이 아니라 그 반대로 향했다. 난 비포장도로 위에서 세상이 빠르게 움직이는 것이 신기했다. 사실은 내가 움직이는 것이었고 그렇게 보이지는 않았다. 아무튼 울퉁불퉁 요동을 쳐도 움직이는 것이 좋았다. 늘 고립되고 침체되어 있는 따분하고 고루한 일상적인 삶 속에서 벗어나고 싶었는데, 어리고 유약한 나의 삶의 방식으로는 되지 않았던 것이다. 일시적으로 용팔이가 그것을 해줬다.

그는 나를 태우고 마음껏 달렸다. 흙바닥이 물러 내려앉는 곳은 피하고 뾰족하게 불거진 돌들도 피하며 달리고 달렸다. 엔진 소음이 주위의 시선을 아랑곳하지 않고 나아갔다. 더욱이 길가에 초라하게 우두커니 서있는 사람들의 흥미롭고 따가운 시선들을 강하게 밀쳐내면서 말이다. 난 순화되지 않은 거칠고 억센 소리가 나의 마음을 안정시키는 것을 느꼈다. 이상한 일이었다. 평소에는 할머니의 고함소리만 들어도 가슴이 울렁거리고 초조하고 불안했다. 엔진 소음과 내밀한 심적 동요와 격한 충동이 서로 어울릴 수 있는 몇 가닥의 선이 이어진 것 같았다. 아무래도 공명이 이런 것인지도 모른다. 완연히 다른 세계에 놓인 엉뚱한 개체들이 공간에 점을 찍고 선을 그어 만나는 곳과 같은 이치였다.

난 용팔이의 허리를 부여잡고 있던 손을 놓고 하늘 높이 뻗었다. 뭔가 잡고 싶어 뻗은 것이 아니었다. 홀로 자유롭고 싶었다. 차츰 웅크리고 있던 밍근한 의식은 그 뭔가를 채우기 위해 움직였다. 그 의식의 외로운 행보가 거친 엔진 소음을 타고 나아가는 것을 느낄 수 있었다. 길가에 고단하게 피어 있는 코스모스 무리 속에서 맴돌다가 그 이웃에 강럴한 햇살을 자연스레 받고 있는 해바라기의 환한 미소에 잠시 머물렀다. 햇살이 매서운지 덩치가 우람한 느티나무 속으로 숨어들어 깊은 그늘에 다소 안정감을 찾고서, 또 멀찌감치 떨어진 야산으로 쏜살같이 움직였다. 그곳에서 탐스럽게 익어가는 밤송이의 알찬 충일함을 느끼며 한참을 바라보고 있다가 들녘으로 눈을 돌렸다. 들녘에는 누렇게 여물어가는 벼가 일정한 리듬을 타고 바람에 일렁거렸다. 그 안온한 곳에서 메뚜기가 짝짓기에 한창이고 참새들도 요란하게 움직이며 차오르는 알맹이를 훔치느라 여념이 없었다. 그 길목에 호랑거미가 그물을 쳐놓고 먹잇감을 기다리고 있었다. 참새는 알아서 부수고 피하지만 메뚜기는 그렇지 못했다. 그 근처에서 비행을 하다가 보이지 않는 그물에 붙잡히는 여름좀잠자리도 마찬가지였다. 그들은 거미의 희생양이었다.

때마침 여름좀잠자리가 자유로이 날다가 거미줄에 걸리는 것이었다. 끈끈하고 촘촘한, 섬세하고 비정한 냉기가 흐르는 거미줄이었다. 생존의 비명과 절박한 발버둥으로 가까이 질서 있게 늘어선 또 다른 거미줄을 불러들이는 것이었다. 거미집은 늘 미세한 움직임에도 서로가 서로를 도울 준비를 하고 있었던 것이다. 그곳에 한눈을 팔다가 여름좀잠자리가 걸러든 것이었다. 그곳은 끈끈하고 질퍽한 늪과 같아서 서서히 힘을 빼앗아버리는 것을 아직도 모르고 있는 것이다. 그곳에서 의식은 멈춰서 한없이 내려다보며 흐느꼈다. 거미줄에 사지가 결박된 채 죽음을 기다리는 여름좀잠자리를 보며 엄마의 얼굴이 거미줄에 맺히는 것이다. 공포에 내몰린 채 말이다.

오토바이는 귀신이 출몰한다는 지점까지 빠르게 달렸다. 기괴하고 음습했다. 길가로 낭떠러지가 길게 늘어서 함께 나아갔고, 그곳은 아득하고 깊었다. 난 그곳으로 시선을 보내면서 움직이는 오토바이를 간신히 부여잡았다. 그래서 주위의 소나무며 지나가는 경운기며 간혹 보이는 코란도도 꼼꼼히 볼 수 있었다. 자동차는 투박한 몸체와 큰 바퀴가 인상적이었다. 어쩌면 미루의 아버지인지도 모른다는 생각이 들었다. 풍문으로 그녀의 아버지가 몇 십 명의 직원을 둔 탄탄한 기업을 운영한다는 것을 들었기 때문이었다. 내가 그녀에게 관심을 가지면 그녀의 주위에 서성거리는 환경의 낱알들이 천천히 모여드는 것을 느낄 수 있었다.

용팔이는 경사가 완만하게 나아가는 끝 지점과 급하게 아래로 쏟아지는 시작 지점에서 오토바이를 세웠다. 그곳에는 사람들이 쉬어갈 수 있는 너럭바위가 서너 개 있었다. 그리고 햇살을 가릴 수 있는 아름드리 소나무가 몇 그루 있었다. 높이 뻗어서 나아갔고 옆으로 휘어서 나아갔다. 제가끔 나아가고 휘기를 반복적으로 행하며 성장하고 있었다. 멀리서 보면 시적으로 아늑하게 보이는, 연하장에도 나오는 그런 그림이 되는 것이다. 까치가 두어 마리 날아들고 하얀 눈이 잎에 맺히면 금상첨화인 것이다.

용팔이는 오토바이 엔진을 끄고 나를 그 너럭바위 위에 올려놓았다. 갑자기 정적이 감돌았다. 시간의 흐름이 멈춰 있는 단순한 영역 속에 놓인 것 같았다. 그곳에 들어서자 늘 내면적으로 들끓고 있던 삶의 지저분한 상념과 반복적인 절망이 일순간 멈춰지는 것을 느낄 수 있었다. 머리 위에서 아무렇게나 뻗고 휘고 조여드는 소나무 가지들이 차단했는지, 가늘고 긴 잎에서 풍기는 단순하고 향긋한 향기가 그런 잡스런 상념과 절망을 얼씬도 못하게 했는지는 명확하게 알 수는 없는 일이었다. 아무튼 간만에 다가오는 편안한 내적 휴식이었다. 할머니도 미친개도 엄마도 잠시 잊을 수 있었다.

용팔이와 난 낭떠러지 아래로 시선을 떨군 채 침묵하고 있었다. 난 그 아래로 비스듬하게 난 좁은 협로로 눈길이 갔다. 그 아래 아득한 곳에 사람들이 생각하는 지옥이 존재할 것 같은 생각이 문득 들었다. 사람들을 죽인 살인자들과 처녀들을 강간한 난봉꾼들, 간사한 헛바닥으로 이웃을 이간질하는 아낙들과 객사한 술주정뱅이들, 그리고 남영동 음침한 곳에서 박종철을 잔혹하게 폭행하고 물고문과 전기고문을 자행한 수사관들과 수뇌부들, 숭고하고 여린 유관순 그녀를 누르고 밟고 질식시키고 더 나아가 여성성의 상징인

젖가슴과 음부를 벌겋게 달아오른 인두로 억세게 눌러 으깨어 치욕과 고통을 선사한 일본 순사들, 어쩌면 형을 꼬드겨 달아난 현정이도 죽으면 저 아래서 업화의 고통 속에서 괴로워 할지-아버지와 아들을 동시에 취한 죄로 인하여.

 용팔이는 무뚝뚝하고 투박하게 보였고 말수도 별로 없었다. 청자켓을 입고 있어 가을이 제법 어울리는 사내였다. 두려움도 없어 보였고 절망도 없어 보였다. 더욱이 패기가 넘치고 삶의 구렁텅이에서 허우적거릴 것 같지 않았다. 사물을 의연한 자세로 받아들이고 적당한 거리에 두어서 관리할 것 같았다. 그는 삶의 어려운 매 순간마다 자신의 투지와 의지로 나아가서 매듭을 지을 것 같았다. 겉으로 드러났다. 그래서 난 처음 보는 그를 여기까지 따라온 것인지도.

 용팔이는 담배를 하나 꺼내 물었다. 호주머니에서 지퍼라이터를 꺼내자 표면에서 유난히 빛이 났다. 아끼는 물건인 것 같았다. 해골과 해적선이 양각으로 새겨져 있었다. 뚜껑을 열어 오른손으로 돌을 튀기자 한 번에 심지로 옮기지 못했다. 불꽃은 가늘고 길게 뻗어나가서 소멸했다. 한 번 더 돌을 튀기자 그제야 불이 붙었다.

 라이터불은 담배로 이어져서 꺼졌다. 자신의 소명을 다한 것이다. 심지는 의기를 잃지 않으며 또 다시 파란 하늘을 기다리며 끝없이 이어지는 칠흑과 적막을 맞이할 것이다. 반복적인 그 삶을 어쩌면 자신의 것으로 받아들이고 익숙한 나날을 보내고 있을 것 같았다. 아니다. 그것은 삶의 피상일 뿐이다. 정작 자신은 어둠의 긴 공포에 자지러지고 아파하고 힘들어 할 것이다. 애써 겉으로 표현하지 못하는 것뿐일 것이다. 잠깐 펼쳐지는 파란 하늘을 보고 그것으로 위안을 가지며 나아갈 것이다. 그것이 심지의 숙명적인 삶인지도 모른다. 외부의 변화가 자신의 심지를 밝힐 수 있는 그런 삶 말이다. 그 심지가 나의 삶과 닮아있었다.

 용팔이는 담배연기를 뿜으며 지퍼라이터의 표면에 도톰하게 새겨져 있는 해골과 해적선을 손가락으로 만지작거렸다. 차분하고 침착해 보였다. 일상적인 몸의 행동이었다. 의식도 개입하지 않고 대의명분도 없는 단순하면서도 명료한 행동 말이다.

 난 또다시 낭떠러지로 시선을 돌렸다. 그 어둡고 깊은 곳에서 기괴한 소리가 들리는 것 같았다. 사람들이 많이 죽었기에 그런 것인지도 모른다. 그때 까마귀 한 마리가 소나무 가지에 날아들었다. 그러자 이상하게도 그곳 깊은 곳에서 음산하고 서늘한 바람이 불어왔다. 온몸에 소름이 돋았다. 난 의연해지려고 미소를 머금고 용팔이를 올려다봤다. 그는 여전히 담배를 물고 하얀 연기를 내뿜고 있었다. 그는 아무렇지도 않은 것 같았다.

 까마귀가 울지는 않았다. 그런데도 한 마리씩 모이는 것이었다. 그들만의 통신으로 멀리서 불러들이는 것 같았다.

최초에 날아든 까마귀 주위를 둘러싸고 있었다. 그 까마귀가 우두머리인 것 같았다.

그 까마귀가 흩어진 무리를 끌어모으는 재주가 있어 보였다. 어느새 자신의 모습을 가릴 정도로 많은 까마귀들이 일정한 가지 위에서 나열해 있었다. 조선시대 임금 아래서 서열에 따라 머리를 조아리며 서있는 모습과 엇비슷했다. 하지만 그 많은 까마귀들이 있어도 울음을 토해내지 않았다. 조용했다. 오히려 그것이 더 주위를 싸늘하고 차갑게 만들었다. 소나무 가지가 보이지 않을 정도로 빈틈없이 들어차 있어도 정돈되어 있었다. 무리들은 규율이 엄격해 보였다. 까마귀들은 울지 않았다.

"까마귀들이 죽음의 냄새를 맡은 거야. 어서 가자. 집에 데려다 줄게."

용팔이는 일어나면서 나를 일으켰다. 그러고는 나를 자신의 오토바이 위에 앉히더니 쏜살같이 나아갔다. 되돌아가는 길은 지나온 길보다 훨씬 수월해 보였다. 이미 기억 속에 존재하는 길이기에 그런 것 같았다. 한 번 가본 길에 대한 익숙함도 없지 않았다. 용팔이의 운전 솜씨는 거칠었지만 무난했다. 그는 숙련된 몸을 움직이며 나아갔고 꺾었다. 어느새 학교를 지나고 유전교를 지나서 마을이 보이는 곳까지 닿았다. 난 그제야 까마귀 무리에서 받은 불길한 느낌을 떨쳐버릴 수가 있었다. 하지만 용팔이가 한 말이 뇌리를 떠나지 않았다.

'까마귀들이 죽음의 냄새를 맡은 거야'

다음날에도 용팔이는 거의 수업이 끝날 즈음에 학교에 나타났다. 그는 나의 시간표를 알고 자신의 일정을 맞추고 있는 것 같았다. 영배에게서 많은 일당을 받고 나에게 전심전력을 다 하는 것인지도 모른다. 어제도 자신의 열쇠 꾸러미에 달려 있는 손칼을 나에게 주었다. 난 처음 사람에게서 받아보는 선물이었다. 그 선물이 내가 평소에 가지고 싶었던 것이었다. 그 손칼을 처음 봤을 때 난 내심 그것을 갖고 싶은 눈초리로 유심히 들여다봤다. 틈이 있을 때마다 너럭바위 위에 부려져있던 열쇠 꾸러미를 내려다봤다. 아무래도 용팔이가 눈치가 빨라서 알아서 나에게 선사한 것인지도 모른다. 건달들은 상황을 빨리 파악하는 더듬이를 가지고 있었기에.

난 교실에서 호주머니에 있는 손칼을 만지작거렸다. 장인이 직접 만든 칼이라서 그런지 날이 날카롭고 끝이 뾰족했다. 칼집에 들어가 있어 섬뜩한 마음은 들지 않았어도 칼집에서 화려한 외출을 하면 자체로 빛을 뿜고 뱉었다. 칼 중앙에 장인의 이니셜이 뚜렷하게 아로새겨져 있었다. 와인색 바탕에 검은색 이니셜이었다.

난 그 손칼을 내 분신처럼 가지고 다녔다. 나를 지켜줄 것 같은 믿음도 없지 않았다. 무공을 배우는 제자가 사부에게 물려받은 장검처럼 나에겐 귀하고 소중한 것이었다. 어느덧 용팔이가 나의 사부의 자리에까지 차지하고 있었던 것이다. 더욱이 그의 거칠고 투박한 풍문으로 인하여 나를 얕잡아보는 사람은 없었다.

난 교실에서 용팔이를 내려다봤다. 내 곁에는 한 무리의 아이들이 어슬렁거렸다. 난 그들에게 용팔이가 선물한 것이라 말하며 손칼을 내보였다. 모두들 그것을 만져보고 싶어 혈안이 되었다. 그들 중에 형이 현정이와 야반도주한 것으로 나를 놀리던 아이들도 있었다. 용팔이의 등장과 손칼의 날카로움에 그들은 이미 죄송한 표정을 온몸으로 표시하고 있었다.

그래도 난 교만하거나 우쭐거리지 않았다. 하지만 억눌린 감정이 활개를 펴며 나아가는 것은 어쩔 수 없었다. 기림을 받는 것이 이런 것인지 처음 느꼈다. 아이들의 눈빛부터 달랐고 그들이 부드러운 말로 다가오는 것이 어딘지 어색했다. 난 들떠 있는 나 자신을 바라볼 수 있었고, 그럼에도 과격한 행동으로는 옮기지는 않았다. 미루도 의연한 행동을 보고 나를 대견하게 생각하는 것 같았다. 싫지는 않았다.

용팔이는 운동장에서 나를 기다리고 있었다. 오늘은 제돌이가 곁에 없었다. 한번씩 제돌이가 운동장에서 자취를 감추면 운동장은 우두머리를 잃은 양떼 같았다. 질서가 잡히지 않아 보였고 넓은 운동장이 휑하게 보였다. 운동장 주위로 형성된 화단에서 자라는 측백나무와 목련도 다소 우울해 보였다. 군데군데 있는 단풍나무 잎사귀는 이미 가을을 깊이 담고 있어 그런지 햇살을 받아도 더욱 애잔하게 보였다. 더더욱 학교 울타리를 따라 일정한 간격으로 길게 늘어선 플라타너스 잎사귀는 더욱 초라했다. 여름의 풋풋한 열정은 간곳이 없고 늙은이의 손등을 보는 것처럼 주름지고 온기를 느낄 수 없었던 것이다. 제돌이의 부재와 함께 다가온 현상이었다.

오늘도 용팔이는 자신의 오토바이 뒷좌석에 나를 태웠다. 그러고는 운동장을 몇 바퀴 돌고 교문 밖을 나섰다. 그러고는 어제와 같은 길을 가다가 샛길로 빠졌다. 어느새 하금천을 따라 이어지는 농로였다. 콘크리트 포장이 되어 있지 않아 돌들이 제각각 비집어 나오고 지나치게 돌출되어 있어 피하며 타고 넘느라 많이 울렁거렸다. 작은 배가 파도를 타고 넘는 것과 다르지 않았다.

오토바이는 과수원 입구에 이르렀다. 큼직한 복숭아와 자두는 이미 나뭇가지에서 사라진지 오래되었고 개복숭아나무가 몇 그루 있었다. 과수원 울타리 밖에서 자라고 있었다. 전지가 되어 있지 않은 나뭇가지가 난잡했다. 울타리 안에서 곱게 자란 가지런한 복숭아나무와 때깔이 달라보였고 어수선하고 절제되지 않는 거친 모습이었다.

용팔이는 개복숭아 열매를 몇 개 따주었다. 크기는 호두처럼 작고 붉게 익어서 과육이 갈라졌어도 달았다. 예전에도 할머니를 따라 소를 방목한 곳에서 따먹었던 기억이 났다. 그때 가을의 맑고 따가운 햇살을 덜 받아서 그런지 시고 텁텁했다. 지금은 아니었다. 큼직한 울타리 안의 복숭아보다 달고 깊은 맛이 났다. 거친 야생의 원초적인 맛이었다.

내가 책가방을 열어 개복숭아를 하나씩 따 넣고 있을 때 용팔이가 비닐봉지를 하나 건넸다. 열매를 따기 위해 이미 준비해온 것 같았다. 그러고는 자신도 비닐봉지 안에 먹을 만큼만 따고 근처에 있는 밤나무 아래로 향했다. 밤송이가 알아서 많이 떨어져 있었다. 알맹이는 떨어지면서 충격으로 산산이 흩어져 있었다. 같은 몸을 기대며 성장하고 성숙한 형제들의 이별이 너무나 갑작스럽고 잔인하다는 생각이 들었다. 뿌리에서 줄기로 이어지는 통로로 자양분을 골고루 섭취해서 점부터 시작한 삶의 지속성이 탐스럽고 윤기가 나는 열매로써 드러나는 것이었다. 하지만 밤송이에서 분가한 열매는 나무에서 저절로 떨어졌기에 자연스러운 것이고 새로움을 가득 담고 있었던 것이다. 성체가 되어 내일의 삶을 자신이 개척하고, 더 나아가서는 사회를 윤택하게 하는 일꾼이 될 수도 있을 것이다. 그렇지만 현정이를 따라나선 형은 자신의 호구도 책임지지 못하는 게으르고 무책임한 아이일 뿐이었다.

용팔이는 밤을 주워서 나의 가방에 넣어주었다. 내가 딴 개복숭아도 한 봉지 넣자 어깨를 강하게 짓눌렀다. 그래도 난 가방 안에 있는 것을 꺼내지 않았다. 억지로 걸었다. 용팔이는 내가 낑낑거리며 힘들어 하는 모습을 재미있어 했다. 용팔이는 다시 나를 안아서 오토바이에 태웠다. 그러곤 곧장 나아갔다. 들녘은 오래 전에 주문한 풍성한 열매를 포장하느라 여념이 없었다. 대체로 곱고 누렇게 물든 포장지로 입히고 있었다. 바람이 가늘게 불면 이국적인 소녀들의 짧은 머리칼이 떠올랐다.

오늘은 곧장 집 쪽으로 향했다. 휘고 꼬인 길을 능숙하게 운전했다. 야산을 절개해서 만든 경사진 길을 오르면 마을 입구였다. 어제는 그곳까지 태워주고 갔다. 하지만 오늘은 동네 안으로 깊이 들어가서 내려주었다. 그리고 누나에게 주라며 곱게 포장된 선물을 건네고, 내리막길을 쏜살같이 나아가며 사라졌다.

재빨리 난 집으로 향했다. 엄마에게 밤이며 개복숭아를 보여주기 위함이었다. 유난히 과일을 좋아하는 엄마가 떠올랐다. 난 경사진 도로를 걷다가 멈춰서 멀리 사라져간 용팔이의 흔적을 눈으로 더듬었다. 흔적은 없고 도로는 비어 있었다. 하지만 용팔이의 오토바이 엔진소리는 메아리가 되어 다가와서 머물렀다. 그러다가 소멸하고 또 다가와서 소멸하는 것 같았다. 난 그런 오토바이 엔진소리가 다가와서 소멸하는 도로를 뒤로하고 해맑은 미소를 지어보이며 집으로 뛰었다.

내가 선물을 전달하자 누나는 사랑방으로 들어가 혼자 확인하고 혼자 편지를 읽었다. 나 또한 궁금해서 누나가 변소에 간 사이 사랑방에 몰래 숨어들어 책상 위에 선물과 함께 널브러진 편지를 찾았다. 호기심에 가까운 행동이었다. 찢어진 포장지 사이로 검은색 머플러가 널브러져 있었다. 그 위에 편지가 있었다. 분홍색 편지 봉투는 책상 구석에 아무렇게나 던져져 있었다. 내용은 대충 이러했다.

매순간, 당신의 피부의 부드러움을 느끼고 있어요. 그때를 생각하면 가슴이 치밀어 오르고 몸이 달아올라 일상적인 삶이 무의미해 버리기 일쑤입니다. 손수 애타는 갈증을 희석시키고는 있지만, 당신의 손길을 바라고 있고 더 나아가 당신의 입술을 느끼고 싶어요. 남성의 성은 돌출하고 있어 언제나 나아가려는 욕구를 품고 있소. 그 날개를 달아주는 것은 언제나 여성인 것이오. 김지은 당신이 그것을 해주시오. 늘 해방을 꿈꾸고 일상의 관습과 도덕적 가치가 나의 사지를 옭아매고 있다는 것을 당신도 알고 있지 않아요. 당신이면 그것을 풀 수 있을 것이오. 남녀 간의 사랑의 궁극은 섹스인 것이오. 주고받고 나아가고 펼치며, 누르고 꼬집고 핥고 빨며 쑤시고 사정하는 것이 사랑의 본질이오. 거추장스러운 미사어구는 인간이 만든 핑계일 뿐입니다. 만나서 각자 그것을 확인해 봅시다. 사랑은 확인인 것이오. 정신적인 확인도 중요하고, 혈기 충천한 젊은이에게는 육체적인 확인이 더 중요한 것이오. 정신이 고매하고 영롱한 입자를 가지고 삶의 지대한 영향을 미치는 것은 인정하지 않을 수 없는 것이오. 하지만 육체가 인정하지 않고는 한걸음도 더 나아갈 수 없는 것이오. 어쩌면 육체는 정신의 하수인이 아닐지 모릅니다. 동등하거나 월등할지 아무도 모르는 것이오. 저명한 학자들이 앞자리에 나가서 지껄이고는 있어도 다 믿을 수 없고 의미를 둘 필요는 없는 것이오.

　이젠 그만 하겠소. 아침 저녁으로 가을이 유난히 변덕스럽습니다. 그건 다가오는 차디찬 겨울이 두려워서 그럴 것이오. 조만간에 봅시다.

　영배 올림.

난 누나가 사랑방에 들어오기 전에 아랫목에 있는 얇은 이불을 덮고 있었다. 곧이어 누나는 사랑방으로 들어와서 걸상에 앉더니 포장지에 싸인 머플러를 꺼내었다. 난 실눈으로 누나의 뒤태를 보았다. 가끔씩 옆모습도 보았다. 누나는 시시덕거리며 머플러를 목에 두르고 냄새도 맡아보고 높이 들어 색감도 들여다보았다. 더욱이 손등으로 천의 촉감을 느끼고 있었다. 고급인지 싸구려인지 판별하는 것 같았다. 한참을 정성을 들여 느끼는가 싶더니 해맑은 웃음으로 주위를 밝히는 것이었다. 마지막으로 머플러 끄트머리에 붙은 상표를 재확인하는 것으로 수색 정찰은 그만했다. 그러더니 자신의 가치를 인정받은 표정을 여실히 드러내는 것이었다. 들뜬 감정의 분화가 누나 몸피에서 찬찬히 빛을 뿜는 것이었다.

누나는 내가 사랑의 메신저로서 최선을 다한 것에 대한 보상으로 사랑방에 잠시 머물게 한 것이다. 언제 또 변덕으로 나를 내쫓을지는 알 수 없는 일이었다. 누나는 알면 알수록 이상한 구석이 많은 여자였다. 머리는 영리하고 얼굴은 예쁘긴 해도 도덕적 해이는 어쩔 수 없는 것 같았다. 그녀의 주특기는 예쁜 얼굴로 남자를 홀리는 데 있었다. 사내가 잘나고 못나고 중요한 것이 아니라 그의 집에 돈이 많고 적음에 달려 있었다. 영배도 그 연장선이었다. 읍에서 알아주는 현금 부자로 소문이 나고 자신이 원하는 것을 사 줄 수 있기 때문에 곁에 두는 것이었다. 난전에서 파는 그 흔한 물건들은 쳐다보지도 않았다. 머플러 상표를 만지작거리며 기뻐하는 모습이 꼴불견이었다. 그 나이 또래의 신선함과 풋풋함은 없었다. 잇속과 눈속임이 난무하는 장사치의 값진 상술만 존재했다.

누나가 쉽게 몸을 허락하는 기준이 있는 것 같았다. 우선 영배가 그 기준에 들어서 쾌락을 나누어준 것이었다. 그 기준에 들어오지 않으면 눈을 야멸차게 뜨고 고고한 자세로 차디찬 냉소만 보낼 뿐이었다. 난 곁에서 늘 지켜봐서 느낄 수 있었고 알 수 있었다. 오늘도 자신에게 이득이 되기 때문에 사랑방에서 내가 누워 있어도 아무런 꼬투리를 잡지 않고 있었던 것이다. 그러면 나 또한 오늘은 그녀의 기준에 들었기에 머물 수 있는 것이 된다.

난 누나가 살아가는 복잡한 회로도가 늘 궁금했다. 도화지에 그려놓고 바람벽에 붙여놓고 꼼꼼히 살피고 싶을 때가 한두 번이 아니었다. 어쩔 때는 반듯한 것 같고 또 어떨때는 불결하고 지저분한 것 같기도 했다. 선으로 연결되어 있기는 해도 흐릿하고 모호하기에, 그래서 늘 은유를 품고 있는지도 모르겠다. 그것이 사내에게 매력이 되고 한번 취하고 싶은 욕구를 발산하는지도.

어쨌든 그녀는 사내를 사로잡는 매력이 있었다. 그것은 자신만이 뿜을 수 있는 고유한 호르몬이 있었기에 가능한 것 같았다. 예쁘고 정갈한 몸가짐을 겉으로 내보이며 끌어당겨서 할 수 있는 일도 한계가 있는 것이다. 영배 이전에도 많았기에 그러는 것이다. 어쩌면 형의 가출이 잘난 누나 때문에 자신의 모습이 번거롭고 거추장스러워서 그런 행동으로 옮겼는지도 알 수 없는 것이다. 속으로 혼자 끙끙거리다가 현정이 다가오자 자신의 내적 초라한 모습을 보이며 위안을 받고자 한 것인지도 모를 일이다. 현정도 술 냄새가 풍기는 미친개보다는 형의 싱싱한 육체가 더욱 옹골차게 다가와 있었던 것이리라. 그래서 아버지와 아들을 동시에 취한 것인지도.

누나의 변덕스러움은 오래가지 않았다. 사춘기 때의 변화무쌍한 모습을 보는 것 같았다. 어쩌면 그녀는 평생 사춘기인지 모른다. 늘 몸의 변화에 민감하게 받아들이고 외부적으로 발산했다. 그것이 엄마에게 투정을 부릴 때도 있었고 가출한 형에게는 꼬투리를 잡아 시비를 걸었던 때도 있었다. 때때로 고모에게도 강하게 저항을 했다. 할머니는 그런 누나를 지켜만 보았다. 자신도 그런 때의 삶의 과정을 겪어서 아는 것 같기도 했다. 아니면 그것이 귀찮은 것인지도.

누나는 갑자기 일어나서 머리 위까지 덮고 있던 이불을 강하게 잡아당겼다. 혼자 있고 싶다며 나가라는 말과 함께 한 행동이었다. 난 누나가 당긴 이불 끝자락을 잡고 강하게 끌어당겨보았지만 너무 완강했다. 그래도 난 일어나기 싫어서 옆으로 누워 누나의 시선을 피했다. 누나는 지체할 수 없는 뭔가가 있는 것 같았다. 그래서 그런지 나의 왼쪽 발목을 잡아서 문 쪽으로 끌어내었다. 난 누나가 끌어다 놓은 자세 그대로 한참을 있었다. 그러자 누나는 더 참을 수 없다는 표정으로 사랑문을 밀치고 나를 끌어내었다.

난 끌려나온 그 자세로 한참 있었다. 비스듬히 누워 있는 엉거주춤한 자세였다. 난 그 자세로 마당에서 수증기를 뿜어내는 거름 더미가 없어졌다는 것을 이제야 알았다. 생경했다. 짚과 가축의 배설물이 믹스되어 새로운 것으로 변하고 성숙하는 과정에서 수증기를 내뿜었다. 질퍽질퍽한 상태로 멈춰버리면 자양분이 풍부한 거름으로 나아가지 못하고 물러 내려앉는 것이다. 멈춰버리면 도태해버려 온전한 모습으로 오래 유지할 수 없는 것이다. 그래서 생존의 선택으로 고통을 감내하며 나아가는 것 같았다. 그 힘듦의 증거가 수증기인 것 같았다. 안개처럼 하얗게 피어올라 어느새 푸른 하늘 속으로 스며들어 사라지지만 안개는 아니었다. 뜨거운 열기를 뿜은 채 생기를 담고 있는 것이 안개와 상이했다.

  그때 사랑방 깊숙한 곳에서 이상한 소리가 창호지를 뚫고 찬찬히 다가왔다. 난 몸을 곧추세워 가늘게 다가오는 말랑말랑하고 질퍽한 소리의 진원지로 시선을 돌렸다. 내가 누워있던 아랫목에 누나가 누워 있었다. 그녀는 반쯤 이불을 덮고 오른손을 자신의 은밀한 깊은 곳에 뻗어 천천히 움직이는 것이었다. 자위를 했다. 달달한 욕망으로 나아가는 과정인 것 같았다. 자위는 그녀의 고유한 영역 속에서 이루어지는 삶의 가장 순수한 행위인 것 같았다. 행함과 함께 쏟아지는 신음소리가 가지런하고 정갈하게 다가오기에 그렇다. 가식과 허식은 보이지 않았다. 순수한 행위만이 그녀의 몸피에서 맴돌았다.

난 창호지 구멍 사이로 들여다봐서 알 수 있었다. 그녀는 대상을 찾아 헤매는 하이에나는 아닌 것 같았다. 이미 구체적인 대상을 정하고 그것을 탐미하며 나아가고 있는 것 같았다. 초점이 어수선하지 않았기에. 그녀의 목을 감싸는 머플러가 그것을 대변하는 것 같았다.

그녀의 왼손은 성감대를 찾아 헤매다가 어느새 단단하게 부푼 유두를 집요하게 꼬집고 누르고 당겼다. 탄성이 이어졌다. 육체는 자지러지고 비틀고 일정한 리듬을 타고 있었다. 그 리듬 위에 누나는 자유를 만끽하는 것 같았다. 세상의 얽히고설킨 타래를 하나씩 풀고 있는 것 같기도 했다. 그러다가 그녀는 한 지점에 머물러 반복적인 동작으로 일관했다. 자신에게 가장 기쁨을 주는 곳 같았다. 어린 소녀가 깊은 우물 속에서 두레박을 끌어올리는 모습 같기도 했다. 그 소녀가 팽팽한 끈을 놓지 않는 것도 누나와 닮아 있을 것이다. 그 두레박 속에 맑고 신선한 물이 담겨 나올 것이란 것을 이미 알고 있는 것이다. 그것이 말끔한 사정으로 이어지면 세상이 새롭게 다가온다는 것 또한 알고 있는 것 같았다.

누나는 격한 탄성과 함께 움직임을 멈췄다. 그러더니 육체가 늘어지고 그 속에서 달달한 꿀을 혀끝으로 빠는 것 같았다. 그녀는 눈을 감고 아득한 꿈속으로 침윤되어 더 가라앉을 때가 없을 정도로 한없이 가라앉는 것 같았다. 난 그때 그녀의 머리맡에서 수증기가 안개처럼 신비롭게 드리워진 것을 볼 수 있었다. 거름 더미에 올라오는 그 수증기와 닮아 있었다. 어쩌면 그것은 성장하고 성숙하기 위한 누나의 삶의 껍질인지도 모른다. 머무르지 않고 고여 있지 않으려는 누나의 삶의 고단한 노력인지도 모르는 것이다. 그것이 현상으로 드러나는 것 같았다. 난 의심스러워서 손바닥으로 눈을 닦은 후 다시 들여다봤다. 신묘한 수증기는 보이지 않았다. 착시였다.

다음날, 용팔이가 나에게 누나를 불러내어 달라고 했다. 난 누나에게 전하겠다고 했다. 용팔이는 해가 지고 날씨가 서늘할 때 동네 옆에 있는 느티나무 아래서 기다리겠다고 했다. 난 누나에게 전하고 누나의 움직임을 예의주시했다. 누나도 용팔이를 잘 알고 있는 것 같았다. 영배를 통해서 몇 번 같이 만난 것인지 정확히 알 수는 없었다. 하지만 용팔이 얘기를 꺼내자 다소 얼굴에 홍조가 드러나는 것을 느낄 수 있었다.

밤이 다가오자 집안이 어수선했다. 며칠이 지나자 할머니는 옆집 할아버지의 부재가 여실히 다가오는 것 같았다. 그렇다고 밥상은 던지지는 않았다. 짜증을 내며 다짜고짜 트집을 잡기는 했어도 평소의 거칠고 돌격적이며 광적인 행동은 보이지 않았다. 상실감에 자신도 어찌할 수 없는 상황에 놓인 것 같았다. 밥을 먹다가도 시선을 온전한 곳에 머무르게 할 수 없는 것 같았다. 된장국을 몇 숟가락 입속에 가져가는가 싶더니 한참을 멍하니 바라볼 뿐이었다. 삶의 치열한 열정은 볼 수 없고 무의미 속에서 은둔하는 것 같았다. 알게 모르게 할머니는 흐느끼는 것 같기도 했고 눈물을 흘리는 것 같기도 했다. 그러다가도 혼잣말로 시부렁거리다가도 한없이 암담한 침묵의 외진 곳으로 서서히 가라앉는 것 같았다.

할머니의 밥은 허물어지지 않았다. 옆집 할아버지의 부재 전에는 상상도 못할 일이었다. 늘 한 공기 가득 비우는 것으로 하루 일과를 시작했고 마쳤다. 그것이 할머니가 지향점으로 나아가는 과정인 것 같았다. 때때로 우악스럽고 때때로 게걸스럽게 보였다. 감기가 들고 몸이 아파도 할머니는 자신의 공기를 비우는 것으로 삶을 지탱해나가는 것 같았다. 그것이 자신을 지키는 일이라고 굳게 믿고 있는 것 같았다. 그러던 할머니가 공기에 담긴 밥이 그득하게 담겨 있는 것이다. 숟가락으로 몇 번 찔러보고만 것이다. 난 의아하게 망연히 할머니의 공기를 바라볼 뿐이었다. 엄마도 마찬가지였다. 그런 와중에 누나는 평소에 먹던 만큼 먹었다. 그녀는 때때로 'Let It Be'를 흥얼거렸다. 그녀 곁에 앉아 있던 고모는 고추장과 참기름을 가져오더니 무채에 비벼 먹었다. 맛깔스러운 소리를 내며 긴박하게 밀착해서 한 그릇 비우고 일찍 일어나는 것이었다. 그러고는 시집 못간 친구 집에 놀러간다고 했다.

　난 누나의 일거수일투족을 면밀하게 관찰하고 있었다. 누나는 다소 들떠 있는 것 같았다. 밥은 온전하게 비웠지만 평소와는 다른 행동을 하는 것이었다. 어딘지 부자연스럽고 어색했고 밥을 먹을 때도 표정의 변화가 심한 것 같았다. 매직 기간인 것 같았다. 몸의 변화는 그녀 자신이 충분히 알겠으나, 난 평소에 누나를 관찰한 자료를 바탕으로 예측할 뿐이었다. 그것도 아니면 영배와 해외 여행을 떠나는 생각을 한 것인지도 모른다. 백마를 타고 초원을 가르며 끝없이 펼쳐진 지평선을 향해서 달리다가 저녁참에는 하얀 수증기가 무럭무럭 피어오르는 야외 온천에 들어가 하루의 피로를 풀고, 그 속에서 갈구하는 섹스를 이어나갈 것이다. 평소 내숭 속에 숨겨둔 변태적인 섹스의 환상을 하나씩 풀어내어 왁자하게 빛나는 별빛의 표면에 새겨놓고 있는지도 모를 일이다.

　누나는 숭늉을 입 안 가득 머금고 사랑방으로 갔다. 짧은 외출을 위해서 짧은 화장을 하기 위함인 깃이다. 하지만 여자의 족속은 그 짧음이 간단하지 않은 것이다. 기초 화장 속에는 늘 색조가 은밀하게 들어가서 수수함과 세련미를 한껏 드러내는 것이었다. 누나도 여자이기에 예외는 아니었다.

　해가 저물고 밤이 무겁게 다가오자 서늘한 냉기를 뿜어내고 있었다. 9월의 끄트머리에서 10월로 옮겨가고 있는 중이었다. 그래서 그런지 밤의 기온이 더욱 떨어지고 차가웠다. 귀뚜라미의 울음소리도 조금씩 굵어지는 것 같았다. 알 수 없는 벌레들도 제각각의 울음소리로 가을의 정점으로 나아가고 있었기에 귀뚜라미도 그 속에서 자유로운 것 같았다. 추위가 오기 전에 해야 할 임무처럼 성실했다. 난 그 벌레들의 울음소리를 좋아했다. 그래서 평소에도 집에서 벗어나 들녘으로 나오곤 했다. 가로등도 없는 마을이라 밤은 어둠 깊은 곳으로 나아갔다. 이른 저녁이라고 하긴 짓누르는 어둠이 너무 가혹했다.

난 논에서 익어가는 나락의 견실함과 침착함을 보고 있을 때 갑자기 나타난 달의 모습에 당황했다. 보름달을 향해 질주하는 차오르는 달이라 다소 활기를 띠고 있어도 빈약했다. 막막한 어둠 속에서 어렴풋이 다가오는 불빛이라고 하긴 너무 밝았다. 먼 산 너머에서 조바심을 치며 기다리고 있었던 것이 분명했다. 먼저 하나씩 밤하늘에 박히는 별빛의 수군거림에 다소 긴장하고 있었고 그래서 서두르는 모습이 여실히 드러났다.

잠시 후, 다소 왜소한 달은 밝음을 머금고 환한 미소를 드러내었다. 조금 전에 초조하게 보채던 모습은 볼 수 없었다. 안정된 얼굴로 바쁘게 단장을 하고 비어있는 자신의 공간을 채우느라 여념이 없었다. 가혹한 노동으로 땀을 흘리지는 않았다. 시간의 흐름에 몸을 뉘이면 언젠가는 채워질 부피의 공간인 것을 알고 있는 것이다. 하지만 비어있음의 헛헛함은 어쩔 수 없는 것 같았다. 젊음과 열정으로만 나아가서 여윈 골격을 살과 근육으로 채워나간다는 것 자체가 무리인지도 모른다. 그래도 달은 성실하게 나아가고 있었다.

난 달빛을 받고 있던 들녘 사이로 천천히 걸었다. 청각을 열어놓고 눈을 감았다. 공룡이 세상을 지배할 때 사람들은 청각을 깊이 열어서 밤의 어둠 속에서도 생존할 수 있었던 것처럼 나 또한 그러고 싶었다. 그때의 사람들은 사냥을 위한 목적이었다면 난 부박한 일상을 차분하게 가라앉히고 흘려보내고자 함이었다. 어쩌면 그것이 더 어려운 것인지 모른다. 늘 톱날처럼 날카로운 이빨을 세워서 무의식 속에서 떠돌다가 한번씩 의식의 벽에 기대어 상처를 주고 떠나기에 말이다. 마치 아무런 일이 일어나지 않은 것처럼.

그렇게 한참 걷다가 난 불길한 생각이 갑자기 엄습하는 것을 느끼고 눈을 떴다. 한 발 앞 어둑한 땅바닥에서 강렬하게 쏘아붙이는 검은 눈빛을 볼 수 있었다. 순간 난 걸음을 멈추고 엉거주춤한 자세로 얼어버렸다. 독사였다. 어렴풋한 달빛에 흐릿하게 보였지만, 가을을 알차게 품어 독이 한없이 많을 것 같았다. 난 나아가려는 발을 재빠르게 거두어들이고 뒤돌아서 빠른 걸음으로 걸었다. 난 그제야 누나를 잊고 있었다는 것을 알았다. 그래서 느티나무가 있는 곳으로 향했다. 큰길로는 가지 않았다. 작고 외진 길로 가서 그들을 들여다보고 싶었다. 그것이 나의 일처럼 흥이 났다.

느티나무가 밤하늘에 큰 풍채를 드러내는 곳에서 난 멈춰섰다. 다소 긴장이 되어 발걸음이 자유롭지 않았다. 보무당당하게 나아갈 수 없다는 것이 이상한 일이었다. 밤의 무료함 속에서 새로움을 맞이하는 것이 이런 기분이란 것을 느꼈다.

난 느티나무의 거대한 몸피 안에서 어색한 에로티시즘이 흘러나오는 것을 느낄 수 있었다. 난 가까이 다가가서 보고 싶은 호기심을 억지로 참고 주위를 살폈다. 달이 우회하지 않고 직선을 추구하고 있어 벌써 비스듬히 느티나무 위에서 비추고 있었다. 산뜻하고 온화한 표정으로 누나와 용팔이의 모습을 내려다보는 것 같았다.

누나는 너럭바위에 앉아 있고 용팔이는 느티나무에 몸을 기대고 있었다. 어둑어둑한 어둠 속에서 그들은 거리를 좁히지 못하고 있는 것이다. 밝아오는 달빛이 그들의 시선에서 사라져 어느새 활기를 찾아 나아가고 있는 것이 오히려 그들에게는 한층 무거운 어둠속에 방치하는 것이 되었다. 촘촘한 느티나무의 잎사귀들이 달빛을 차단하고 있었기에. 그래서 더욱 그들의 사이에 어둠의 밀도가 끈끈하게 내려앉아 있었다.

누나가 비틀즈의 'Let It Be'를 흥얼거렸다. 그녀는 어색함과 초조함을 밀쳐내기 위해서 의도적으로 부르는 것 같았다. 밤공기가 더욱 서늘해지는 것도 한몫해 보였다. 그러면서 누나는 다소 두꺼운 외투의 깃을 세우고 몸을 움츠렸다. 그런 모습을 유심히 보고 있던 용팔이는 누나가 여지를 보이자 그곳으로 비집고 들었다.

"춥지 않아? 참, 밤이 아름답다. 너를 많이 닮은 것 같아. 곱고 맑고 청아한 것이 말이야!"

"그러게."

누나는 말수를 줄였다. 수줍음의 미소를 보이는 것도 잊지 않았다. 조신한 모습으로 여자의 환상을 드러내기 위함인 것 같았다. 몸에 밴 의도적인 모습 같았고 자신도 그것을 알고 있으면서 애써 모르는 척 부인하는 것 같기도 했다. 그 미끼를 무는 것은 늘 그런 여자의 상을 만들고 사는 남자였다. 용팔이가 그것을 물었다.

용팔이는 누나가 영배의 페니스를 애무한 것을 알고 있는 것 같았다. 사내들 사이에는 그것이 자신의 가치를 높이는 것이다. 더 나아가서 거짓으로 영배가 누나를 강하게 제압해서 은밀하고 깊숙한 그곳에 사정의 흔적을 남겼다고 늘어놓았을 것이다. 그러므로 자신이 우등하다는 것을 은연중에 드러내었을 것이다. 하지만 영배 자신이 통제되지 않아 갑자기 사정한 것은 얘기하지 않았을 것이다. 그것은 사내에게는 수치인 것이다.

　용팔이도 섹스놀이를 하고 싶었던 것이다. 영배가 보여준 누나의 증명사진을 보고 깊어지는 가을밤의 부피를 감당하지 못할 것 같아서 누나에게 다가온 것이다. 교복을 입은 예쁘고 단아한 모습도 중요하게 다가왔고, 더 진솔하게 다가온 것은 섹스의 즐거움인 것이다. 누나의 가녀린 손의 터치와 섬세한 혀의 부드러움을 온몸으로 느끼고 싶었던 것이 더 크게 작용한 것이다. 용팔이는 단순하고 우직하기에 그것을 인정하고 있었던 것이다.

　어느새 용팔이는 누나와 나란히 너럭바위에 기대어 있었다. 내가 밤하늘에 지나가는 비행기 소리로 인하여 한눈을 팔 때에 다가간 것이다. 용팔이가 너럭바위 끝에 매달려 있는 것처럼 보였어도 누나와의 거리를 많이 좁힌 것이다. 언제나 다가가는 것은 사내의 몫으로 정해져 있는 것이다.

　그때 태양이 어둠 속으로 한없이 가라앉은 쪽에서 유성이 떨어졌다. 누나는 그쪽으로 시선을 두고 있었다. 기도를 하는 것인지 아니면 노래를 흥얼거리는 것인지 확실히 알 수는 없으나, 어떤 간절함이 내비쳐졌다. 가출한 동생에 대한 기도는 분명 아닐 것이다. 그것은 엄마의 몫으로 남겨 둬야 하는 것이다.

　용팔이는 그런 상황을 놓치지 않았다. 누나의 시선을 피해 빠르게 다가가서 그녀를 눕히며 키스를 했다. 누나는 처음에는 밀쳐내는가 싶더니 미동도 하지 않았다. 용팔이가 거칠게 외투 사이로 손을 집어 넣어 유방을 짓누르고 만지며 당겨도 가만히 있었다. 어느새 누나는 용팔이의 허리를 잡고 강하게 당기고 있는 것이다. 그러자 용팔이는 용기를 얻어 더욱 적극적으로 그녀를 빨고 핥았다.

그들은 가을이 무르익는 느티나무 아래에서 섹스를 했다. 용팔이는 적극적으로 상위에서 누나를 자극하고 누나는 용팔이의 의도를 알면서도 내숭을 떨며 밀쳐내는가 싶더니 더욱 밀접하게 다가갔다. 각자에게 서로의 성감대를 찾아주기를 바라며 몸을 내맡기는 것 같았다. 아직도 충분한 섹스 경험이 없는 것이 그들을 성실하게 만드는 것인지도 모른다.

누나는 섹스의 쾌감을 충분히 받아들이고 있는 것 같았다. 너럭바위에 누워서 자신이 원하는 지점으로 용팔이의 애무를 요구하고 있는 것 같았다. 말은 하지 않고 몸의 율동만으로 인도하는 것 같았다. 간간히 튀어나오는 탄성과 신음소리가 고요하게 무르익어 가는 가을밤을 더욱 알싸한 분위기로 만드는 것이었다.

용팔이는 이미 누나의 따스한 외투 안의 단추를 다 풀어 헤쳐놓고 자신이 원하는 섹스를 하는 것 같았다. 그래도 브라는 벗기지 않았다. 유방을 죽일 듯이 만지고 당기며 누르기를 반복하고 차오르는 욕구를 희석시키며 나아가고 있었어도, 온전하게 브라로 감싼 유방을 유심히 보고 싶었던 것 같았다. 유방은 남자에게 무한한 상상력을 불어넣는 것이라 만지기는 해도 쉽게 보고 싶지는 않은 것 같기도 했다. 어쩌면 자신이 상상하는 그것과 상이하게 생기면 다가올 실망감이 무서워 그러는지도 모른다. 그것도 아니면 유두의 크기와 색깔이 자신이 원하는 순수함을 잃고 있을까봐 보는 것을 미루고 있었는지도 모를 일이다. 아무튼 아직까지 용팔이는 브라의 호크를 풀지 않았다.

섹스를 주도하는 용팔이도 점점 안정을 찾아가는 것 같았다. 어색하고 격한 감정으로 일관하던 것을 가라앉혀서 온유의 길로 나아가는 것 같았다. 그것은 누나의 정성어린 배려가 있어 가능한 일 같았다. 용팔이가 원하는 것을 알아서 섬세한 터치로 받들고 때로는 내숭으로 그의 숨겨놓은 성적 욕구를 자극해서 자유롭게 해주는 것 같았다.

어느새 누나가 섹스놀이를 주도하는 것이었다. 그를 눕히고 자신이 원하는 섹스를 했다. 오른손으로 그의 페니스를 애무하고 입술로 그의 유두를 키스하며 핥았다. 그의 육체는 격렬하게 자지러지며 나아갔다. 이정표도 없는 길을 누나의 인도에 의해서 의심도 없이 질주하는 것 같았다. 누나가 그를 천 길 낭떠러지로 몰아서 떨어뜨릴지도 모른다. 하지만 용팔이는 그런 불안을 드러내지 않았다. 그런 모습이 누나를 더욱 집요하게 갈구하도록 만든 것인지도 모른다.

그래서 누나가 더욱 터프하게 사내의 유두를 깨물며 가학하는 지도.

 누나는 엔진이 식지 않도록 간격을 길게 두지 않았다. 더욱 잘게 끊어서 꼬집으며 빨았고 할퀴며 빨았다. 누나는 자신의 갈구를 깨뜨리지 않기 위해 나아가는 것인지도 모른다. 섹스의 흐름 속에서 그녀는 간격의 엄정함을 알고 있는 것 같았다. 그것이 흐트러지고 깨지면 엔진이 식는 여유를 주는 것이다. 그것을 이미 누나는 알고 있었던 것이다.

 어느 정도 달아올랐을 즈음에 누나는 용팔이의 바지를 내리고 오럴을 했다. 과감하게 나아간 것이라 용팔이도 안도의 한숨을 쉴 시간적 여유가 없었다. 하지만 용팔이는 의연하게 대처했다. 믿는 구석이 있는 것 같았다. 평소에 민감한 자극을 줄이기 위해 칫솔로 페니스를 단련시키고 있었던 것 같았다. 머지않아 쓰임이 있을 것 같아서.

 하지만 용팔이는 누나의 은근과 성실에 자제력을 잃고 사정의 첩경으로 내달리고 싶은 상황에 직면한 것 같았다. 가쁜 숨소리와 가쁜 신음소리로 간신이 억제하고는 있었다. 하지만 언제까지 버틸지는 알 수 없는 일이었다. 풍부하지 않은 경험으로도 사정하면 상황이 종료되는 것을 알고 있었던 것이다. 그래서 누나의 짧게 자른 머리칼을 움켜쥐기도 해보고, 그것도 안 되면 조붓한 어깨를 강하게 쥐고 펴고를 반복해보는 것 같았다. 급기야 그녀를 밀쳐내어야 할 상황이 도래할 것도 대략 알고 있었던 것 같았다.

누나는 집요했고, 그래서 자신의 소중하고 깊은 곳에 페니스를 간직할 수 있었던 것이다. 난 그녀의 거칠게 울부짖는 신음소리로 그것을 알 수 있었다. 한 사내를 온전히 가진 여자의 신음소리를 그제야 들을 수 있었다. 격하게 울부짖는 것 같으면서도 온유했고, 무질서하게 나아가는 것 같으면서도 질서가 잡힌 것이었다.

그들은 가을밤의 중심에 들어서서 차가운 기운을 쉽게 밀쳐내고 있었다. 그들의 거친 신음소리와 열기는 그것을 가능하게 했다. 그 행위는 일상적인 격한 노동에서 얻어지는 것과 다른 것이다. 남녀가 상대의 몸을 빌려서 추구하는 농밀하고 끈끈한 행위인 것이다. 이타적이고 박애적인 마음이 근저에 깔려있어야 가능한 일이다. 난 그들의 육체에서 반쯤 흘러내린 옷을 보며 섹스는 거룩한 행위이며 온전한 곳으로 나아가는 길을 제시해주는 것이고, 그 길은 분명 새롭고 명확한 길일 것이라 생각했다. 그래서 할머니도 옆집 할아버지와 사회통념을 깨뜨리면서까지 섹스 행위를 드러냈는지. 그들도 분명 자신들의 길을 찾기 위함인 것이다. 그들만이 걸을 수 있는 한 가닥의 길을.

난 그들의 섹스 행위에서 시선을 옮겨서 하늘을 봤다. 느티나무의 몸피가 어둠 속에서 고스란히 윤곽을 드러내고 있었다. 그 위에 달이 떠있고 어둠을 배경으로 별들이 올망졸망 박혀 있었다. 차오르는 달이 빛을 많이 머금고 품어서 별빛이 그렇게 밝지는 않았다. 그 사이로 밤새가 울지도 않고 바삐 날아갔다. 느티나무 아래서 벌어지는 삶의 치열한 행위를 깨뜨리고 싶지 않은지도 모른다. 괴이한 소리가 그곳에 침입하면 그들의 섹스 흐름에 방해가 된다는 것을 알고 그러는지도 모를 일이다. 아무튼 밤새는 하나의 별을 등대삼아 아득하게 멀리 날아가는 것 같았다. 마치 긴 항해처럼.

한참 후에도 그들의 섹스놀이는 끝나지 않았다. 주고받고 밀고 당기며 오므렸다 펼쳤다 했다. 이젠 가식적인 내숭도 보이지 않았고 가식적인 신음소리도 들리지 않았다. 적극적으로 나아가서 성취를 위한 하나의 목적을 위해서 몸과 정신을 집중하는 것이다. 각자의 사정을 위한 길이기도 했다. 여기에서 우열을 드러내며 다투는 일이 생기면 정욕의 밑바닥에서 치밀어 오르는 뜨거움을 맛볼 수 없어 이타적인 순수를 간직해야만 하는 것인지도.

각자 격한 율동과 교성을 내지르며 정점으로 나아가서 어느 순간에 멈췄다. 짧지 않은 삽입과 짧지 않은 사정으로 그들은 노곤하게 지쳐 있었다. 용팔이는 누나 위에서 흐느적거리며 쓰러졌고, 누나는 잠시 진한 만족과 다정한 정적을 은근하게 맛보고 그를 과감하게 밀어내었다. 그러고는 옷에 단추를 채우고 바지를 끌어올렸다. 연이어 너럭바위에 올라서서 주위를 살폈다. 잠시 고요한 밤하늘을 바라보는가 싶더니 아직도 누워 있는 용팔이를 보며 말했다.

"영배는 언제쯤 보자고 해?"

누나는 질문만 하고 대답은 듣지 않고 집으로 향했다. 용팔이는 너럭바위에 앉아서 멍한 표정으로 누나가 사라지는 모습만 보고 있었다. 난 그제야 누나의 의도를 알 수 있었다. 용팔이에겐 탄탄한 육체에서 튕겨 나오는 페니스를 원했고, 영배에겐 풍요로운 돈을 원했던 것이다. 하나씩 가지고 있어 하나씩 취한 것이 분명했다. 확언하건만 누나는 영배에게서 육체적 매력을 못 느낀 것이다. 그래도 그와 적절한 섹스는 할 것이다. 용팔이의 만족스런 섹스를 회상하며 조잡스런 행위를 할 것이다. 신음소리도 리얼하게 내뱉고 율동도 리얼하게 흐느적거릴 것이다. 그래야 거짓으로 영배를 만족시킬 수 있기 때문에. 아직도 영배의 풍요로운 돈이 필요했기에.

미루도 죽고

　새벽 일찍부터 할머니는 큰방 문을 열고 담배를 태우고 있었다. 내가 새벽에 소변을 보기 위해 작은방 문을 밀고 마당으로 나갈 때 할머니는 긴 한숨을 내쉬며 넋 잃은 사람처럼 먼 산을 보며 담배연기를 길게 뿜어내고 있었다. 할머니는 나를 의식하지 않았고 자신의 고정된 시선을 바꾸지 않았다. 난 할머니에게서 외로움과 허탈감, 공허와 허무를 느낄 수 있었다. 그리고 며칠 사이에 외부적인 변화가 많았다는 것을 알 수 있었다. 우선 눈에 띄는 것은 몰골이 말이 아니었다. 어느 정도 긴장감을 가지고 유지하던 피부도 밀가루 반죽처럼 힘없이 늘어져 있었고 가끔씩 소망을 품은 반짝거리는 소녀의 눈망울도 담배연기와 함께 멀리 사라져 버린 것 같았다. 유달리 골격이 억세게 발달해서 옷맵시를 살리지 못하는 양어깨는 삶의 역동성을 상실한 것 같았다. 더욱이 옆집 할아버지가 선물한 브라가 보이지 않았다. 그것은 언제나 늘어진 유방을 봉긋하게 받쳐서 당당한 걸음걸이로 유도하는 자신감의 상징이었다. 옆집 할아버지의 소멸된 페니스 때문에 일어난 현상이었다. 늘 학수고대하며 기다리던 밤의 열정과 잔잔한 그리움도 산산이 부서져버리고 절망의 벼락 위에 홀로 외로이 서있는 참담함으로 또다시 회귀하는 것이 싫은 것이 분명해 보였다.

할머니에게 페니스가 상실된 옆집 할아버지는 필요가 없었다. 그것이 있어 소중해 보이고 귀해 보였던 것이다. 자신이 자신의 욕구를 채우며 사는 것이 얼마나 외롭고 괴로운지 잘 알고 있었던 것이다. 나는 극한 성적 열망이 달아오르지 않아서 할머니의 심정은 확실히 알 수는 없었다. 다만 어렴풋이 느낄 수 있었다.

할머니는 옆집 할아버지 체취를 잊지 못하는 지도 모른다. 그것도 아니면 옆집 할아버지가 얼굴에 난 까칠하고 수북한 하얀 털을 앞세워 얼굴에서 목덜미로 이어져 내려가서 봉곳한 유방에서 한없이 머물러 주저앉아 있다가 또 아래로 이어지는 외길을 따라 내려가면 배꼽이 나오고 거기서 잠시 맴을 돌다가 곧장 미끄럼틀로 이어져서 협곡 깊은 곳에 도착해서 불어오는 시원한 바람과 청량감에 한없이 머문 흔적을 잊지 못하는 것인지도 모른다. 그곳 깊은 곳에서 온천을 찾기 위한 사투를 벌이는 옆집 할아버지를 지그시 바라보면서 대견하다고 생각한 그 순간을 못 잊는 것도 같았다. 어떨 때는 부드러운 혓바닥으로 이끼를 헤치고 또 어떨 때는 길고 투박한 손가락을 은밀하고 깊은 곳에 넣어서 지경을 넓히는 모습이 아련하게 떠올라 괴로운 것도 같았다. 그것이 할머니 온몸에 켜켜이 아로새겨져서 슬픔과 외로움과 절망을 잔인하게 계속적으로 공급하는 것 같았다.

 이상한 일은 그것으로 인하여 할머니는 엄마에 대한 강한 부정을 억세게 드러내지 않았다. 아주 일시적인 일인지도 모른다. 삶의 무기력 속으로 무겁게 가라앉아서 다혈질적인 행동을 잊은 것인지도 모른다. 그것도 아니면 피상적으로 다가오는 것을 의미로 우화하지 못하고 무의미의 늪으로 깊이 내려앉아버린 것인지도 모른다. 아무튼 할머니는 깊은 슬럼프에 빠진 것만은 확실해 보였다. 그것이 내적 성숙을 이룰 것인지 외적으로 드러내어 엄마를 괴롭힐 것인지는 두고 봐야할 일이었다.

 오늘은 토요일이었다. 미루와의 약속이 있는 날이었다. 그래서 아침부터 이상하게 마음이 들떠있었다. 처음 있는 일이라 생소하기도 했고 3학년에서 가장 예쁜 아이의 집에 간다는 것도 설레는 일이었다. 삶의 기대라는 것에 익숙하지 않아 남의 일처럼 생경하게 다가왔다. 난 아침 일찍 일어나서 입을 옷을 고르느라 분주했다. 하지만 늘 형이 7년 전에 입었던 옷이라 유행에도 뒤떨어지고 체형에도 맞지 않았다. 길이가 맞으면 폭이 맞지 않았고 값싼 면으로 만든 옷이라 아래로 옆으로 늘어나 있었다. 심지어 색상이 바래 우중충하고 지저분하게 얼룩이 진 곳도 많았다. 난 문짝이 날아간 장롱 속에서 옷을 끄집어내다가 잠시 멈춰서 술 냄새가 풍기는 미친개를 힐끔 내려다봤다. 미친개는 거칠게 코를 골고 있었고 옷도 풀어헤쳐져 있었다. 그럼에도 불구하고 미친개의 옷은 깨끗했다. 낡고 거칠긴 해도, 그것이 엄마의 배려였다. 엄마는 늘 그랬다.

난 의지 없이 어지럽게 자는 미친개를 보자 분노가 왈칵 치밀었다. 난 순간적으로 의식하지 않은 채 윗목에 늘 있었던 것으로 생각되는 큼직한 늙은 호박을 바라봤다. 머리 위까지 들어 올려 미친개의 머리통에 내리치고 싶었다. 하지만 호박은 종적을 감추었고 격하게 치밀어 오르는 분노도 어느 정도 누그러졌다.

난 옷가지를 도로 장롱 속에 쑤셔 넣고 방을 나왔다. 찾아봤자 입을 옷이 없다는 것을 알았기 때문이다. 늘 새 옷에 대한 바람을 가슴에 품고 있었다. 그래서 그런지 이번만큼 처참한 현실적인 낭패감은 없었던 것이다. 나를 좋아하고 내가 좋아하는 상대를 만난다는 것은 쉽지 않은 일이다. 무차별적으로 다가오는 일상의 날카로운 화살로 인하여 상처를 입고 괴로워 하는 삶 속에서 그런 상대가 있다는 것은 삶의 위안처인지도 모른다. 난 아직까지 그런 삶의 따스함을 맛보지 못해서 어색하기 그지없었다. 경험 속에 없었던 낯선 현실은 늘 당황스러운 것이다. 아직까지 가슴속에 떠도는 미루의 감정이 그랬다.

난 한쪽에서는 미루의 마음을 받아들였지만 또 다른 쪽에서는 그녀를 강하게 밀쳐냈다. 꿈속에서 그녀가 달콤한 미소로 다가올 때면 그 꿈을 부여잡고 현실을 부정하며 잠에서 깨어나지 않으려고 발버둥 쳤다. 하지만 그것도 잠시 뿐이었다. 현실에서 찢어지게 밀어닥치는 할머니의 고함소리에 그 꿈의 항해는 산산이 부서지고 마는 것이다. 어쩌면 그녀는 스킬라인지도 모른다. 치열이 세 줄이고 머리가 여섯 개로 나타나서 꿈속을 거칠고 무도하게 휘젓고 다닐 때도 있었던 것 같았다. 오디세우스의 항해를 방해하는 그 괴기스런 스킬라 말이다. 시칠리아 연안에서 폭이 좁은 메시나 해협의 외지고 어둡고 깜깜한 동굴 속에서 살다가 한번씩 나의 꿈속으로 들이닥치는 것 같았다. 스킬라가 아니면 카르브디스인지도 모른다. 그것도 아니면 그들이 할머니의 사촌인지도.

난 대청마루에 나와서 나 자신의 삶으로 되돌아올 수 있었다. 그런 생각은 내 삶의 허영이고 사치라는 것을 음침한 집안 분위기가 깨우쳐주는 것이었다. 그래서 난 아침밥을 먹고 가방을 메고 학교에 가지 않았다. 그 길로 영철이의 움막으로 향했다.

산길이 아닌 어느 정도 사람이 달릴 수 있고 경운기도 요란하게 달릴 수 있는 농로였다. 하금천을 따라서 위로 난 길이었다. 그 길을 따라가면 삼거리가 나오고 그곳에서 왼쪽으로 한참을 걸으면 영철이의 움막에 닿을 수 있었다. 집에서 출발하는 산길과는 다른 느낌이었다. 그곳은 산속으로 난 오솔길에 불과했다. 하지만 난 그 오솔길을 더 좋아했다. 소나무들이 하늘을 향해 뻗어 오르며 서로 다른 형태로 자라는 것에 대한 호감이었다. 그것이 숲속의 지혜인지도 모른다. 더욱이 숲속에서 들려오는 알 수 없는 풀벌레 소리와 나무들이 성장하면서 내지르는 알 수 없는 거친 소리에서 자연의 신비와 생명력을 들을 수 있었다. 그러면 심란하고 불쾌하던 마음이 정돈되고 편안해졌다. 하지만 하금천으로 접근하는 길은 그런 내밀한 자연의 소리는 들을 수 없었다. 밝고 훤하게 드러나는 열린 공간이었다.

하금천은 위로 길게 뻗어서 뒤틀리며 올라갔고 아래로 길게 뻗어서 휘어져 내려갔다. 가을이 깊어가자 장마 기간의 거센 물줄기는 어느새 잔잔하고 고요한 물소리로 변해서 맑고 또랑또랑하게 안으로 깊이 흘러내렸다. 축축하게 내린 이슬이 한몫했다. 물소리를 품어서 깊은 곳으로 끌어들여 뱉어내는 것이었다. 마치 공명기에 담아서 정갈하게 다듬어 비어 있는 공간으로 천천히 쌓아나가는 것 같기도 했다. 그것이 길이와 리듬에 어우러져 부드러운 선율로 탄생하는 것 같았다. 늘 고르지 않고 일정하지 않아서, 자연스럽게 다가오는 유순한 물소리의 숨결은 그렇게 탄생되는 것 같았다.

하금천 양쪽으로 논이 길게 완만한 층을 이루며 이어졌고 사이사이 수로가 혈관처럼 오밀조밀하게 이어져 있었다. 장기판에서 앞으로 옆으로 마음대로 움직이는 졸의 활동성과 다르지 않았다. 뒤로 후퇴하지 않는 것은 나아감의 익숙함에 젖어 있는 사람들의 일상성과도 닮아 있었다. 때때로 멈춰서 되돌아보고 나아가는 것이 바쁜 일상에는 되지 않는 것인지도 모른다. 삶을 억세게 부여잡고 있는 그 순간에는 말이다.

아까부터 난 까마귀 한 마리가 하늘 높이 나는 것을 볼 수 있었다. 울지 않고 맴만 도는 것이었다. 그 까마귀가 나를 주시하고 있었다고는 생각하지 않았다. 아주 멀리 떨어져 있는 죽음의 향기를 맡고 날갯짓을 하고 있다고 생각했다. 우연히 말갛게 비어있는 하늘을 끝없이 날아오르며 음산한 향기를 음미하며 유영한다고 여겼다. 그 까마귀가 날갯짓을 멈추고 다소 가까이 떨어져 있는 밤나무 가지 위에 내려앉는 것이다.

난 별 의심 없이 가던 길을 걸었지만 마음은 불편했다. 용팔이와 본 그 까마귀인지는 알 수 없는 일이었다. 하지만 자꾸 용팔이가 한 말이 떠올랐다. 그래서 그런지 난 빠른 걸음으로 나아갔다.

이슬이 많이 내려서 비포장도로를 축축하게 적셨다. 땅바닥으로 낮게 웅크리고 있던 잡풀들이 햇살을 받아 윤기를 낼 정도였다. 아직까지 서리는 내리지 않아 잎사귀는 사그라지는 고통은 면할 수 있어 안도의 한숨을 쉬는 것 같기도 했다. 난 그 사이를 뚫고 걸었기에 찢어진 운동화 사이로 수분이 침입하는 것을 느낄 수 있었다. 기분 나쁜 찝찝함이었다. 난 오른쪽 엄지발가락을 꼼지락거리며 잡풀들을 피해서 간신히 걸었다.

잡풀들이 무릎까지 올라오는 것도 많았다. 그래서 추리닝이 많이 젖었다. 어깨에서 시작해서 발목 위까지 세 줄이 그어져 있는 하얀 띠가 포인트인 추리닝은 나의 활동복이자 외출복이었다. 가장 만만하게 입을 수 있는 옷이기도 했다. 어쩌면 오늘 미루의 집에 갈 때 입고 가야 할 옷이었다. 젖으면 낭패였다.

난 무릎까지 추리닝을 끌어올려 간신이 걸었다. 그러다가 멈췄다. 안나의 죽음이 갑자기 들이닥친 것이었다. 내가 안나를 죽이고 한 번도 가지 않았다는 것을 그제야 알 수 있었다. 의도적으로 피한 것도 있었기에 더욱 애잔하게 다가왔다. 관념 속에서 떠도는 그리움의 입자들이 천천히 모여서 하나의 형체를 만든 것은 아니었다. 삶의 무기력한 일상 위를 걸을 때 갑자기 내지르는 벼락 같은 것이었다.

난 안나를 죽음에 이르게 한 행위의 진솔함을 이제야 알 것도 같았다. 깨달음은 일상의 흐름 위에서 우연히 발견되는 진리인지도 모른다. 난 그 진리를 발견한 것 같았다. 만질 수 있는 거리까지 온 것을 느낀 것이다.

어쩌면 난 안나에게 다가올 미래를 걱정해서 죽인 것이다. 그것이 친절이고 자비이고 사랑이라고 생각하면서. 고모에게 걷어 차이고 밟히고 성추행 당하는 모습을 보기 싫어 행한 정당한 행위라고 생각했던 것이다. 안나도 나의 마음을 알고 단말마의 고통을 느끼면서 나에게 온화한 미소를 던진 것이라 믿었다. 난 살아오면서 올바른 일을 바라보면서 의식적으로 피하며 역겨워 할 때가 많았다. 하지만 안나에게는 그러지 않았다. 같은 공간에서 잠시나마 살아온 친분으로 그의 삶을 가볍게 해준 것이다. 그것이 안나에게 행복이라고 생각했다. 어설프고 괴롭게 살아가느니 차라리 죽음의 저쪽을 거니는 것이 좋을 것이다.

난 한결 가벼운 걸음으로 나아가 삼거리에 이르렀다. 왼쪽으로 돌아가면 영철이의 움막이 나오는 길이었다. 난 늘 길 위에서 오른쪽으로 가야할지 왼쪽으로 가야할지 선택하는 것이 힘들었다. 그래서 그 자리에서 머물러 초조한 상념을 되새김질하며 나아가지도 되돌아가지도 못하고 그 자리에서 맴을 돌며 서성거릴 때가 많았다. 하지만 오늘은 이미 정한 곳이 있어 자연스럽게 발을 내디딜 수 있었다.

이쪽은 가보지 않은 생소한 길이라 온몸이 낯설어 했다. 먼 곳에서 길의 형태만 보고 언젠가는 한번은 가보고 싶었던 곳이다. 그래서 초행길에 대한 설렘보다는 두려움이 더 많이 몰려왔다.

목적지에 다가갈수록 경사가 급했다. 그 급한 경사를 어찌지는 못하는 것이다. 내가 무게 중심을 앞으로 당겨서 나아갈 수밖에 별 도리가 없었다. 육중한 산과 대항하고 싶지는 않았다.

 길 주위로 떡갈나무가 울창하게 널려있었다. 여름의 풋풋한 잎사귀들이 낙엽으로 타들어가는 노쇠한 색채를 띠고 있었다. 그 아래에는 다람쥐 두 마리가 입 안 가득 도토리를 물고 부산스럽게 움직이고 있었다. 나를 보고도 두려움을 드러내는 동작을 보이지 않았다. 자신들의 할 짓을 하며 조심스러운 행동으로 바삐 움직였다.

 다람쥐는 도토리를 입 안 가득 머금고 바스락거리는 소리를 내며 자신의 안식처로 달리며 종적을 감췄다. 겨울을 위해 식량을 준비하는 것이다. 그것은 배우지 않아도 알 수 있는 본능적인 행동인 것이다. 그럼 엄마도 수고스러움을 아끼지 않고 논으로 밭으로 나아가서 따가운 햇살을 넓은 등판으로 받아내며 곡식을 거두어들이는 것이 본능인지도 모른다는 생각이 문득 들었다. 가족의 겨울이 염려되어서 말이다.

 난 다람쥐에게도 저마다 살아가는 방식과 모습이 있다고 생각했다. 내가 보고 있는 그들이 다정한 부부가 아닌지도 모른다고 생각했다. 같은 공간에서 살아가고 숨 쉬며 느끼는 소소한 일상을 그들은 공유하지 않는지도 모르는 것이다. 도토리를 줍고 틈틈이 섹스를 하고 즐기는 불륜인지도 모르는 것이다. 그리고 헤어지고 또 만나서 섹스를 하고 즐기는 일상을 보내며 겨울을 맞이하는지도 알 수 없는 것이다. 보이는 그대로가 온전한 그들의 삶이 아닌 것이다. 그것은 순전히 내가 바라보는 나의 바람이 투영되어서 그들의 삶이 되어버린 것이다. 그 삶은 현실에 없는 삶인 것이다. 삶의 진솔함은 그 뒤에서 숨 쉬는 보이지 않는 것이다. 난 미루의 삶도 그렇지 않을까 하는 생각이 문득 들 때가 있었다. 그녀의 밝은 미소 뒤에 가끔씩 우울이 서식하고 있다는 것을 불길하게 인식할 수 있었다. 그 우울의 실체가 뭔지 한 번씩 상상을 할 때도 있었다. 하지만 아직 그곳은 내가 접근할 수 없는 영역이라는 것을 알았기에 그러다가 늘 끝났었다. 삶의 피상은 늘 본질로 접근하는 데 훼방꾼으로 나타날 때가 많았다.

　경사가 급한 곳을 넘어서자 영철이의 움막 근처에 있는 오동나무의 잎사귀들이 보였다. 높은 곳은 햇살을 받아 차가운 이슬을 털어내고 있었고 낮은 곳은 여전히 물기에 반질거리는 것이었다. 그 우듬지에 호랑지빠귀는 보이지 않았다. 밤사이 달빛과 별빛을 받으며 간절한 울음 속에서 자신이 원하는 것을 얻었는지 그렇지 않은지는 알 수 없는 일이다. 그 울음의 의미가 무엇인지도 확실히 알 수도 없는 것이다. 다만 그 울음이 할 일 없이 차가운, 무의미한 공간에서 점점 팽창해서 소멸하는 반복적인 일상 속의 밤은 아닐 것 같았다. 그의 삶속에 깊은 상처가 있어 그 상처의 아픔과 괴로움을 울음으로 승화시켜 간신이 버텨나가는 것인지도. 그 울음이 나에게 애절하게 다가와서 슬픔의 깊은 골짜기로 인도하는지도.

호랑지빠귀는 어둠과 함께 사라지고 없었다. 그는 분명 자신만의 공간으로 가서 또 밤을 기다리며 휴식을 취할 것이다. 밤에 울어야 하는 일상은 그에게 숙명처럼 절실하게 다가오는 것일 게다. 어쩌면 그것으로 일상의 무료함을 이겨내는지도 모른다. 엄마의 농사일과 다르지 않은 것 같기도 했다.

난 영철이의 움막을 들여다봤다. 있는 그대로였다. 난 움막의 문을 활짝 열어놓고 갇혀있던 공기를 끌어내었다. 문을 열 때 움막 양쪽에 있는 비닐로 입힌 투박하고 촌스러운 창문으로 수축과 팽창이 동시에 일어났다. 찢어지고 불투명한 비닐이 안팎으로 너덜거리며 움직였다. 외기가 쏜살같이 들어오는 모습이었다. 멈춘 듯이 정체되어 고여 있던 것이 출구를 찾은 것이다. 그 출구는 공기가 움직일 수 있는 새로운 길이었다.

그 길은 나의 등장으로 발현된 것이다. 지도에도 없는 길이다. 막연하게 다가오는 일상적인 단순한 길이 아니었다. 지구의 표면에 지속적으로 주저앉아 있는 고정된 길 또한 아니었다. 우연히 나타났다가 우연히 사라지는 그런 길이다. 햇살이 길게 드리워지면 투명하고 반듯한 길이 되었다가 사라지는 길이다. 그 순간에 발을 내디디지 못하면 또다시 기다림의 시간이 필요한 것이다. 태양에서 날아온 태양풍이 대기의 산소와 질소의 분자와 부딪쳐 나타나는 현상처럼 현란한 것이다. 이상한 나라의 앨리스가 꿈속에서 토끼굴에 들어가 기묘하고 환상적인 생명체를 만나는 길과 다르지 않았다. 어쩌면 안나도 현실의 가혹함과 무려함을 이겨내는 것이 두려워서 그 길로 나아간 것 같기도 했다. 육중한 육체로는 그 길을 오를 수 없는 것이라 나를 자극하고 충동질해서 껍질을 벗은 것이다. 난 어리고 순진해서 안나의 계략에 넘어간 것이다. 나에게 죄인의 굴레를 안기고 스스럼없이 자신의 안정의 길로 들어선 것이다. 안나의 죽임은 그렇게 이루어진 것이다.

 난 문을 열어놓고 움막 안을 들여다보았다. 영철이가 쓰던 집기가 그대로 있었다. 그곳은 먼지가 켜켜이 내려앉아 있었다. 내가 예전에 먹다가 남겨둔 라면도 한 봉지 있었다. 그 곁으로 다소 작은 찬장이 닫힌 채 있고 석유곤로가 안정감 있게 자리를 잡고 있었다. 그 맞은편으로 지면보다 한참 높은 엉성한 침대가 있었다. 그 구석에 얇지 않은 이불이 아직도 눅눅하게 구겨진 채 널브러져 있었던 것이다. 난 그 이불을 집어서 밖으로 꺼내어 나무탁자 위에 올려놓았다. 아직도 이슬이 거추장스럽고 낭자하게 지표를 적시고 있어 움막 위에 널어놓을 수가 없었다. 난 의자에 앉아 상체를 비스듬히 이불 위에 눕혔다. 눈을 감자 평온한 일상이 흐릿하고 느리게 지나가는 것이다.

난 스르르 잠이 들었다. 안나가 다소 성장한 모습으로 나에게 다가왔다. 머리는 둥글고 육체는 더욱 단단해져 있었다. 수염을 길게 늘어뜨린 채 나의 발목 위를 간지럽혔다. 그때 난 잔디밭에 앉아서 멀리 지평선을 바라보고 있었다. 아래에서 위로 바라보던 안나의 얼굴은 밝고 명랑했다. 구김이 없고 충만한 행복을 뿜어내고 있었다. 삶의 두려움과 죽음의 공포도 풍기지 않았다. 진정 참을성 없는 환희를 머금고 있어보였다.

난 그런 안나를 가슴 깊이 안아주었다. 안나 또한 나를 믿고 신뢰하며 온몸을 내맡기는 것이다. 난 그것을 느낄 수 있었다. 안나의 내면 깊숙한 곳에서 울리는 평온한 소리 속에는 애정이 물씬 묻어나고 있다는 것을.

난 숲속 깊은 곳에서 들리는 소리에 눈을 떴다. 귀를 찢을 듯한 몹시 거슬리는 소리였다. 소쩍새도 호랑지빠귀도 아니었다. 실체를 알 수 없는 소리였다. 그래서 더욱 음험하고 괴기스러웠다. 분명 그것도 치열한 생존의 소리임에는 틀림없었다. 하릴없이 목소리를 가다듬기 위해 우는 어설픈 소리는 아니었다.

난 잠이 들깬 표정으로 주위를 살폈다. 나의 주위까지 햇살이 길고 넓게 드리워져 있었다. 심지어 움막 위에까지 다가와서 머무르며 차가운 이슬을 말리느라 여념이 없었다. 그럼에도 불구하고 난 기분이 말끔하고 청명하지 않았다. 낮잠에서 오는 새로움과 활기는 기대할 수 없었던 것이다. 누군가에게 얻어맞아 회복을 못한 채 방치되어 있는 권투선수와 다르지 않았다.

그때 난 늠름하게 그 자리를 지키고 있는 오동나무에 시선이 머물렀다. 넓고 풋풋한 잎사귀는 많이도 초췌해져 있었다. 여름의 열기와 패기는 멀리 사라진지 오래되었고 심지어 초라하고 쓸쓸해 보였다. 뿌리에서 시작되는 겨울준비는 잎사귀에서 제일 먼저 드러나는 것이다. 멀리서부터 생의 온기를 거두어들이기 때문인 것이다. 할머니의 삶과 많이 닮아 있었다. 그녀의 머리칼도 윤기를 잃고 하얀색으로 하나둘씩 변하고 있으니 말이다.

난 오동나무 우듬지에 있는 까마귀를 그제야 본 것이다. 오랫동안 그곳에서 머물러 있었던 것으로 보였다. 어색하지 않았다. 원래 오동나무와 함께 태동하고 생존하며 삶을 버텨온 것 같았다. 하지만 불길한 생각이 자꾸 들었다. 난 그 까마귀가 아까 나의 주위를 맴돌며 밤나무 가지 위에 앉아서 나를 쳐다보며 울지 않는 그 까마귀가 아닐까 하는 생각마저 들었다. 까마귀들의 입성은 한결같아 제대로 판별할 수는 없기에.

까마귀는 줄곧 나를 내려다보고 있었던 것이다. 울지는

않았다. 그래서 난 일어나서 땅바닥에 나뒹굴고 있는 돌멩이를 주워서 날렸다. 몇 개를 더 날렸다. 근처에는 가도 맞지는 않았다.

 난 까마귀의 울음소리를 듣고 싶어서 던진 것인지도 모른다. 새들은 자신의 고유의 울음소리를 내며 자신의 존재감을 드러내는 것이다. 그것으로 자신의 소소한 삶과 지루한 일상을 얘기하고, 떨쳐버리기 위함인 것이다. 새의 본능적인 모습을 그 까마귀에서는 볼 수 없었다. 아까 밤나무 가지 위에서도 그랬고 용팔이를 만났을 때도 그랬다. 까마귀는 울지 않았다. 난 그제야 엄마의 울음소리도 들은 적이 없었던 것이다. 할머니에게 모함을 당해 미친개에게 얻어맞아도 애써 속으로 참으며 삭이곤 했다. 느티나무 앞에서 기도를 드릴 때도 눈물만 흘릴 뿐 울지는 않았다. 가슴 속에 담아놓고 억누르며 자학하는 것 같기도 했다. 그 자학으로 위안을 찾는지도. 그것도 아니면 그 쌓아둔 증오와 적의를 한곳에 집중하기 위함인지도 모른다. 그 대상이 할머니인지도 아니면 형에게 교태를 부려서 야반도주한 현정이인지도. 아무튼 까마귀도 엄마도 울지 않았다.

 난 해질 무렵에 천천히 학교 가는 길을 걸었다. 가방은 움막에 놔두고 몸만 빠져 나왔다. 난 나름대로 단정한 옷차림을 위해 옷깃을 세우고 소매에 묻은 코를 흐르는 물에 씻으며 철저하게 준비했다. 물이 묻어 차갑고 눅눅했고, 그럼에도 말끔하다는 생각이 들었다. 난 맑은 물에 세수도 했다. 세숫비누가 없어 얼룩진 때는 깨끗이 씻어낼 수는 없어도 한결 마음이 가뿐하고 상쾌했다.

 난 농로를 따라 걸었다. 며칠 사이 누렇게 익은 벼들이 지탱하고 있던 논바닥에서 송두리째 잘려나가고 있었다. 몇 달 동안 햇살을 품고 물을 품고 있었던 것이다. 논바닥은 의외로 말끔했다. 채워져 있던 충일함에서 아직 못 벗어나 허전함을 드러내는 것 같기도 했다. 생존의 단절로 인한 고절감은 싱싱한 줄기와 잎사귀로 인하여 처절하고 집요한, 당면한 현실로 다가오지 않는 것 같았다. 가을을 밀쳐내고 겨울을 앞당기는 서늘하고 차가운 바람이 거침없이 엄습해 오면 그때는 이미 늦었다는 것을 깨달을 것이다. 삶의 연속성 속에서 찢어지고 깨지고 죽어나간다. 그것이 들녘에 풍성함을 풍기며 한가로이 누워있는 벼들도 예외는 아니었다. 하지만 죽음의 그림자가 자신의 얼굴 위에 길게 드리울 때까지는 자신의 생의 가치를 놓지 않는 것이다. 그것이 생을 지탱하는 디딤돌이기도 하고 집착이기도 한 것이다. 줄기가 말라들어가면서 알맹이 쪽으로 자양분을 이동하는 것을 멈출 즈음에 그때는 느끼는 것이다.

 풍요로운 넓은 들녘이 군데군데 비어 있었다. 기우는 태양이 그곳 바닥까지 길게 비추었다가 서서히 가라앉아 자취를 감췄다. 일순간 주위가 어두워졌다. 치열한 낮의 공간에서 밤의 공간으로 나아가는 막간이었다. 그곳에 저녁노을이 있고, 예열하고 기다리는 별빛이 있고 달빛이 있었다. 흐름 위에 놓인 자연적인 연속성은 멈추는 법이 없는 것이다. 나아가고 또 나아가고를 반복하며 생을 성취하고 또 나아가는 것이다.

 난 오늘의 끄트머리로 향하고 있는 것이다. 분명 죽음으로 나아가는 길은 아니다. 생의 기쁨과 즐거움을 찾기 위해 미루에게로 향하는 것이다. 그녀는 내가 겪는 실의와 아픔, 고통과 절망을 멀찌감치 거리를 두고 살아갈 것 같았다. 늘 달콤한 사탕에서 녹아내리는 연유의 부드러움을 간직할 것 같았다. 그녀는 할머니에 대한 적의와 증오는 없을 것이고 아버지에 대한 생득적인 두려움도 없을 것이다. 술만 먹으면 미친개처럼 날뛰는 광기를 자연스럽게 받아들이는 현실적인 낭패감은 더더욱 보고 느끼지 않을 것이다. 그래서 곁에 머물게 한 것인지도 모른다. 늘 마음을 닫고 가까이 다가오는 사물이나 사람을 강하게 밀쳐내며 살았지만, 미루는 예외인 것이다.

 어쩌면 미루는 내 운명 한가운데에서 가장 중요한 위치를 차지해서 나를 자극할 것 같았다. 어떤 얼굴로 다가와서 어떤 표정을 지을지는 아무도 모르는 일이다. 더더욱 그것이 희극적인 삶의 부드러움과 쾌활함으로 다가올지 비극적인 삶의 잔인한 파국으로 다가올지 알 수는 없는 것이다. 내가 감정적인 예감으로 선택할 수 있는 것도 아닌 것 같았다. 그녀는 태풍의 중심 부근에서 떠나 해안 쪽으로 완만하게 감쇠해 가는 너울이 아니라 몇 미터를 치솟아 올라 파도의 마루가 가파른 급경사를 만들어 조그마한 여지도 남기지 않는 그런 거친 파도로 다가올 것 같았다. 그녀의 해맑은 웃음 뒤에 운명의 흉기가 어떤 모양새인지 그때 가봐야 알 것이지만, 자꾸 불길한 생각이 들었다.

난 유전교에 다다랐다. 조금씩 짙어지는 어둠과 함께 물소리가 잔잔하게 들려왔다. 간혹 늦게까지 벼를 베고 무거운 발걸음을 옮기며 집으로 향하는 노부부도 지나갔다. 밀짚모자를 쓰긴 해도 한낮의 햇살을 감당하기 버거운지 진한 갈색피부를 하고 있었다. 그들은 한눈팔지 않고 잰걸음으로 사라졌다. 피로가 몰려와서 배고픔에 대한 절실함은 없는 것 같았다. 빨리 씻고 잠의 깊은 수렁 속으로 빨려들어가고 싶은 것 같았다.

난 다리난간에 기대어 흐르는 물줄기를 내려다봤다. 장마철의 웅장한 소리를 뿜어내며 거칠게 날뛰는 물줄기는 아니었다. 몸집도 많이 줄었고 물소리도 많이 작아졌다. 그래도 새끼염소의 목숨을 서서히 거두어드릴 정도는 되었다. 사지를 결박해서 운신도 못하게 하고 숨구멍으로 쉴 새 없이 연이어 치밀어들어 공기의 단절을 꾀할 수 있을 것 같았다.

난 예전에 거칠게 울며 떠내려가던 새끼염소가 생각났다.

무시무시한 굉음과 거대한 부피로 거침없이 밀어붙이는 황톳물이 생각났다. 그 속에서 허우적거리는, 공포와 두려움에 내몰린, 그래서 더욱 잔인하고 폭력적으로 울부짖던 새끼염소가 소용없이 무기력하게 떠내려가는 것이 생각났다. 치기어린 장난으로 엄마의 품속에서 벗어난 것이 망망대해로 이어지는 죽음의 골짜기에 빠져버린 것 같았다. 그 길을 몰랐기에 더욱 큰 소리로 목이 터져라 울어대는 것인지도 모르는 일이었다. 자신의 울음소리를 듣고 어미가 슈퍼맨처럼 날아서 맥을 못 추며 떠내려가는 자신을 구해줄 것이란 기대도 담고 있는 것 같기도 했다. 마지막으로 미루가 새끼염소를 보며 눈물을 흘리던 장면이 생각났다.

 차츰 깊은 어둠이 낮의 치열한 소음을 삼켜버리고 있었다. 낮게 우는 밤벌레가 언제 다가왔는지 그 자리를 차지하고 있었다. 그러자 이상하게 흐르는 물소리가 더욱 우렁차게 들렸다. 밤의 깊은 사유는 온전하게 있는 그대로 받아들이는 것 같았다. 깊은 포용력으로 들려오는 어떠한 소리도 왜곡시키지 않는 것이다. 바이올린의 현에서 울리는 소리가 공명기에 들어갈 필요가 없어보였다.

 난 주위를 살피며 난간 위에 올라갔다. 예전부터 혼자 있을 때 한번은 해보고 싶었던 것이었다. 늘 어른들의 눈치를 보며 행하지 못한 것이었다. 그곳 느티나무 아래에는 사람들이 많았기에 그렇다. 날씨도 서늘하고 저녁식사 때가 되자 사람들이 얼씬거리지도 않았다.

 난간 위에 엉거주춤 서자 오금이 저려왔다. 별로 무서움을 모르고 살아와서 대수롭지 않을 것이라 생각했다. 내 신장 높이만큼 높아지자 다리 위에서 보는 것과는 사뭇 다른 느낌이었다. 죽음에 직면해서 온전한 삶을 약탈당할 것 같았다. 다소 온순하던 물줄기도 성깔을 부리며 으르렁거리는 것 같았다. 높낮이의 차이에서 오는 시선의 변화가 물줄기의 형태와 성질까지 바꿔놓은 것이다. 그럼에도 불구하고 난 이상하게 마음이 차분해지는 것을 느꼈다. 평온했다. 위험에 노출되어 제대로 난간 아래에 굽이치는 물줄기를 볼 수 없어도 내 주위에 억세게 얽혀있는 가족의 사슬에서 서서히 자유로워지는 것을 느꼈다. 늘 육체의 어딘가에서 아픔의 흔적들이 분산되어 있다가 외부의 강한 충격과 고통으로 덩어리가 되어 모이던 것이었다. 그것이 자취를 감춘 것이었다.

 이상하게도, 그 가족의 사슬이 난간 위에 서자 눈 녹듯이 사라지는 것이었다. 그래서 그런지 난 난간 위에 똑바로 설 수 있었다. 난 아래를 보지 않고 천천히 첫발을 내딛었다. 앞만 보고 나아간다는 것은 쉽지 않은 일이었다. 어둠이 살벌하게 다가온 것도 있고 더욱이 난간 아래서 괴이하고 음험한 거친 물소리를 연이어 토해내는 것도 있었다.

 그때는 난 미루가 다가왔다는 것을 인식하지 못했다. 내 앞에 펼쳐진 난간 위의 위험한 세계에서 더듬이를 다른 곳으로 확장하여 펼칠 수 없었던 것이다. 위험 속에 나를 드러내자 주위에 시선을 두지 않아도 되는 것이 매력적이었다. 늘 시선이 어수선하여 일정하지 않아 주의력 결핍을 앓고 있던 나의 정신을 정돈시키는 힘도 있었다.

난 다리의 중간 지점까지 걸은 후에 미루가 다가와 있다는 것을 알았다. 그녀는 나의 행동을 보고 멀리서 지켜보다가 천천히 걸어온 것이다. 반갑게 큰소리를 지르면 내가 놀라서 난간 아래로 떨어질까 염려되어서 그렇게 한 것 같았다. 내가 난간 위에서 그녀를 보자 웃음으로 대답할 뿐이었다. 나 또한 의연한 행위와 태연한 표정으로 답례했다. 그러고는 난 난간 위에 걸터앉았다. 그녀에게 올라오라고 손짓했다. 그녀는 난간에 몸을 기대어 음험하게 흐르는 물소리에 주눅이 드는지 목을 좌우로 흔들었다. 그러자 난 재빨리 새끼염소가 소멸된 곳으로 몸을 돌렸다. 그녀도 그 새끼염소가 생각나는지 눈시울이 붉어졌다. 그래서 그런지 기어들어가는 목소리로 말했다.

"할머니가 밥 먹으러 오래."

난 그녀가 있는 쪽으로 몸을 돌려서 뛰어내렸다. 그녀는 나의 손을 잡아주었다. 부드럽고 따스했다. 그 길로 그녀는 나를 끌고 자신의 집으로 향했다. 난 그녀의 손을 잡은 것이 어색했고 그녀에게 이끌려 가는 것도 어색했다. 더욱이 남의 집에 간적도 없고 밥을 먹은 적도 없었다. 그래도 싫지는 않았다. 어떤 기대가 치밀기도 했다. 미루에게 선택받은 존재라는 것에 대한 자긍심도 있었다.

미루의 집은 양옥이었다. 붉은 벽돌로 견고하게 쌓아올린 탄탄한 집이었다. 정원도 아담했고 정원수도 아담했다. 대문에서 이어지는 곳에는 하얀 대리석이 일정한 간격으로 깔려 있었다. 그 사이를 낮게 펼쳐진 빛바랜 잔디가 촘촘하게 메우고 있었다. 정원 가장자리에는 붉게 물든 단풍나무와 울퉁불퉁하고 단정하지 않은 노란 열매를 품은 모과나무가 나란히 거리를 두고 있었고, 괴이한 형태로 가지를 꺾어 올라가는 소나무도 나지막하고 튼실하게 자리를 잡고 있었다. 주인의 시선이 가장 편하게 닿을 수 있는 한적한 곳이었다. 그것들을 정원 곳곳에 불을 밝히는 전구가 숨어서 밝혀주었고 하늘 높은 곳에서 수줍음을 잃은 휘황찬란한 달빛이 멋지게 지원했다.

할머니는 나를 반겨주었다. 온화하고 은근한 미소를 머금고 인자하게 나의 어깨를 다독여주며 거실 쪽으로 인도했다. 거실에는 처음 보는 생소한 것이 많았다. 거실에 있는 소파에 앉아서 정면에 있는 흑백 TV를 유심히 바라봤다. 얘기는 익히 들어 모양과 형태는 대충 알고 있었다. 비스듬한 네 개의 다리와 열고 닫는 문이 있었다. 나무로 만들어 투박하고 큼직해 보였다. 내가 오기 전까지 할머니가 시청하고 있었던 것 같았다. 커튼식인 문이 열린 채 있었다. 그 위에는 운보 김기창의 '소와 소년'이 걸려 있었다. 소년이 황소의 등을 타고 집으로 한가롭게 가는 모습이었다. 황혼에 깃들어 따스하고 평화로워 보였다. 그 사이를 한쪽 벽에 걸려있는 찰각거리는 시계소리가 끊임없이 가로지르고 있었다. 태엽 감는 시계였다. 귀에는 거슬렸다. 난 일정한 질서와 리듬에 의해서 움직이는 것을 싫어했다. 시계추가 좌우로 움직이며 하루를 채워나가는 것도 삶의 규율 속에 넣는 것 같아서 싫어했다. 삶이란 스스럼없이 다가와서 스스럼없이 물러나는 흐름 위의 산물이라 쇳조각이 부르짖는 울림에 통어되지 않는 것이리라. 그것이 내가 일반적으로 받아들이는 삶의 보편이었다.

할머니가 부엌 쪽에서 불렀다. 난 미루의 손에 이끌려서 넓고 반질거리는 테이블 앞에 앉을 수 있었다. 싱크대가 있고 벽장이 있었다. 가지런하게 정돈된 느낌이었다. 색깔도 눈에 확 들어오지 않았고 은은하게 드러났다.

테이블 위에는 못 보던 음식이 많았다. 소고기전골도 있고 구운 갈치도 도톰한 몸통 부분이 두 조각 접시에 담겨져 있었다. 햄과 계란프라이도 나에게 익숙하지 않은 반찬이었다. 작은 멸치에 땅콩과 아몬드가 섞인 멸치볶음도 생소하게 다가왔다. 난 점심을 찬물 한 컵에 라면 하나를 부셔 먹은 것이 다였다. 식욕이 나를 격하게 몰아세웠다. 그래도 겉으로 드러내지 않아야 한다는 것을 알기에 뱃속 깊은 곳에서 울리는 요동을 간신히 참고 있었다. 그럼에도 알맞게 익은 소고기 냄새가 더욱 부채질했다. 집에서는 구경하기 힘든 것이었다. 명절에 맛볼 수 있는 삶은 돼지고기와는 클래스가 다른 것이었다.

할머니는 밥만 차려주고 자신의 방으로 들어갔다. 그래서 그런지 난 마음이 한결 편해지는 것을 느꼈다. 미루는 나에게 숟가락을 쥐어주며 밥을 먹자고 했다. 그러고는 내 맞은편 의자에 앉았다. 난 그녀가 하는 양을 보고 하얀 도자기 공기에 담긴 밥을 한 숟가락 떠먹었다. 시선을 미루에게 고정한 채 말이다. 미루는 쾌활하게 식사를 했다. 나도 따라 했다. 집에서 먹던 식사 풍경과는 많이 달랐다. 그 어둡고 칙칙한 대청마루에 걸터앉아 급하게 음식을 먹고, 그 자리를 빨리 벗어나는 것이 상책이었다. 그것은 살벌하게 쏟아지는 격한 감정의 화살들을 피하기 위함이었다.

그때 갑자기 밖에서 천둥과 번개가 몰려왔다. 거실 깊숙이 훤하게 밝혔다. 천둥은 주위를 환기시키는 재주가 있었다. 미루와 마주앉아 달콤한 식사를 방해하고 불안하게 만드는 재주 또한 있었다. 어느덧 미루의 밝은 미소는 사그라지고 그 자리를 미묘한 불안이 내려앉아 있었다. 난 미루의 표정을 둘러싸고 있는 껍질을 한 꺼풀 벗기고, 그 안에 내밀하게 둥지를 틀고 있는 구겨지고 짓밟힌 자아를 볼 수 있었다. 천둥이 그런 역할을 한 것이다. 어쩌면 그것은 누구에게도 털어놓고 싶지 않은, 하지만 그 누구에게 털어놓아야 하는 사적인 치욕 같은 것일 게다. 아직도 난 그것이 어떤 것인지 어떤 생김새로 나타날 것인지는 알지 못한다. 미루가 나에게 순순히 말하기 전에는.

그때 할머니가 자신의 방에서 나와 밖으로 나갔다. 빨랫줄에 널어놓은 옷가지들을 걷으러 가는 것 같았다. 미루와 난 숟가락을 든 채 그런 할머니를 보고 멍하니 바라만 보았다. 잠시 후 할머니는 이불과 옷가지를 한아름 안고 들어와서 혼잣말을 하며 자신의 방으로 들어갔다. 알아들을 수 없는 말이었다.

정원 쪽에서 비가 억세게 쏟아지는 소리가 들렸다. 처음에는 몇 가닥이 간결하고 깊이 있게 찔러들어 가더니 차츰 거칠고 난잡하게 들이치는 것이었다. 천둥도 저 아득한 어둠의 끝자락에서 밤의 야성을 깨워 성큼성큼 다가온 것 같았다. 창문을 강하게 흔들어 요동치게 했다. 늘 재빠른 번개도 태평양 어느 외진 인적이 드문 무인도에서 어둠을 밝히다가 갑자기 들이닥친 것 같았다. 낯설고 갑작스럽고 무모해 보였다.

미루는 무서움에 떨고 있는 것 같았다. 그녀는 머리를 박고 밥만 먹었다. 할머니의 모진 욕설에 머리를 들지 않고 밥만 먹던 엄마의 모습이 떠올랐다. 어떤 두려움이 그녀의 밝은 미소를 앗아간 것 같았다. 그녀의 할머니에게서는 그런 잔인하고 가혹한 행위를 숨기고 살아가는 것 같지는 않았다. 늘 자기 손녀의 행복과 희망을 꿈꾸는 자애로운 여유가 살아 숨 쉬는 것이 보였다. 난 그녀의 할머니에게서 느낄 수 있었다.

미루는 밥을 간신히 먹고 자신의 방으로 가자고 했다. 나 또한 음식을 많이 쑤셔 넣어 포만감으로 몸이 나른한 상태였다. 그녀는 나를 끌고 자신의 방으로 갔다. 그러고는 방에 나를 내버려두고 화장실에 다녀온다며 잠시 자리를 비웠다.

그녀가 들어올 때까지 난, 창밖을 보며 주머니 속에 있는 손칼을 만지작거리며 조금 열어둔 창문 사이로 미친 듯이 들끓는 정원의 광란에 넋 놓고 무연한 시선으로 바라봤다. 거친 빗줄기와 천둥과 번개에 이어서 바람까지 합세하자 정원에 깃든 밤의 고요는 종적을 감추고 사라진지 오래되었다. 단풍나무도 이파리들에 대한 집착을 버리고 생존에 대한 근성만 보일 뿐이고 모과나무도 가지에 주렁주렁 매달려 있는 모과들을 주저 없이 땅바닥에 내동댕이쳤다. 낮게 웅크리고 있는 소나무만이 다가오는 수난을 감연히 받아내며 자신의 모든 것을 지켜내는 것 같았다. 거센 비바람을 태연하고 의연하게 수긍하는 자세였다. 신비다운 풍모가 여실히 드러났다.

밤의 고요를 온몸으로 뿜어내어 밝히던 달빛도 두터운 암흑의 구름 속에서 헤어나지 못하고 질식해버린 듯했고, 정원의 구석구석을 영롱하고 가지런하게 밝히던 불빛도 풀어지고 흩어져 흘러내리는 것 같았다.

 아비규환이었다. 생존의 거친 움직임을 바라보는 것 같았다. 그것이 생존의 보편인지도 모른다. 그래도 자연은 외부적인 고난으로 끝나는 것이다. 남영동의 수사관들은 육체에 외부적인 고통을 가해서 내부적인 정신을 말살해버리는 것이다. 끊임없이 물속에 머리를 처박고 죽음이 밀접하게 다가오면 꺼내는 것을 반복한다. 참을 수 없는 고통에 쫓기고 쫓기어 정신은 굴절되어 변형된 자아를 놓는 것이다. 그러다 죽으면 책상을 강하게 내리치자 놀라서 죽었다고 하면 되는 것이다.

 그때 벼락과 천둥이 강하게 내리쳤다. 한참을 낮게 웅크려서 으르렁 으르렁 거리며 지표를 염탐하며 주위를 환기시키고 있었다. 적의 허점을 찾는 장수처럼 날카로운 눈길을 던지며 말이다. 그러다가 동네 가까이 길가에 우두커니 서 있는 통나무 전봇대를 사정없이 타격하는 것이었다. 일순간 어둠이 몰려왔다.

 칠흑이었다. 난 갑자기 들이닥친 어둠의 입자들에 포위되었다. 그때 방 안으로 들어오던 미루도 보이지 않았다. 창밖은 별일 없다는 듯이 여전히 으르렁 거리며 거센 비바람이 붙고 천둥번개도 기세를 꺾지 않았다. 그런 와중에 미루는 성냥불을 켜서 방 안을 밝혔다. 그러고는 책상 위에 있는 큼직한 초에 불을 붙이고 열린 창문을 닫았다. 그녀는 가끔 방 안의 전깃불을 끄고 촛불로 어둠을 밝히며 고요한 밤하늘을 응시할 때가 있다고 했다. 북두칠성을 바라보며, 우주를 떠돌고 있을 어린왕자를 상상하며, 어느 소행성에서 착륙해서 소일거리를 하며 지내는지 궁금해서 잠을 설칠 때도 있다고 했다. 자신도 어린왕자처럼 마음껏 우주를 유영하기를 바란다고 했다.

방 안은 고요했지만 미루는 화기애애했다. 자신을 의도적으로 그쪽으로 인도하는 것 같았다. 난 그녀의 얼굴 표정으로 대략 느낄 수 있었다. 그 너머에서 우울과 절망에서 헤어나지 못하고 보채는 자아의 미세하고 때로는 거친 숨소리가 들리는 것을.

미루는 분위기를 바꿀 카드로 소꿉놀이를 꺼내들었다. 난 한 번도 해본 적이 없어 생경한 놀이었다. 여자 아이들이 모여서 고무줄놀이를 하는 것과는 상이했다. 그것은 양쪽에서 고무줄을 잡고 협동심이 요구되는 것인 반면에 이것은 배역을 정해서 그에 맞는 연기를 하는 것이다. 난 아빠를 했고 그녀는 엄마를 했다.

미루가 소꿉놀이를 주도했다. 난 그녀가 하는 양을 보고 피동적으로 행위를 이어갈 뿐이었다. 처음에는 새로운 놀이에 대한 부적응과 마찰도 있어 다소 매끄럽게 흘러가지 않았다. 차츰 나도 모르게 그 캐릭터를 자연스럽게 소화하고 있었다.

 난 남편 역할에 빠져들었고 미루도 아내 역할에 빠져들었다. 난 넥타이를 매고 출근을 했고 그녀는 요리를 하고 집청소를 했다. 우린 같은 침대에서 누워서 잤고 아침에 일어나서 산책을 했다.

 방 안의 공기는 훈훈했다. 아까부터 방바닥도 따스했다. 미루는 이미 옷장 바닥에서 얇은 이불을 꺼내놓고 있었다. 온기를 오래 간직하고 품을 수 있는 장치를 해두는 것이 제일 훌륭한 방책이었다. 밖에서 거칠게 울며 흐느끼는 비바람이 비집고 들어도 미루가 그것마저 완전히 봉쇄해버린 것이다. 작은 빈틈도 용납하지 않자 방 안은 단절된 고요 속으로 함몰되어버린 것이다. 창밖의 광란과는 구별되었다.

 한참 소꿉놀이에 심취해 있던 미루가 갑자기 울음을 터뜨렸다. 그러고는 깔아놓은 이불 속으로 몸을 숨겼다. 당황스러웠다. 난 어떻게 해야 할지 알 수 없었다. 여자의 눈물만큼 어처구니없는 것도 없었다. 그 순간만은 숨죽이며 멈춰 있어야 하고 그녀가 원하는 것을 들어줘야 하는 현실에 직면하고 마는 것이다. 난 이런 상황을 누나로부터 많이 봐왔다.

 난 한없이 기다리며 추리닝 상의를 벗었다. 덥고 답답했다. 미루 할머니의 배려로 방바닥의 따스함을 느낄 수 있었다. 난 그녀 할머니의 사랑이 이런 것으로 드러나는 것을 새삼스럽게 느낄 수 있었다.

난 그녀에게 다가가서 한참을 머뭇거리며 우두커니 그렇게 있다가 용기를 내어 이불 위를 쓰다듬어주었다. 난 그녀의 몸의 떨림을 온몸으로 느낄 수 있었다. 비를 맞고 웅크리고 있는 새끼염소 같았다. 끊임없이 쏟아지는 빗줄기를 바라보며 울면서 기다릴 수밖에 별도리가 없는 그런 옹색한 상황 말이다. 그녀가 그랬다.

한참 그렇게 있다가 갑자기 그녀가 나를 이불 속으로 끌어들였다. 난 스르르 미끄러져서 그녀를 강하게 느낄 수 있는 거리에 있었다. 가슴이 뛰었다. 그래서 난 눈을 감고 내색하지 않으려 애를 쓰며 그녀가 하는 양을 지켜봤다. 몸은 얼어서 굳어 있었다. 그래도 그녀가 보이지 않아서 덜 부담스러웠다. 그녀는 울먹이던 목소리를 간신이 가다듬으며 말을 뱉어내었다.

"새 아빠가 나의 몸을 흉물스런 눈빛으로 더럽게 쓰다듬어. 개새끼! 나를 억지로 품어서 자리도 잡지 않은 유방을 강하게 잡아당기고 유두를 깨물었어. 투박하고 지친 손가락은 여자에게 가장 소중한 그곳에 억지로 쑤셔 넣었지. 찢어질 듯 아픔이 몰려왔고, 너무나 무서웠어. 그래서 강하게 저항했지만, 소리는 지를 수 없었어. 그 나쁜 놈은 엄마와 할머니를 죽이겠다고 협박을 했지."

"개새끼! 씨발놈! 쳐 죽일 놈!"

"그는 자신의 페니스를 꺼내어 나의 얼굴에 문지르며 희열을 느꼈고 손가락을 집어 넣던 그곳에 페니스를 문지르며 욕구를 채웠어. 그러다가 급기야 자신의 페니스를 잡고 강하게 흔들어 사정을 하고, 그것을 나의 얼굴에 문질렀어. 난 그 끈적거리는 더러운 것의 냄새와 질감을 아직도 기억하고 있어. 흐르는 코처럼 더러운 것이었어."

"개새끼! 씨발놈! 쳐 죽일 놈!"

그녀는 재차 흐느껴 울었다. 난 그녀의 울음을 질식시킬 정도로 힘껏 안아주었다. 그녀는 그렇게 한참을 나의 품속에서 흐느끼며 울고 끊임없이 반복해서 울었다가 멎었다가 또 울었다. 이런 것들이 나를 자신의 집으로 초대한 이유인 것 같았다. 어느 누구에게 얘기하고 싶고 위안을 받고 싶은 그런 거 말이다. 그래서 나를 자신의 영역으로 끌어들인 것 같았다.

어느 순간 그녀는 나의 품속에서 울음을 그치고 미동도 하지 않았다. 실신했는지 착각이 들 정도였다. 그럼에도 불구하고 그녀는 따스한 온기를 온몸으로 뿜어내고 있었다. 생명력이 물씬 풍기는 온기였다. 난 그런 와중에 안나를 안았을 때의 모습이 떠올랐다. 그때의 안나도 나의 품에 안긴 채 세상의 고난을 잊고 안식을 찾고 있었던 것이다. 자신의 몸을 둥글게 모아서 격한 숨을 안으로 고르고 사지를 길게 늘어뜨리며 말이다. 안나도 내가 영원히 지켜줄 것이라 믿었던 것이리라.

미루는 나를 조금 밀쳐내더니 꼼지락거리다가 이내 동작을 크게 했다. 그녀의 숨결도 느낄 수 있는 격한 거리였다.

그녀는 양말을 벗고 소매가 긴 검은색 원피스를 벗고 있었다. 그러고는 숨소리도 미약했고 움직임도 미약했다. 나 또한 이불 속에서 그녀의 작은 움직임에도 민감하게 집중하고 있었다. 조그마한 움직임도 크게 들리는 제한된 공간이라 처음 느끼는 감정의 알갱이들이 움트는 것도 느낄 수 있었다. 가슴 깊은 아득한 곳에서 언젠가는 보이기를 갈망하는 미세한 불씨인지도 모른다. 그것은 육체의 성숙과 함께 다가와서 성장하는 것일 게다. 그것을 그녀가 미리 불을 지피는지도. 아직은 알 수 없는 것이다. 하지만 진중하고 은근하게, 무겁고 집요하게 다가오는 것을 온몸으로 느낄 수 있었다.

그녀는 나의 손을 잡아서 자신의 가슴언저리에 올려놓았다. 난 성숙하다가 짓밟힌, 엉거주춤 가라앉아 날개가 꺾인 그녀의 유방을 느낄 수 있었다. 조그마한 둔덕은 이루고 있었지만 충실한 알맹이는 열리지 않았다. 난 그녀가 올려놓은 그 자리에서 손을 움직이지 않았다. 재차 그녀의 허락을 받고 싶은 것인지도 모르는 일이었다.

"만져봐."

난 어딘지 어색하고 무서웠고, 그래도 그 자리에서 벗어나지 않았다. 집게손가락을 움직인 것이 다였다. 그러자 그녀가 자신의 손을 나의 손등 위에 올려놓더니 따스하게 쓰다듬어주었다.

그 이후 난 스스럼없이 나아갔다. 나의 따스한 손길로 인하여 그녀는 안식을 찾는 것 같았다. 온몸은 불덩이처럼 이글거리고 있었고, 그럼에도 천하고 값싼 애욕을 채우기 위해 자행하는 것 같지는 않았다. 신성하고 거룩했다. 젖을 물리는 엄마의 은근함과 자애로움이 묻어나는 것 같았다. 삶의 고난을 겪고 태연하고 해맑게 웃어넘기는 여유도 고스란히 남아 있는 것 같았다. 삶의 애환을 그렇게 풀어내어 나에게 표현하는 것 같았다.

그녀는 혓바닥으로 핥아주기를 바라는 것 같았다. 자신의 새 아빠가 약탈하고 간 지역과 자리를 부드럽고 오염되지 않은 청정한 혓바닥으로 천천히 세밀하게 핥으면서 깨끗이 닦아주기를 바라는 것 같았다. 그래서 난 그녀의 얼굴부터 시작했다. 그녀의 새 아빠가 배설하고 뿌린 정욕의 찌꺼기들을 말끔히 닦아내는 것이 나의 책무인양 부지런하고 성실했다. 평소에도 유난히 빛을 발하는 눈가가 첫 번째 목표물이었다. 난 어둠속에서도 그녀의 눈두덩과 눈시울 위에 자라는 제법 까칠까칠한 털을 느낄 수 있었다. 여린 들풀에서 느낄 수 있는 그런 촉감이었다. 강한 바람이 불면 누워도 허리가 꺾이지 않는 것들 말이다.

 난 눈망울의 선을 따라 움직이는 것이 조심스러웠다. 혀의 친절로 나아가긴 해도 여간 까다로운 자리가 아니었다. 조준을 잘못하면 눈동자를 찌를지도 모르기 때문이었다. 그래도 성심성의껏 그녀의 새 아버지가 뿌린 정욕의 껍질들을 말끔히 닦아내었다. 그것이 그녀를 위한 길이기에.

 난 샛별처럼 빛나는 눈동자를 벗어나 콧등을 따라 내려가서 입술에 이르렀다. 육체의 자물쇠가 있는 자리었다. 그곳을 끊임없이 감동을 시켜야 육체의 문이 열리는 것이다. 하지만 그곳에 오래 머물지 않았다. 그녀가 바라지 않는 것 같았다. 그래서 강렬하게 입술을 핥아주고 목덜미 쪽으로 옮겼다. 목덜미에 머물다가 일직선으로 뻗어올라가면 앙증맞은 귀가 돌출해 있었다. 그제야 양쪽 귀를 잊고 내려온 것을 알고 수치심 같은 것이 몰려와 주도면밀하게 살피며 핥았다. 그러고는 곧바로 아래로 내질렀다. 여자 육체의 중심축인 유방이었다. 나의 손길이 아까부터 여전히 머물던 곳이었다. 아직도 크기와 모양이 제대로 형성되어 있지 않았다. 그래서 브라의 울타리도 갖추고 있지 않은 것이다. 늑대들의 먹잇감이 되기에는 아직 이른 것이다.

 "여기도 깨끗이 닦아줘."

 난 그때 그녀의 가슴 부위에 머물러 있었다. 그녀는 그 말과 함께 나의 손을 잡아서 배꼽 아래로 이어지는 음침하고 성결한 그곳으로 손길을 가져갔다. 난 여자의 은밀한 그곳이 나와 미루의 종착역일 것이란 것을 대강 직감했다. 그래서 초심을 되새기며 봉사하는 마음으로 나아갈 수 있었다. 그것이 그녀를 살리는 일인 것 같기도 했다. 억눌리고 갈취 당한 영혼의 따스함과 온유를 그녀의 새 아버지로부터 되찾아오는 길인 것 같기도 했다.

내가 그녀의 은밀한 그곳에 손가락을 밀어 넣자 하염없이 울었다. 난 손가락을 조심스럽게 움직여 보았다. 그녀는 자지러지는 소리를 지르며 나를 강하게 얼싸안았다. 그럼에도 불구하고 그녀는 나의 행동을 독려했다. 나 또한 그녀의 아픔을 온몸으로 느낄 수 있었다. 쾌락의 젖줄에 매달려 울부짖는 현정의 목소리와는 다른 것이었다. 현정은 나의 손가락의 움직임에 일락으로 섬세하게 반응하며 나아갔지만, 미루는 아픔과 고통으로 반응하며 나아가는 것이었다. 난 그런 것들이 미루의 갈취 당하는 실존적인 모습 같아서 안쓰러웠다. 그래서 난 쉼 없이 그녀의 육체에서 그녀의 새 아버지에 대한 더러운 정욕의 찌꺼기들을 말끔히 닦아내려고 온갖 힘을 다 쏟는지도 모른다. 그것이 미루에게 해줄 수 있는 유일한 것이기에.

비가 그쳤다. 어느새 천둥과 번개도 종적을 감췄다. 격렬하게 내뱉으며 으스스하게 정원을 짓밟던 비바람도 사라진지 이미 오래된 것 같았다. 난 창문을 활짝 열어둔 채 밖을 내다봤다. 자심한 삶의 뒤챔에서 겨우 살아남은 생존자의 모습들이었다. 서로 부딪쳐서 찢어지고 할퀴며 나아간 흔적이 고스란히 남아있었다. 그 속에서도 삶의 고요와 여유가 살아 숨 쉬는 것이 이상하고 의아하게 다가왔다. 그것이 그들이 살아갈 수 있는 힘인지도 모른다. 그러다가 난 방 안으로 시선을 돌렸다. 책상 위에 있는 촛불은 여전히 고요한 방 안을 지그시 밝히며 타오르고 있었다. 미루 또한 이불 속에서 자신의 애잔한 삶을 되씹으며 아직도 깊은 슬픔에 사로잡혀 있을 것이다. 난 그런 측은하게 수축해 있는 그녀를 오랫동안 내려다보았다. 그녀는 미동도 하지 않은 채 그대로 사체처럼 머물러 있는 것이다. 참혹한 슬픔에 매몰되어 호흡도 잊은 것처럼 말이다.

　난 재차 밖을 내다봤다. 인공적으로 밤을 밝히는 불빛은 이미 사라진지 오래되었다. 그곳을 차오르는 달빛이 채우고 있었다. 밤안개도 없이 밤공기는 맑고 투명하고 깨끗했다. 신선하고 싸늘하기도 했다. 그 사이를 별빛이 먼 곳에서 다가와 다소곳한 미소를 던지며 그 자리에서 맴을 돌고 있었다. 몽환적이고 신비로웠다. 그 기운이 어려있는 곳에 새로운 세계로 나아가는 길이 있을 것 같았다. 까치가 다리를 놓을지 하늘에서 구름이 내려와 계단을 만들어 인도할지 알 수는 없었다.

난 그때 다리 위의 난간을 걸을 때가 생각났다. 처음에는 겁이 났고 오금이 저려와서 서있기도 힘들었다. 앞으로 나아가자 차츰 나의 어깨를 짓누르던 일상의 번잡한 망상들이 거칠게 흐르는 물줄기를 따라 흘러내리는 것이었다. 그제야 휴식다운 휴식을 한 것이었다. 난 그곳이 어쩌면 새로운 길로 나아가는 출입구일지도 모른다고 생각했다. 그 난간 끝에서 비스듬하게 이어지는 계단이 있어 천천히 오를 수 있고 힘들면 층계참에서 쉬었다 오를 수도 있을 것 같았다.

그래서 난 이불 속에 파묻혀있는 미루를 깨우기로 했다. 그녀에게 내가 겪은 달콤함 신비를 느끼고 맛보게 하고 싶었다. 난 이불을 천천히 걷으며 밖으로 나가자고 했다. 그녀는 알몸인 채 나의 시선과 마주쳤다. 엉거주춤한 자세로 수치심을 품은 표정이었다. 그녀는 이불을 당기며 자신의 중요한 부위를 가렸다. 난 아직도 소녀티를 못 벗어난 그녀의 육체가 신선하고 참신해 보였다. 현정의 육체에서 볼 수 있는 무르익은 농밀함과 교태는 얼씬거리지 않았다. 더욱이 사정의 충만함을 고스란히 받아내어 쾌락의 외줄타기에 젖어 오묘한 만족의 호흡을 탐하지 않아서 그런지도 모른다. 아무튼 그녀는 소녀에서 여자로 나아가는 출발 지점에 있는 것이다. 천천히 사춘기를 받아내고 성장하며 여자의 가슴을 액세서리로 달고 평생 살아갈 것이다. 봉긋하고 탐스러운 가슴으로.

난 그녀의 팬티를 찾아서 입혔다. 그녀는 목을 돌린 채 가만히 있었다. 난 다소 여자의 기운이 모여 있는 가슴언저리에 오른손을 가져가서 쓰다듬었다. 유두를 꼬집지는 않았다. 여전히 그녀의 육체는 미동도 하지 않았다. 그녀는 이미 나를 받아들인 것이다. 아픔을 함께 나눌 수 있고 육체를 함께 나눌 수 있는 관계로 말이다.

난 미루를 일으켜 세워 검은색 원피스를 입히고 장롱을 열어 두꺼운 옷도 입혔다. 그녀의 수치심이 섞인 미소를 자아냈기에 난 그녀를 깊게 안아주었다. 그러고는 그녀를 데리고 밖으로 나왔다.

정원은 한없이 맑고 고요했다. 갑작스럽게 변한 대기의 불안정에 정원에서 뿌리를 내리고 살아가는 정원수들이 심한 고열에서 이제 벗어난 것처럼 어수선한 모양새를 하고 있었다. 형태가 풀어지고, 찢어지고, 꺾이고, 떨어져나가 볼품없이 변한 것이었다. 안쓰럽고 처참해 보였다. 그런 와중에도 정원의 얼굴인 소나무는 정갈한 자세를 유지하기 위해 애쓰는 것 같았다. 가늘고 작은 가지가 꺾이고 가는 잎사귀가 강제로 떨어지는 수모를 겪으면서도 의연한 자세를 잃지 않는 것이 유관순의 불굴의 의지와 닮아 있었다. 어쩌면 이것이 방 안에서 정원을 바라볼 때 다가오던 삶의 고요와 여유를 자아내던 실체인지도 모른다. 가혹한 현실을 온전히 받아내는 박종철의 삶과도 일치하는 것 같았다.

난 미루를 이끌고 빛바랜 잔디를 밟으며 정원을 빠져나와 골목길에 접어들었다. 폭이 좁은 골목길 양쪽으로 큼직한 집이 나란히 줄을 서서 이어졌다. 일정하게 연기 나는 굴뚝도 있었고 소 우리에서 들리는 송아지의 울음소리도 들렸다. 마당에 나와서 비바람이 휩쓸고 아무렇게나 흩어놓은 가재도구를 제자리에 놓는 사람들의 음성도 들렸다. 낮게 엎드려 있던 마을이 기지개를 펴는 몸짓과 숨소리인 것이다.

 마을을 빠져나오자 유전천에서 흘러내리는 거친 물소리로 인하여 마을의 움트는 소리는 소멸되었다. 짧지 않은 시간에 퍼부은 강한 빗줄기가 골짜기에 맺히지 않고 하염없이 흘러내려 거대한 부피와 넓이로 모인 것이다. 그 움직이는 소리가 마치 거대한 공룡들이 전쟁을 위해 무리를 지어 급하게 다가오는 것 같았다.

 하지만 밤하늘은 명징했다. 티끌 하나 없어보였다. 그래서 그런지 밤하늘에 서식하고 있는 것들도 더욱 세련된 빛을 품고 있는 것이다. 봄부터 국물을 퍼 나르느라 바쁜 나날을 보낸 북두칠성도 오롯한 모습을 드러내고 있었다. 빈 곳을 하염없이 채워나가는 달빛도 더욱 청아하고 맑고 정겨웠다.

 난 유전천 앞에서 미루와 손을 잡고 우두커니 서있었다. 어딘가에서 기괴하고 무서운 기운이 나를 밀쳐내는 미세한 느낌이 들었다. 난 추리닝만 입고 있어 다소 싸늘한 날씨가 원인이라고 생각했다. 그런 애매모호하고 야릇한 느낌을 일깨운 것은 미루였다. 미루는 나의 어깨에 기대어 밀쳤다. 그래서 우린 다리난간에 오를 수 있는 지점에 이르렀다.

난 미루에게 다음에 하자고 만류했다. 겁이 났다. 어둠 속에서 무겁고 우렁찬 유전천의 물소리는 장마 때 며칠 쏟아진 것을 능가하는 위엄이 있었다. 갑자기 쏟아진 비는 갑자기 수위가 떨어지는 변수가 있긴 해도 그 기세는 아직도 만만찮았다. 괴팍하고 잔인한 소리를 쉴 새 없이, 거침없이 질러대는 것이다.

미루는 다리난간을 훌쩍 뛰어서 배를 깔고 올랐다. 그녀는 자신의 삶의 길에서 새로운 길을 찾는 모험가의 대담성이 엿보였다. 난 그녀의 의외의 모습에 놀랐다. 남학생들에게 괴롭힘을 당하고 있던 그녀가 아니었다. '프랑스를 구하라'라는 신의 음성을 들은 잔 다르크처럼 영웅적인 면모까지 드러나는 것이다. 한 국가를 구하지는 못할지라도 자신은 구할 수 있을 것 같았다. 그래서 자신을 짓누르는 삶의 지나친 억셈에서 벗어나지 않을까 하는 생각이 들었다. 난간에 올라선 것이 그녀의 첫걸음인 것 같았다. 그녀는 엉거주춤 일어서서 걸었다. 그녀의 대담성은 나의 행위를 앞서서 나를 초라하게 할 정도였다. 그녀는 쉴 새 없이 흘러내리는 물줄기의 거친 울부짖음이 아무렇지도 않은 것 같았다. 오직 자신 앞에 놓인 좁은 난간 위를 올라 평안을 맛보고 싶고, 더 나아가서 새로운 세계의 출입구를 찾고자하는 일념이 온몸에서 풍기는 것 같았다.

위험에 노출된 미루는 자유로워 보였다. 작두를 타고 광기어린 춤을 추는 무당과는 사뭇 다른 뉘앙스를 풍기는 움직임이었다. 하지만 어떤 거대한 이끌림으로 인하여 그들의 행위를 몰아가는 것은 같아 보였다. 대기권을 지나서 성층권 위를 걷는 것 같기도 했다. 비바람과 폭설은 소용없는 먼 곳에서 일어나는 것에 불과하며 오직 자신이 나아가는 길은 평온하며 맑은 나날이 이어질 것이라고 생각하는 행위였다.

그녀는 다리 중앙에 멈춰서 양쪽 팔을 펼쳤다. 우화하는 번데기 같았다. 다리난간을 박차고 날아올라 성층권을 지나서 먼 우주로 비상하기 위한 채비를 하는 것 같기도 했다. 삶의 비애를 털어버리는 의식인지도 모른다는 생각이 들었다. 갑자기 어린 왕자가 사막에서 뱀에 물려 무거운 몸뚱이를 버리고 가벼운 것을 취하는 행위인지도 모른다는 생각도 들었다. 그래도 난 관여할 수 없었다. 그것이 그녀를 존중하는 것이라 생각했다.

그런 와중에 난 주위를 천천히 살폈다. 다리 아래는 여전히 광포한 물줄기가 미루를 삼킬 듯이 달려들어 아래로 흘러내렸고, 거칠고 맹렬했다. 집채만 한 큼직한 돌들 사이에 부딪치며 내질러대는 굉음이 사위를 기괴하고 음험하게 만드는 것도 잊지 않았다. 달빛을 받아도 황톳물은 변하지 않았다. 밤의 신비도 그것을 있는 그대로 보일 뿐이었다. 그러고는 난 밤하늘을 올려다봤다. 올망졸망 자신의 빛을 깊이 품고 토해내느라 여념이 없는 별들이 구석구석 하염없이 반짝거리고 있고 달빛도 예전과 다르지 않게 깊이 품고 토해내고 있었다. 그때 어디서 나타났는지 알 수 없는 형체의 새가 그 공간을 가로지르고 있었다. 크고 음산했다. 큰 날개를 휘저으며 날고 있을 뿐이었다. 하지만 제자리걸음만 하는 것 같았다. 신선한 바람을 타며 자유롭게 유영하는 것처럼 보이지는 않았다. 큰 날개를 펼쳐서 안간힘을 쓰며 날갯짓은 하고 있어도 그 자리에서 못 벗어나는 것 같았다. 고달프고 힘겨워 보였다. 그래도 울지는 않았다.

 난 까마귀가 아닐까 하는 생각이 들었다. '까마귀는 죽음의 냄새를 맡은 거야' 용팔이의 말이 생각나기도 했다. 그러자 더욱 불안했다. 일순간 환시인지 모르는 일이 벌어졌다. 다리 아래서 거센 물줄기가 솟구쳐 올라 범의 형상인지 늑대의 형상인지 알 수 없는 무시무시한 것이 큰 갈래를 이루며 변화무쌍하게 움직이고 있었다. 펼쳤다 오므렸다 죽일 듯이 다가와서 덮치지는 않았다. 환청도 들렸다. 교실 창문을 강하게 흔들며 쏜살같이 날아가는 제트기의 굉음과 흡사한 소리가 나를 압도했다. 난 겁을 먹은 채 뒷걸음질 쳤다.

하지만 미루는 오히려 편안하고 자유로워 보였다. 여전히 평정심을 잃지 않고 나아갔다. 다리난간만 나아가면 고통도 아픔도 없는 새로운 세계가 다가올 것을 예감하고 있는 것처럼.

  그때였다. 미루는 다리난간 아래로 떨어졌다. 비명도 지르지 않았다. 그녀가 다리난간을 헛디딘 것인지 아니면 자신이 의도적으로 추락한 것인지 난 정확하게 알 수는 없었다. 잘못 디뎠다면 살려달라고 나를 불렀을 것이다. 그녀는 그러지 않았다. 그래서 자신이 자신의 삶을 선택한 것 같았다. 난 다리난간 아래로 떨어진 그녀를 찾지도 않았다. 슬프지도 않았다. 어린왕자가 몸뚱이의 허물을 벗는 것과 다르지 않다고 생각했다. 난 미소를 머금은 채 발걸음을 집으로 향했다.

드디어 할머니도 죽고

 황매산 깊은 골짜기 너머에서 찬바람이 불어오더니 서리가 내리고, 몇 주 지나지 않아서 첫눈이 내렸다. 골짜기마다 빼곡히 빈틈없이 들어앉은 잡목들은 질긴 이파리들의 유혹을 간신이 떨쳐버리고 저마다의 일상을 공고히 하고 있었다. 다소 초라하고 외롭고 추운 나날이 이어지는 것이 겨울나기의 곤궁이겠지만, 그래도 봄이라는 따스하고 축복적인 나날이 다가오기에 참을 수 있었던 것이다.
 첫눈은 어스름한 새벽에 내렸다. 황매산 그 많은 골짜기들 중에 유독 태양이 늦게 뜨고 일찍 떨어지는 곳이 해월이었다. 그곳에 추위와 첫눈이 제일 먼저 다가온 것이다. 난이불 속에서 나만의 실체 없는 상상력으로 먼 나라를 오고 가며 들판을 걷다가 힘들면 해변을 걸으며 나아가곤 했다. 그 해변의 끝자락에는 늘 미루가 혼자 비키니를 입고 해맑게 웃는 것이었다. 나 또한 먼 발치에서 그녀의 행복한 모습을 들여다보며 우두커니 서있었던 것이다. 그러다가 또 다른 곳으로 옮겨가는 것이다. 그곳에는 안나와 얄리가 뛰어놀고 있었다. 안나의 어미로 보이는 상냥하고 큰 고양이가 안나의 주위를 맴돌고 있었다. 머리가 크고 몸집이 길고 날씬하게 뻗은 것이 제법 잘 생긴 고양이였다. 그들은 그들의 안식을 찾으며 머물러 있었다. 잠시 상상력의 영상이 완전히 암실 속에 갇혔다가 다시 밝아질 때는 엄마의 모습이 떠올랐다. 그녀는 여전히 삶의 깊은 한숨과 비탄 속에서 모진 노동으로 하루하루를 버티고 있었다. 연이어 할머니의 폭언과 괴기스런 표정이 떠올랐다.

 나의 첫 시선은 마당에 머물렀다. 하얗게 첫눈이 쌓여있었다. 태양이 어느 정도 비추고 있어 지붕 위에 쌓인 눈은 알뜰하고 깊은 햇살을 품고 있었다. 눈이 부실 정도는 아니어도 주위를 섬세하고 상냥하게 보듬을 수는 있었다. 그때 옆집 감나무 가지 위에서 참새들이 재잘거리고 있었다. 난 두꺼운 외투를 걸치고 대청마루에 나와서 신발을 신고 마당에 멈춰섰다. 그러고는 참새들이 재잘거리는 곳으로 시선을 돌렸다. 참새들은 전깃줄로 옮기고 그곳은 까마귀 한 마리가 자리를 잡고 있었다.

 까마귀는 가지에 어지럽게 얼어붙은 눈송이가 차갑지 않은 모양이었다. 마치 석상이 된 것처럼 고정되어 있었다. 싸늘하고 차가워 보였다. 우듬지에 매달려 있는 까치밥에 눈길조차 주지 않고 언제부터인지 모르는 정지된 동작으로 일관하고 있었다. 배가 불러 포만감 때문에 멈춰있는 것만은 아닌 것 같았다. 어떤 가혹한 숙명이 그 자리에 미동도 못한 채 나아가지도 물러서지도 못하게 묶어놓은 것 같았다. 태양의 위엄에 보이지 않는 고삐로 묶이어 끊임없이 주위를 돌고 멈추지 않는 해골 혜성이 생명력을 잃어 강렬한 빛을 내는 코마와 꼬리가 사라진 죽은 혜성처럼 을씨년스럽고, 고독하고, 참혹하고 음험했다.

그러던 까마귀가 부리로 나뭇가지를 쪼며 움직이기 시작했다. 그러다가 또 미동도 하지 않았다. 난 착시가 아닐까 생각하고 있는 순간에 이젠 부리로 발톱을 쪼았다. 난 그제야 전깃줄 위에 늘어선 참새들이 치기어린 장난질을 치며 재잘거리지 않는 것을 알았다. 감나무 가지로 재차 날아가는 참새도 없었다. 일렬로 늘어선 것이 염라대왕 앞에 시립해서 명을 기다리는 것 같았다.

난 그들의 공중의 영역에 대한 규율을 알지는 못했으나 대략 느낄 뿐이었다. 분명한 것은 까마귀가 그들의 영역 안에서 크나큰 힘을 작용하는 것만은 분명해 보였다. 늘 친근하지만 방정맞은 울음소리를 내는 까치마저도 감나무 근처에는 오지 않는 것이다. 참새는 두말할 필요도 없는 것이다.

그러던 까마귀가 감나무를 박차고 날아올랐다. 감나무를 몇 바퀴 돌더니 크게 원을 그리며 우리 집 위를 몇 바퀴 돌았다. 날개에서 햇살을 품어서 그런지 보랏빛을 발산했다. 음험한 그림자가 뒤따르는 것이다. 까마귀는 몇 바퀴를 더 돌며 태양이 뜨는 반대 방향으로 날아갔다. 까마귀는 울지 않았다.

할머니는 옆집 할아버지를 지워버리기 위해 많은 시간과 감정을 허비했다. 삶의 순간순간 다가오는 무료한 일상에 자신도 모르게 한숨을 지었다. 때때로 혼잣말을 연이어 하거나 욕설을 퍼부었다. 한밤중에도 잠꼬대로 주위 사람들을 어지럽게 했다. 할머니 곁에 시종 노릇을 하며 권력의 단맛을 빨며 유유자적한 삶을 보내던 고모도 찬밥이었다. 누나도 두말할 필요가 없었다. 그 후유증으로 엄마가 가장 힘들었다. 처음에는 내적인 부조화와 갈등으로 혼자 견뎌내며 인내했다. 하지만 시간이 지나자 자신의 불행에 대한 화풀이 대상을 사냥하는 것이었다. 그 대상이 엄마였다.

그것이 자신의 자존감을 고취시키는 일이며 삶의 자양분으로 인식하는 것 같았다. 엄마에 대한 삶의 갈취로 인하여 자신의 피폐된 영역에 햇살을 깃들게 하여 새롭고 다양한 새싹이 움트기를 바라는 마음인 것 같았다. 어쩌면 엄마는 자신의 삶에 밑거름인지도 모른다. 자기 삶의 알맹이를 풍성하게 영글게 하며, 그래서 척박한 땅을 기름지게 만들 수 있게 썩어서 분해가 되는 거 말이다. 그것이 할머니가 설정한 엄마와의 거래인지도.

사람들의 거래는 늘 많이 가진 자가 질서를 유지하는 것이다. 덜 가진 자는 가진 자가 그물을 쳐놓은 곳에서 안식하며 영위하는 것이다. 가족도 그렇고 사회도 그렇고 국가도 그렇다. 할머니는 그것을 알고 자신의 힘을 놓지 않고 엄마를 자신이 셋팅한 공간 속에 부려놓고 자신이 원하는 것을 하나씩 뽑아서 취하는 것이다. 그것이 할머니와 엄마의 거래인 것 같았다. 그에 반해서 엄마의 거래는 간디와 마찬가지로 객관적인 관념론자는 아닌 것 같았다. 신과 진리를 같은 반열에 놓고 일상을 받아내지도 않는 것 같았다. 하지만 도덕적인 자기 개선으로 나아가고 극기와 금욕으로 삶을 관리하는 것은 엄마에게 엿볼 수 있는 것이었다.

할머니는 아침부터 바빴다. 삶의 허기진 욕구를 채우기 위해 의도적으로 바쁜 척을 하는 지도 모를 일이다. 길고 공허한 겨울밤의 가혹함을 이겨내기 위해서는 그런 작위적인 행위도 필요할 것이다. 필터 없는 담배로 메케한 연기를 뿜어서 차갑고 투명한 새벽을 채워가는 것도 한계가 있는 것이다. 그럴 때면 늘 욕구는 발톱을 세워서 새로운 먹잇감을 찾기에 여념이 없는 것이다. 그러다가 또 욕구는 혼자 뭉그러지기 일쑤였다. 옆집 할아버지의 페니스의 소멸은 자신을 한층 더 비참하고 초라하게 만들 뿐이었다.

오늘 할머니 친구의 회갑잔치가 있다고 했다. 그래서 며칠 전부터 밥상머리에 앞에서 넋 잃은 사람처럼 말하곤 했다. 자신보다는 세 살이 많다고 했다. 그럼에도 불구하고 자신보다 열 살은 더 많아 보인다고 했다. 그래도 친구처럼 지낸다고 했다.

난 할머니를 따라 회갑잔치에 가기로 했다. 엄마도 원했고 할머니도 따라오라고 했다. 난 할머니의 선심을 처음 받아보는 것이었다. 그래서 이상한 기분이 들었다. 할머니의 사랑이 이렇게 다가오자, 오감이 불안스레 받아들이는 것을 느낄 수 있었다. 난 갑자기 속이 메슥거리고 구역질이 났다. 그래서 먹던 숟가락을 놓고 밖으로 나왔다.

 할머니는 시련 속에서 나에 대한 사랑이 조그맣게 생겼는지 알 수는 없었다. 난 그것이 또 왜 이렇게 싫고 역겹게 다가오는 것인지 알 수는 없었다. 늘 그녀에 대한 적의를 불태우며 나아가고 늘 적의 위치에 놓고 난도질하며 하염없이 시간을 보내며 살아왔기에, 그래서 따스하게 다가오는 그녀의 선심이, 이질적이고 새로운 물질이 나의 육체 속으로 스며들 때 몸의 반응과 흡사한지도 모르는 것이다. 명현반응.

 난 아침밥을 먹고 할머니를 따라 나섰다. 먼 발치에서 그녀의 뒤태를 보며 초조한 눈초리로 호주머니 속에 있는 손칼을 만지작거리며 발걸음을 옮겼다. 태양은 이미 세상에 덩그러니 모습을 드러내고 있었다. 그러자 새벽에 내린 적지 않은 눈이 서서히 그리고 급속하게 녹아내리는 것이었다. 감나무에 차갑게 눌어붙은 눈송이들은 녹아내려 자취를 감추고 사라진지 이미 오래되었고 지붕 위에서는 서로가 서로에게 엉겨서 간신히 본래의 순수하고 찬란한 모습과 형태를 유지하려고 애쓰고 있어도 가차없이 낙숫물이 되어 땅바닥으로 떨어지는 수모를 겪고 있었다. 난 그런 찰나의 모습들을 보며 사람들도 고유의 형태를 유지하기 위해 발버둥치는 것인지도 모른다고 생각했다. 세상에 부대끼며 시간 속에서 묻히고, 쫓기고, 까이고, 얻어맞으며 그래도 자신의 육체의 소멸을 막기 위해 앞으로 나아가고 또 나아가는 것 같았다. 엄마가 그랬던 것이다.

땅바닥은 아직도 밤의 냉기가 머물러있어 단단하고 미끄러웠다. 하지만 햇살을 온전히 받아서 품고 있는 곳은 질퍽질퍽 거렸다. 할머니는 그런 악조건 속에서도 알아서 잘도 피해서 경사진 비포장도로를 걷고 있었다. 하얀 고무신 안에 하얀 버선을 신고 있어도 황톳물이 들지 않았다. 몇 십 년을 걸어온 익숙한 길이라 그런 것 같았다. 하지만 난 난감하고 부자연스러운 걸음을 옮기지 않을 수 없었다. 잘못 디디면 미끄러졌고 어떤 곳은 녹아서 질퍽한 속으로 빠져 이상한 느낌도 들었다. 그래도 난 할머니와의 거리를 유지했다. 용팔이가 준 호주머니 속에 있는 손칼을 만지작거리며.

가끔 난 용팔이가 자신이 소중하게 여기던 손칼을 왜 나에게 선물로 준 것인지 알지 못했고, 생각하지도 않았다. 누나를 얻기 위해 준 것인지 아니면 나의 사기를 북돋아주기 위해서 준 것인지 명확히 알 수는 없었다. 그가 말없이 웃으며 나에게 건넨 것이 오히려 궁금증을 자극했는지도 모른다. 하지만 그가 말하지 않으니 알 수는 없었다. 아무튼 그 손칼이 있어 요즘 든든하고 요긴하긴 했다.

할머니는 신이 나는 모양이었다. 과거의 잡스러운 일들을 잊고 새로운 나날을 설계하기 위한 출발점을 오늘의 잔치로 정한 것 같았다. 그래서 촌스러운 털이 비집고 나온 두꺼운 외투와 검고 두꺼운 머플러를 하고 나름 멋을 부린 흔적이 있었다. 머리칼도 기름을 깊고 진하게 발라서 윤기가 났고, 은비녀로 가지런히 단장을 해서 정갈하게 마무리했다. 하지만 전체적인 옷맵시는 나지 않았다. 어딘지 뒤뚱거리는 것 같기도 했고 방정맞고 천박하게 걷는 것 같기도 했다. 예의범절이나 도덕적 가치는 거추장스러운 몸피에서 얼씬거리지 않았다. 경박하고 미욱한 면모만 돋보였다.

눈 덮인 들녘을 가로질러 할머니가 나아갔다. 구름에 가리지 않은 햇살이 골고루 내리쬐어 도로는 많이 녹아 있었다. 때때로 저벅거리기도 하고 질척거리기도 했다. 그곳을 할머니가 처음 발자국을 남기며 나아갔다. 그렇지만 난 할머니가 밟은 뚜렷한 발자국을 밟지 않았다. 가끔씩 드러나지 않은 웅덩이가 눈 속에 은둔해 있는 것을 알고 있어도 그녀가 인도하는 길 위에서 그녀의 발자국을 밟으며 따라가고 싶지 않았다. 비록 차가운 웅덩이에 빠지는 불상사가 있더라도 말이다. 그것이 내가 할머니를 경계하고 불신하는 마음의 표현인 것이다.

다소 큼직한 논들이 즐비하게 늘어서 있었다. 기본적으로 평지를 이루고 있어 논들도 넓고 가지런했다. 두 달 전만 해도 충실한 벼들이 누런 입김을 황혼의 깊은 은유 속으로 불어넣어 늦가을의 정취를 더욱 고취시키며 나아갔었다. 그 자리에 하얀 눈이 빼곡히 내려앉아 있는 것이다. 따스한 햇살을 받아 표면에 빛의 속성을 잡아두었다가 발산하기에 눈이 부시고 현란한 빛깔을 드러내었다. 난 그런 모습들을 처음 보는 것처럼 생경하게 다가왔다. 지나간 삶 동안에는 의미를 두지 않아서 그런 것 같았다. 하지만 지금은 생의 기원의 오묘한 빛처럼 절묘한 스펙트럼으로 다가왔다. 그 속에는 빨주노초파남보가 기생하고 있었다. 어쩌면 이것들도 찰나의 모습인지도 모른다. 그래서 눈부시고 아름다운지.

 하얀 논들 위로 까치가 낮게 날고 가끔씩 참새가 떼 지어 날아 다녔다. 논 가운데 하얀 눈을 뒤집어쓴 볏짚 더미 곁으로 꿩이 불길한 뭔가를 보고 놀랐는지 무의미하게 공허한 울음소리를 지르며 날아올랐다. 그러자 곁에서 논바닥을 뒤지고 있던 비둘기 몇 마리도 함께 날아올랐다. 각자 원하는 방향으로 날아가는 것이 신기했다. 그들은 각자 생존의 보편과 구체적인 방식을 가지고 추운 겨울을 맞이하며 내일로 나아가는 것이다. 그것이 한 치 앞도 모르는 죽음으로 인도할지 몰라도 말이다. 어쩌면 그들은 오늘의 시간 흐름만 존재하는지도 모른다. 내일은 원래 없고, 그 내일은 오늘의 연장선에 있는 잠시 쉬어가는 쉼터로 생각하며 사는지도. 그래서 지금 이 순간만 생각하고 살아가는지도.

 할머니는 벌써 이웃 동네 초입에 다다랐다. 그곳에서 그녀는 잠시 걸음을 멈춰 자신이 걸어온 쪽으로 시선을 돌려서 그윽하게 마을을 올려다보았다. 그때 난 땅을 보며 무연한 발걸음으로 걷다가 무심결에 시선을 들었다. 나의 시선과 그녀의 시선이 부딪쳤다. 움찔했다. 난 그 자리에 서서 그녀를 한참을 쏘아보았다. 그녀는 나를 보며 희미하게 미소를 던졌다. 난 그 미소의 의미가 궁금했으나 묻지는 않았다.

 잔칫집은 길가에서 가까웠다. 집을 배경으로 대나무가 울창하게 들어차있었다. 아직도 하얀 눈을 머리에 이고 있어 엉거주춤한 자세로 휘어져있었다. 가끔씩 그 무게를 이기지 못해 둔탁하고 애절한 소리가 그 깊은 대숲 아득한 곳에서 메아리가 되어 울려퍼졌다. 미증유의 들짐승이 갈구하는 생존의 울음소리와 다르지 않았다. 안간힘을 쓰며 버티며 나아가는 것이 고작이었을 것이다. 그러다가 어느 순간에 모든 것이 허물어지며 생에 대한 집착은 멀어지고 흐릿해지는 것이다. 난 엄마가 그럴 것 같아 조마조마했다.

 잔칫집은 어수선했다. 앞치마를 두른 아줌마들이 오며가며 부산을 떨었다. 몇몇의 사내들은 가마솥 앞에서 불을 쬐고 나머지는 이미 사랑채에 둘러앉아 삶고 있는 돼지고기를 기다리며 막걸리를 마시고 있었다. 시끄럽고 왁자한 그들의 얘기들은 청자는 없고 화자만 있었다. 더욱이 처음은 있고 끝이 없었다. 사계의 네 번째 있는 겨울을 알리는 첫눈이 와서 들떠 흥분한 것인지 아니면 지나간 계절의 고달픔과 힘듦을 토로하며 자신의 소망을 키우는 것인지 확실히 알 수는 없었다. 그러다가 돼지고기가 익어서 방으로 들어가면 조용할 것이다. 마당 가장자리에서 아직도 돼지고기는 익지 않아 닫힌 솥뚜껑 틈새로 하얗고 뜨거운 수증기를 지속적으로 내뿜고 있을 뿐이었다. 그 속에는 생존의 잔인한 뜨거움이 묻어났다.

할머니는 나를 두고 그들의 또래 쪽으로 갔다. 나를 힐끔 보는 것으로 갈음했다. 그래서 난 혼자서 기와지붕 쪽으로 시선을 돌렸다. 점심때가 되자 태양도 다소 옹골찬 햇살을 던지는 것이다. 그러자 아침부터 생성된 고드름이 어느새 길쭉하고 늘씬한 몸매를 형성하고 있었다. 그것은 강한 햇살을 받고 차가운 대기가 머물러 있어야 가능한 일이다. 그래야 날씬하고 건강한 고드름이 일렬로 태어나고 성장하며 소멸하는 것이다. 난 더욱 자라는 고드름을 보고 미루가 떠올랐다. 그녀도 투명하게 태어나고 성장해서 소멸하는 과정을 겪으며 영원히 새로운 세계로 나아간 것이다. 비록 새아빠의 더러운 찌꺼기가 간간히 뿌려지곤 해도 그녀는 늘 해맑게 살아가려고 애를 썼다. 따스한 미소와 간결한 웃음이 매력적이었다. 나의 품에서 거친 눈물을 흘리며 삶의 바닥까지 떨어지는 슬픔을 보여도 그녀의 이미지는 투명하고 고결했다.

그때 할머니가 들어간 방 쪽에서 고성이 들렸다. 익숙한 할머니의 목소리였다. 무의식적으로 난 그쪽 반대 방향으로 시선을 돌렸다. 집에서 엄마와의 언쟁을 의식적으로 피하던 습관이 있어서 무심결에 나온 행동이었다. 할머니는 다른 할머니와 싸우고 있는 것 같았다. 난 그 할머니가 보이는 곳으로 다가갔다. 처음에는 어두워서 잘 보이지는 않았으나, 몸을 낮추고 상체를 숙여서 더욱 가까이 가서 방 안을 들여다보았다.

"미루야, 이년아! 도대체 어디 간 거니."

미루 할머니였다. 거의 두 달 전의 모습과는 확연히 달랐다. 초췌하고 많이 늙어있었다. 나의 할머니가 있자 나에 대한 울분과 적의가 갑자기 치밀어 오른 것 같았다. 그래서 나의 할머니에게 바람피운 옛일을 꺼내들고서 리얼하게 공격한 것 같았다.

아직도 미루의 시체를 찾지 못했다. 난 그것을 잊고 있었다. 미루 할머니의 흉하게 변한 모습과 거친 울음소리를 듣고서 인식할 수 있었다. 그러자 그때의 일들과 슬픔이 무지막지하게 다가왔다. 미루가 죽던 그날 밤, 난 들녘으로 난 농로를 걸으며 집으로 왔다. 마음이 한결 가볍고 발걸음도 한결 가벼웠다. 그러다가 멈춰서서 지평선 근처에서 그 주위를 회전하는 북두칠성을 바라봤다. 그러고는 시선을 페가수스자리와 안드로메다자리로 옮겼다. 고래자리를 찾기 위함이었다. 그곳 중추에 '미라'라는 별이 있다. 별의 크기가 변하는 맥동변광성이다. 그래서 주기적으로 밝기가 변한다. 영철이가 나에게 불가사의한 별이라고 하며 가르쳐주었다. 자신도 더 이상은 모른다고 했다. 난 그 별을 왜 지금 들녘 한가운데서 찾고 있는 것인지 정확하게 알 수는 없었다. 미루와 이름이 비슷해서 그런 것 같지도 않았다. 미루의 표정과 닮은 점이 많아서 무의식적으로 찾고 있는 것 같았다. 때때로 밝고 간혹 어두운 표정 말이다. 어쩌면 미루가 그곳에 올라가서 밝기를 자율적으로 조절하여 세상에 두드러진 모습을 찬란하게 드러내며 사람들에게 꿈을 심어주기를 바라는 마음인지도. 그것도 아니면 다리난간에서 떨어져 빠른 유속을 헤치고 나아가서 대양으로 유입되어 그곳을 호령하기를 바라는 마음인지도 모른다. 그래서 고래자리의 중추에 자리 잡은 '미라'를 찾은 것이지. 고래를 움직이는 심장과도 같은 '미라'를.

　그 다음날 일찍 미루 할머니는 나를 찾아왔었다. 난 그녀의 할머니에게 아무 런 말도 할 수가 없었다. 미루의 새 아빠의 더러운 짓거리를 입 밖에 내지도 않았다. 미루의 이미지에 오물을 끼얹고 싶지 않았다. 더욱이 새로운 세계로 나아가는 계단을 밟기 위해 다리난간 위에 올라간 것도 입 밖에 내지 않았다. 그것은 미루와의 약속인 것이다. 손가락을 걸고 약속하지는 않았지만. 경찰이 집에까지 와서 물어도 대답은 한결 같았다. 미루 자신이 다리난간에 올라가서 헛디디었다고.

 그런데 그때는 슬픔이 몰려오지 않았다. 오히려 기쁨의 눈물이 나올 정도였다. 하지만 그녀 할머니의 슬픈 울음소리를 듣자 나 자신의 굴절되고 왜곡된 자아의 단단한 껍질이 미세하게 금이 가서 깨지는 것을 느낄 수 있었다. 그러더니 어느새 슬픔이 몰려왔다. 난 그 슬픔의 근원을 알 수 없었다. 처음에는 그녀 할머니의 슬픔 때문에 다가왔기에 그녀 할머니의 슬픔이 전이가 된 것으로 오인했다. 그것이 아니었다. 나 자신의 진정한 자아가 굳게 닫혀 있는 골방에서 기지개를 펴는 소리였다. 피해의식과 자의식의 철문 안에서 자신이 자신을 가둬서 가혹하게 밀치고 몰면서 잔인하게 취급하고 다룬 놈이었다. 그놈이 미루의 가는 슬픔의 옷자락을 잡고 꿈틀거리며 움직이는 것이다. 당황스러웠다. 아직도 나의 내면 깊숙한 곳에 그런 놈이 기생하고 있다는 것이 놀랍기도 했다. 겉으로는 내색하지 않았고 그 슬픔을 밀쳐내려고 노력했다. 우선 시선의 회피로 마음을 다른 곳으로 돌리려고 수증기를 거세게 내뿜는 곳으로 시선을 돌렸다가 그 아래 타오르는 장작불 속으로 시선을 고정했다. 그래도 미루 할머니가 뿌린 슬픔의 씨앗들은 고사하지 않고 처마 끝에 간신히 매달려 있는 투명한 고드름 사이사이에 올망졸망 스며들어 있는 것이다.

그래서 난 그 자리에서 벗어나기 위해 잔칫집 밖으로 뛰쳐나왔다. 알 수 없는 열화가 나를 압도하는 것이었다. 아주 더럽고 지저분하고 불손한 기운이었다. 왜소한 송아지를 따라다니는 쇠파리의 집요함처럼 끈질기게 달라붙는 것이었다. 그래서 난 앞을 보지 않고 마구 뛰었다. 미루 할머니의 슬픔을 떨쳐버리기 위함인지 미루의 슬픔을 떨쳐버리기 위함인지 확실히 판단할 수는 없었다.

그러다가 난 미루 할머니의 슬픔의 근저인 미루의 슬픔에 머물렀다. 난 그녀가 다리난간에 떨어져서 극악하게 울부짖는 물소리에 함몰되어 사라지는 광경이 떠올랐다. 당면한 허물을 벗기 위해 행한 선택이었지만, 그녀는 힘겨웠을 것이다. 가파르게 쏟아져 내리는 황톳물 속에서 거대한 돌덩어리에 부딪치고, 까이고, 부러지는, 그래서 사지가 강하게 꺾이고 분리되는 고통을 느끼며 한없이 흘러내려갔을 것이다. 어느 지점에서는 입 속으로 치밀어 들어오는 거친 황톳물도 밀어낼 힘이 없었을 것이고, 그 혼탁함 속에서 가끔씩 보이는 밤하늘의 반짝거리는 별들도 무의미하게 다가와서 흐릿하게 보이다가 사라졌을 것이다. 그때 맑은 하늘에 시 긴 꼬리를 달고 혜성이 떨어져서 미루가 새로운 세계로 나아가는 계단을 만들지도, 알 수 없는 일이었다.
 난 질퍽거리는 도로를 한없이 달리고 나서 멈췄다. 어느 정도 슬픔도 안정의 자리에서 안착한 것 같았다. 혈관의 활발함이 어둡고 침침한 곳에 서식하는 슬픔의 어눌함을 밀쳐낸 것 같기도 했다. 난 미루가 하염없이 떠내려간 유전천의 하류를 찬찬히 내려다봤다. 유속도 많이 줄었고 하얀 눈이 지표를 온통 덮고 있어 휘어지고 꺾이며 흐르는 물줄기를 볼 수 없었다. 고요하게 숨죽이며 흐르고 있었다.
 나는 보이지 않는 유전교 쪽으로 우두커니 서서 하염없이 넋 놓고 쳐다보았다. 미루와의 이별의 순간이 새삼스럽게 나의 어깨를 짓누르는 것이다. 난 살아오면서 사람에 대한 이별의 슬픔을 느끼지 못하고 살아왔었다. 그 대상의 유실은 공간 속의 부재로만 여겨왔던 것이다. 그것이 나의 심장의 움직임에 어떠한 자극도 주지 못했다. 지금까지는 그랬다. 하지만 미루 할머니의 슬픔 속에 내밀하게 존재하는 사랑의 본질이 나를 일깨웠는지, 아니면 평소에 나의 주위에서 머물던 미루가 해맑게 웃으며 다가오던 사랑이 나의 척박하고 단단한 심장의 견고한 문을 열었는지는 정확하게 알 수는 없었다. 어쨌든 보통 사람들이 느끼는 그 이별의 아픔이 미약하게나마 다가오는 것이다. 군복을 입고 출근하는 여선생처럼 생뚱맞았다. 난 그것이 본래 나에게 존재하는 감정의 가는 선 중에 하나라는 것이 의아하고 불편했다.

난 눈이 녹듯이 온몸이 스르르 녹아내렸다. 주체할 수 없는 삶의 확인이었다. 태어나면서 이미 엄마의 고결한 사랑의 밑천으로 사랑의 대상을 찾기 위한 머나먼 나날을 울음과 뒤척임으로 나아가고, 바닥을 기어 다니면서 그 대상으로 향하는 지향점을 발견해서 촉각을 곤두세우고, 드디어 성장하면서 걸음걸이로써 그 대상으로 향할 수 있는 것이다. 그 대상이 가까이 있는 것인지 머나먼 타국에서 벼농사를 짓고 있는 것인지, 그것도 아니면 이미 그 여인이 천국의 뜰에서 수선화와 들국화를 가꾸며 나를 기다리며 늘어진 일상을 채우며 창백한 표정을 드러내며 살아가는 것인지, 난 알 수는 없었다.

 난 그런 와중에 그 여인을 놓쳤다는 생각이 갑자기 들었다. 그 여인이 미루였다는 생각이 가슴 한가운데 무겁게 머무는 것이었다. 엄마의 사랑을 배가시켜주는 것을 사랑하는 여인이 줄 수 있었기에 더욱 절실하게 다가왔다.

 나에게 엄마의 사랑은 삶의 단단한 밑천이었다. 억세고 투박하지만 섬세하고 고결한 것이었다. 난 미루가 유실되고 미루 할머니의 슬픔으로 인하여 느끼고 깨달은 것이다. 그것이 할머니가 만든 암흑의 세계와 공간 안에서는 잘 보이지 않았었다. 그래서 그 사랑의 밑천이 성장하지 못했고 타인으로 나아가지도 못했다. 할머니의 암담한 세력 안에서는 그나마 자라던 미세한 잔뿌리도 말라버리기 일쑤였다. 이제야 난 아직도 그 사랑이 조금이나마 뿌리를 내릴 수 있다는 것을 느낀 것이다.

햇볕이 지속적으로 내리쬐자 개천 사이로 박혀 있던 큼직한 돌덩어리들이 하나둘씩 윤곽을 드러내었다. 난 호주머니에 있는 손칼을 만지작거리며 무연하게 바라볼 뿐이었다. 그렇게 한참을 미루가 아득하게 사라져 간 그곳에 머물렀다. 그러다가 난 무심결에 그 곁으로 난 비포장도로로 시선을 옮겼다. 그 굽은 길을 따라가면 용팔이와 너럭바위에 앉아있던 장소였다. 평소에도 난 그곳에 시선을 오래 머물지 않았고 늘 회피하며 살았었다. 그러던 그곳에 시선이 머문 것이다. 그 깊은 골짜기에서 음험한 기운이 뿜어져 흘러나오는 것이다. 이상하게도 그 상공에만 짓누르는 무겁고 눅진한 구름이 음산하게 닻을 내리고 있었다.

그곳에서 아주 작고 미세한 것이 보였다가 사라지곤 했다. 소멸하는 이름 없는 별의 희미한 빛 같기도 했다. 의아하고 생소했다.

까마귀였다. 아까 옆집 감나무 가지 위에서 위엄을 갖추고 있던 그 까마귀인지는 모를 일이다. 그 까마귀가 내가 있는 쪽으로 날아왔다. 무의미한 날갯짓으로 다가오는 것 같지는 않았고, 이미 설정한 목적지를 가슴에 품고 달리는 몽골의 흑색 야생마처럼 힘차고 거침이 없었다. 갈기를 휘날리며 말이다.

난 그 순간 멈칫하며 뒷걸음질 쳤다. 그러고는 뒤돌아 뛰려고 했다. 그때 할머니가 혼잣말로 욕설을 하며 멀지 않은 곳에서 질퍽거리는 도로를 걷고 있었다. 다소 경사가 있어 미끄러운 곳이었다. 할머니는 개의치 않고 실성한 사람처럼 조심성 없이 걸었다. 그러다가 한순간 조용했다. 내가 뒤돌아서 까마귀의 동태를 보고 한눈파는 찰나에 벌어진 일이었다.

할머니는 뒤로 쓰러져 있었다. 미동도 없이 그렇게 있었다. 난 놀라지 않았고, 주머니에 있는 칼을 꺼내 들고 가까이 갔다. 난 손칼을 들고 할머니 위에서 내려다보았다. 그녀는 나를 보며 손을 간신히 내밀며 살려달라고 애원하는 표정을 지었다. 틀니가 떨어져 제대로 언어가 형성되지 않았다. 차갑고 어눌한 언어였다. 난 한동안 그녀의 단말마의 순간을 보며 측은하다는 생각이 들지 않았다. 하지만 가벼운 웃음이 아니라 무거운 눈물이 흘러내렸다. 어색했으나 눈물이었다. 의아했다.

그녀는 집요하게 생을 집착하는 모습을 보이며 나에게 구원의 메시지를 보냈다. 난 무시한 채 손칼을 접어서 호주머니에 넣고 그 자리에 우두커니 서있었다. 난 숨이 끊어지는 그 순간까지 지켜주기 위함이 아니라, 죽음을 확인하고 싶었던 것이다. 그녀의 눈동자는 서서히 힘없이 생의 집착의 매듭을 풀고 자신이 자신을 놓는 것을 볼 수 있었다. 그러더니 한순간에 정적이 감돌았다. 그녀는 이젠 삶의 저쪽으로 간 것이다. 내가 끝까지 확인했고, 그래서 내 자신이 대견하다는 생각이 들었다. 독립운동가가 일본제국주의의 수괴를 폭탄을 던져 죽였을 때의 마음이 이럴 것이다. 그때 난 이상한 기운에 이끌려서 동네 쪽으로 시선을 돌렸다. 멀지 않은 거리에서 미친개가 초라한 외투를 걸치고 희미한 미소를 짓는가 싶더니, 연이어 초점 없는 웃음을 연신 토해내는 것이었다. 거침이 없었다. 그는 할머니의 임종을 아까부터 지켜보고 있었던 것이다.

난 임종한 할머니와 미친개를 번갈아보며 알 수 없는 미소를 지으며 그 자리에 누웠다. 하늘은 맑았고 투명했다. 그 사이 엄마의 환한 미소가 떠올랐다. 그곳을 가로질러 까마귀가 침노해서 날고 있었다. 까마귀는 울지 않았다.